La mejor *de las* vidas

La mejor *de las* vidas

David de Juan Marcos

Editado por HarperCollins Ibérica, S.A.
Núñez de Balboa, 56
28001 Madrid

Diseño de cubierta: Lookatcia.com
Imagen de cubierta: Getty Images

ISBN: 978-84-16502-41-7
Depósito legal: M-5309-2016
Impreso en CPI Ibérica

Distribuidor para España: SGEL

Y de alguna manera
tendrá que recordarme, sin querer,
no importa cuándo o dónde, aquí o allá.

José Ángel Buesa
Ella amará a otro hombre

Come here my love,
I have a song for you.
Come here my love,
I have a dream for you…
Come here my love,
I have a kiss for you…
Come here my love,
I have a smile for you…
Come here my love,
I have a home for you…
Come here my love,
I have a life for you…
Come here my love,
I have a story for you…

Canción de cuna de la tribu Zaghawa
Darfur, noroeste de Sudán

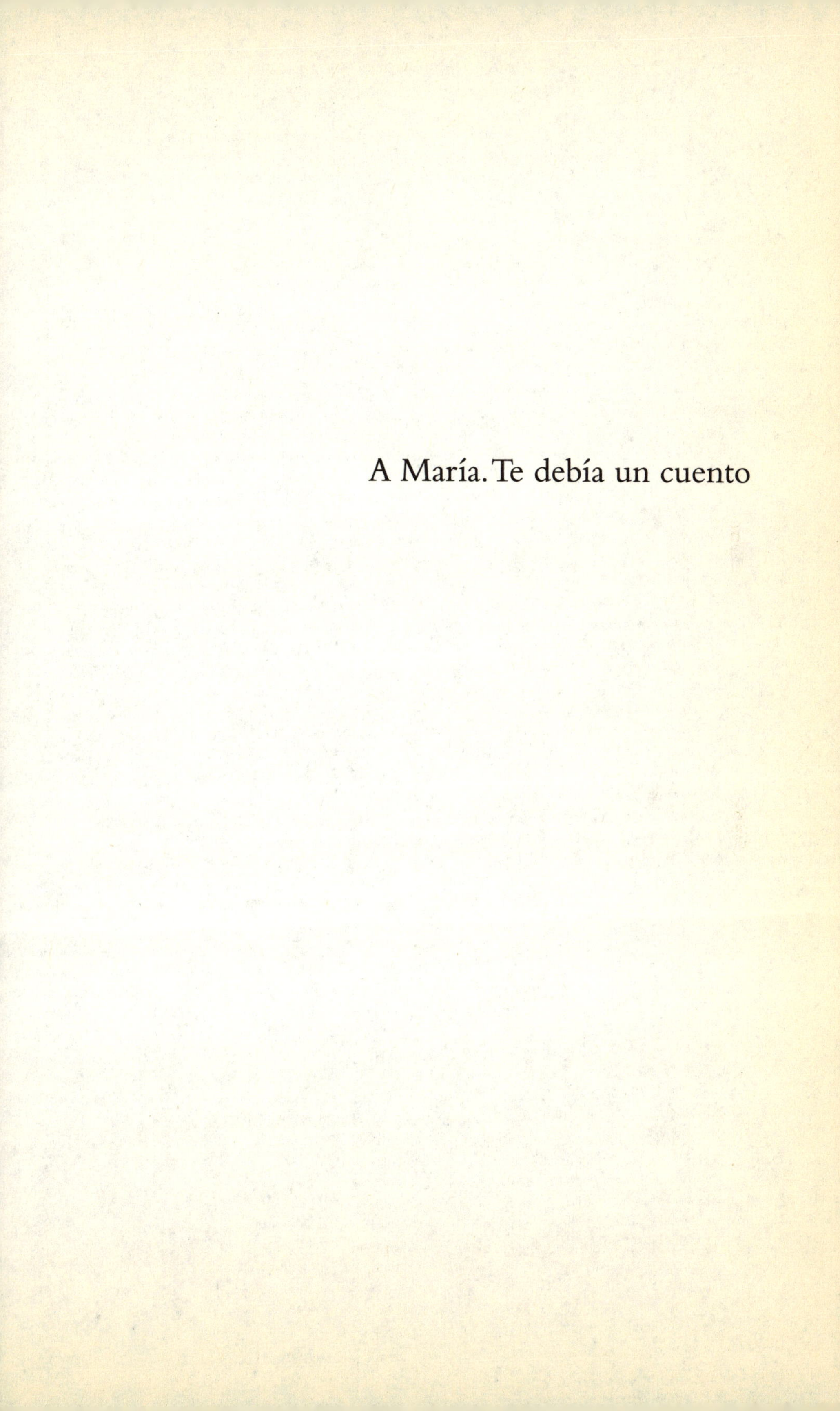

A María. Te debía un cuento

Cambridge

La verdad es que no tengo mucho que contarte.

Llegué a Cambridge en septiembre. Lo primero fue comprar una bicicleta.

Aquella bicicleta. Azul. Anémica. Casi extenuada. Ah, los paseos entre horas mustias, por ese bosque de brumas y corcho arcilloso.

Me fui sin decir adiós ni agitar el pañuelo. Traicioné algo espiritual, algo propio. Escapé de mi vida como si la vida me fuera en ello. Eso, al menos, es lo que tú me dijiste una vez. No lo olvido.

Cambridge me pareció un lugar entrañable y acogedor. Útil, fértil, amable… Lujurioso. Una ciudad donde abandonarse al torpe transitar de una resignación gozosa. Llena de libros cosidos con polvo de hilo, americanas con escudos estampados, cafés y pastelillos, rocío en los labios, viejos que fuman en pipa, guantes, bicicletas. Bicicletas ágiles y tiernas.

Cambridge era una paleta de vidrio y piedra. Un arcoíris velado.

Pronto me entregué a la trémula navegación de sus fachadas. Entre pedaleos lentos, lánguidos, a través de rebaños de ciclistas a merced de la vida. A veces, lloviznaba. Y nada se detenía. La lluvia nunca fue un enemigo.

Todavía me obligo a recordarlo. Pero ya solo es una risita burlona en el espejo. Una pústula abierta, infectada a base de hurgar en ella con las uñas sucias.

Fue un tiempo florecido, al que secretamente espero volver. Cuando pasen más septiembres y todo se ilumine. Regresar. Uno se va para regresar, qué otro motivo puede haber. Te vas y anhelas volver, regresas y solo quieres escapar. Regresaré. Cuando vuelva a ser joven. Porque todos sabemos que algún día seremos jóvenes de nuevo. Aunque no se lo podamos confesar a nadie. Si no lo supiéramos sería imposible vivir, escribir versos en servilletas, divagar. La vida sería siniestra en su carácter lineal. Su inventor un asesino. Eso sería el que inventó la vida.

Si ya nunca volviéramos a ser jóvenes el paso del tiempo sería demasiado trágico. La toma de decisiones un suicidio. Hasta los moribundos lo intuyen: algún día los naipes se darán la vuelta. Será ese segundo verano sin errores. Jóvenes.

Y Ella. Que no me olvide de ti. Ella también estaba en Cambridge. Desde el primer domingo de otoño. Con su falda sentimental y su tímida presencia. Con el adjetivo de su perpetua sombra. Montada ya sobre tu bicicleta holandesa sin frenos, diferente. Esa bicicleta.

¿Cuántas veces pasarías a mi lado, acariciando los matices de la niebla con el exceso de tu boca?

Tu boca en la mía fue un ejército de hormigas.

Todavía es pronto para hablar de Ella. Primero es necesario entender otras cosas. Estabas allí, claro. Yo aún no te conocía. Es imperdonable. Aunque algo de mí ya intuía tu bolso de flores, tu placentero escozor, tu rímel negro y verde. Desde el mismo momento en que compré el billete de avión. Antes incluso.

Yo tenía diecinueve años, declaraciones ebrias de intenciones y el mudo propósito de cambiar de vida. De la misma manera que se abandona un libro a media lectura por otro más vistoso. ¿No es esa la razón por la que viajamos? Viajar es muy útil, hace trabajar la imaginación, así comienza *Viaje al fin de la noche*. Y no falta a la verdad. Llegué para un año. Juventud y presente —le había hecho trampas al futuro matriculándome de asignaturas más avanzadas a mi curso—. Hambre inusitada. Divino tesoro. Allí iba a continuar una carrera que nunca quise empezar. Ahora lo sé. Entonces quizá también. Bueno, entonces no sabíamos nada. Quedaron para siempre dos asignaturas tendidas al sol. Qué inocencia.

Desde la ventanilla del avión los escaques de campos verdes parecían cartas de tarot. Me decían que algo mágico e inasible debería ocurrirme para quedarme allí. Pura aritmética. Amarrado a su atmósfera inglesa. A sus nieblas de campiña como ovejas monumentales. Entre afueras derruidas que simulaban caries de pobre. Aquella era mi casa. Acaso, mi segundo verano. Un regalo.

En Cambridge no hay mar. Aunque a veces se huele, igual que sorprenden los aromas de un recuerdo. En mi cabeza Inglaterra era un muro de astilleros. Un país sumergido en tinta. Levantado a base de fotografías antiguas de marinos y obreros fornidos envueltos de grasa de ballena. Revolución industrial. Músculos que forjan y sueldan untados en petróleo. Choque de martillos. Mujeres grandes que preparan almuerzos en tarteras y llevan carretas de verduras y pescado de aquí para allá. Pero estaba equivocado. Cambridge es luz dorada, y verde también. Tradición y lealtad al color blanco. Remo, críquet y bufandas de fraternidad. Cambridge se ahoga entre enredaderas, birretes y togas de catedrático circunspecto.

Guardo fotografías de mujeres soplando un café con un verso colgado en los labios. Alumnos con uniforme. Ropa antigua de deporte a rayas. Chalecos blancos de golfista y faldas plisadas que paseaban bajo la lluvia. Se movían muy despacio, todas esas faldas, lentísimas, como una manada de elefantes viejos.

Tras dos noches durmiendo en un *bed and breakfast* y varias entrevistas para alquilar una habitación de lo más frustrantes, di con un cuarto azul a diez minutos en bicicleta del centro. Nunca fui caminando. Solo una vez en autobús; ya de vuelta, con tus piernas columpiadas sobre las mías. Un caramelo de fresa pintaba tu sonrisa.

Primero te hablaré de mi casero. Era un napolitano desgarbado y joven. Demasiado joven para pensar en la muerte. Demasiado enfermo para no dormir con ella. Nada hay más injusto que la propia vida. Todas las demás injusticias vienen de ahí, del hecho de estar vivo.

Gennaro estaba atado a Cambridge por motivos distintos a los míos, es decir, al libre albedrío de los sanos. Le gustó mi humildad mediterránea: españoles e italianos iguales, tú y yo nos entendemos, somos lo mismo, no como estos ingleses del demonio —en realidad hacía uso de otras palabras más sonoras, otros gestos—. Como digo, a mi casero italiano le retenían al menos un par de cosas allí. No, no era el amor ni sus vericuetos. Tampoco el dinero y sus grilletes. Gennaro estaba atrapado por una enfermedad y por el hospital de Addenbrooke, que visitaba sin avisar, furtivamente. Casi avergonzado. Para mí su enfermedad era un taxi en la puerta a medianoche, una maleta pequeña, un billete de ida y adivinanzas.

La casa era la planta baja de un pareado en el que vivían otras familias a las que nunca vi. Llegué de noche. No hacía frío. Aún olía a verano, a hierba recién cortada. El italiano abrió la puerta. Llevaba una sonrisa que buscaba abrazarte, y una argolla de plástico sujeta al tobillo que le impedía salir de casa pasadas las doce de la noche. La luz verde de la tobillera parpadeaba. En mayo le había roto la nariz a un inglés tras unas cuantas pintas y una discusión irrelevante que había comenzado por su mutuo amor a Maradona. Me enseñó el recorte de prensa. La sentencia del juez. Muerto de risa, señaló sus iniciales —más tarde supe que apenas sabía leer—, y la cara alérgica que le quedó al inglés tras la tunda. Me cayó bien. Había que estar con él o contra él. Yo nunca tuve enemigos. Y la habitación azul me gustó.

En su fondo de ojo yo era lampiño, casi vestido de marinerito. Me cuidaría. Podía estar seguro de ello.

Me prometió que me compraría una cama nueva. Para soñar sueños nuevos, deduje. Entre frases que parecían palabras sueltas, señalaba todos los aspectos a mejorar del habitáculo. Así, los apuntaba con el dedo índice y los nombraba: cama, mesa, lámpara. Pondría un colchón de matrimonio. Ahorcaría una lámpara alrededor de la bombilla que colgaba del techo como una crisálida de luz. Encargaría un escritorio a Argos y juntos lo montaríamos un domingo. Con una par de cigarrillos y una cerveza, para que estudies, para eso has venido, *right? Of course. U're-a-smart-man*, no hay más que verte.

En los meses que pasé allí nunca volvimos a hablar de la remodelación del cuarto.

Era perfecto.

La primera noche que pasé en casa de Gennaro ya soñé con tu bicicleta holandesa. No sé si el sueño fue mío o se lo había dejado allí olvidado el anterior inquilino. Una máquina excavadora la sacaba de un canal de Ámsterdam cubierta de sargazos, botellas de plástico, cartas de amor sin entregar. Un hierro viejo, negro, con los guardabarros picados por la herrumbre. Con el manillar como las piernas abiertas de una mujer. Las ruedas cuarteadas parecían articulaciones de un suicida que se ha arrojado de un décimo piso.

A la mañana siguiente fui al *bed and breakfast* a recoger las maletas y pagar la cuenta. El dueño me dio una tarjeta de visita que todavía aparece aquí y allá, en una carpeta o en un bolsillo viejo: es tan difícil entender la voluntad de las cosas inanimadas. A continuación, me acerqué hasta las oficinas de la universidad para formalizar unos documentos. Inicié los trámites para abrir una cuenta de ahorros británica donde guardar todo el efectivo que cargaba escondido en una cremallera del cinturón. Era uno de esos días luminosos en los que la población de Cambridge se echa a las calles, llevados por una especie de invocación celestial o de hipnosis colectiva. Aproveché para pedalear sobre el césped pistacho por las cercanías de la ciudad. Tenía habitación, papeles en regla, dinero, nueve meses por delante. Y la firme convicción de que las hojas del calendario no se caerían.

Comí en unas mesas de madera. Descalzo. Junto al río Cam. La hierba estaba húmeda. De vez en cuando pasaban grupos de remeros en sus embarcaciones. Estaba contento. Sin angustia. Colmado de una alegre rebeldía. Más tarde, encargué las piezas de un escritorio que me llevaron esa misma tarde. Lo monté en un par de horas. Sin ayuda. Cuando terminé me sobraron varias tuercas y tornillos. Se desnivelaba un poco. Así, a la deriva. Me gustó tanto que me senté con la idea de escribir el guion que me había llevado en la cabeza, sin facturar, como todo lo importante que uno se lleva cuando escapa. En media hora ordené folios, bolígrafos y futuros posibles. Ni una palabra de tinta se dibujó. Pensé de nuevo en el escritorio. Era la primera vez que construía algo solo. Sin la mano de ébano, intransitiva, con la que mi padre resolvía los rompecabezas de mi vida. Todo cambió desde que mi hermano pequeño desapareció. No una ni dos cosas. Todo.

Todo es demasiado para un adolescente. No hay que darle más vueltas.

Tocaron a la puerta con unos nudillos. Era el tercer inquilino de la casa. Venía a presentarse.

En la habitación contigua a la mía, vivía un sudafricano recién divorciado. Era guardia de seguridad de una cadena de droguerías. Ya sabes, esas personas aburridas que caminan por los pasillos de cosméticos como si se les hubiera muerto el perro por la mañana. Coincidíamos pocas veces. Los lunes y miércoles durante su desayuno frugal. Lo veía ahí, de pie, como si rezara al fregadero una oración cotidiana. La luz entraba ya como una pequeña hoguera naranja. Aquella luz era agua fresca. Yo pasaba por la cocina con la toalla al hombro para ducharme con la tranquilidad con que uno se asea los días de fiesta. Allí me sentía siempre de vacaciones. Nos sonreíamos. Nos hacíamos gracia. Sin razón aparente. El sudafricano —no recuerdo ya su nombre— se reía con todo el cuerpo en una suerte del espasmo pluricelular. Al reírse enseñaba todos sus dientes, blanquísimos. No hablaba nunca, el sudafricano. A veces gruñía un leve saludo con su tortuoso acento que yo devolvía con muecas alegres. Algunas tardes lo veía bostezando a la puerta de su trabajo, en una calle comercial cercana a Market Hill. Se bufaba las manos en invierno. En primavera, miraba al cielo con los ojos cerrados, como si el azul le quemara las retinas. Nunca le saludé. Parecía que me diera vergüenza acercarme, no saber qué decir fuera de aquella cocina que olía a césped y a aire limpio. Fuera de aquel ritual vespertino. Aunque sé que esa no era la razón, tengo que confesarte que otra no tengo.

Cuando estás en otro país llevas siempre tu nacionalidad como sobrenombre. Si él era el sudafricano, yo supongo que seré recordado como el español y a ti te evocarán como la chica danesa. Pues bien, el sudafricano rara vez salía de casa por las noches. Hablaba mucho por teléfono en un idioma que me sonaba lejano, antiguo. Incluso quebrado. Puede que llorara. Eso es: su voz parecía un llanto de bebé distorsionado por la pared. Las únicas señales que tenía de su rústica e insuficiente presencia era la risa de alguna chica en la cocina cuando las enfermizas luces de la calle amarilleaban. Risas diferentes. El enigma de un rostro por descubrir. Risas apagadas, estridentes, cómicas, de niña, violetas, seductoras, casi todas seguras de sí mismas, pocas palpitantes. Me gustaba ponerle formas y colores a esas risas. Volúmenes carnosos sobre un esqueleto blanco de mujer. Facciones y vestidos que pronto caerían al suelo. Como hombres de nieve derretidos.

Cuando por fin se cerraba la puerta de su cuarto, las risas se convertían en quejidos de ventriloquia. La cocina quedaba en silencio, y yo aprovechaba para escapar como un topillo. Me montaba en mi triste bicicleta azul. Sin pedalear, por pura inercia, llegaba calle abajo hasta el pub de la esquina. Pedía una pinta de cerveza tibia, jugaba al billar o a los dardos y procuraba mejorar mi pronunciación con ancianos que hablaban de rugby, lencería y guerras mundiales. Nadie podría encontrarme allí.

La libertad era hablar en inglés con aquellos ancianos.

El italiano no quiso hacerme un contrato de alquiler. Solo dinero en metálico, declaró, *only cash*. Yo tenía aval bancario. Una brújula rota. La inocencia del recién llegado. Pasaporte europeo. Una matrícula en la Universidad Anglia Ruskin de Cambridge. No, la fundada en 1209, no. Para eso no me llegaban los méritos. Ni la ambición. De eso nunca tuve. *Only cash, then.*

Su marrullería y furor napolitano otorgaba mayor valor a la palabra dada. El napolitano miente por placer, me dijo, pero si da su palabra… E hizo un gesto inequívoco de dientes y ojos que no entendí. Le di la razón.

Me ofreció pagarle una renta irrisoria para una habitación tan amplia y bien ubicada. Ya sabes, en Cambridge es muy difícil encontrar alojamiento para un estudiante internacional sin nómina. A cambio, yo iba dos veces por semana con mi bicicleta azul a la farmacia. Allí, un solícito muchacho me entregaba unas bolsas con un papel prendido de ellas: G. P. —las iniciales del recorte de prensa que me mostró el primer día—. Mientras pedaleaba de vuelta con las dos bolsas colgadas del manillar pensaba que quizá la enfermedad de Gennaro solo le permitía alimentarse a base de medicamentos: grageas, comprimidos y esas cosas tan misteriosas llenas de magia química.

Había también otros favores. Puntuales y ridículos. Yo cumplía todas sus peticiones divertido, lo mismo que si recibiera un consejo de alumno enchufado. Me pidió que dijera que éramos primos cada vez que la policía viniera a comprobar la lucecita de su tobillera. Cada seis semanas me insistía para que llamara al consulado de Guinea Ecuatorial, país que el italiano visitaba en cuanto salía de una larga temporada en el hospital. Preguntaba sobre la situación de tres mujeres congoleñas y los trámites de visado que necesitaban para viajar a Europa. Una vez entregué un paquete a un hombre negro, fugaz y nebuloso, mientras Gennaro pasaba otro de sus huérfanos ciclos enganchado a tubos y vómitos en alguna habitación que yo imaginaba blanca.

Siempre cumplía sus deseos. Gennaro a cambio me regalaba una amistad lenta, rodeada de teteras humeantes y consejos que parecía darse a sí mismo, tan llenos de poesía callejera. Era un buen tipo, Gennaro.

Jamás me hubiera prestado a esos tratos en mi país. En Cambridge ni lo dudaba. Aceptaba sus trabajos y picarescas sin escuela.

Me resultaban inofensivas. Vivir en el extranjero era un juego. Sus leyes de mentira. Todo era de mentira. El aire frío me llenaba los pulmones al montar en la bicicleta azul. Con eso bastaba para sentirme bien.

Nunca tuve motivos de queja. Tampoco los buscaba. Nuestra relación era demasiado nueva para eso. Nada de máscaras mortuorias al cruzarnos por la casa, ni lamentos de compañero desordenado, o de marido envilecido u olvidadizo. Al contrario. Cada tarde al llegar de la universidad recibía su cálida bienvenida. Alegrías y palabras amables, como bandadas de pájaros estornudados por un árbol. Me llamaba Señor. Le costaba sacar la ñ de la boca. Yo le llamaba Padrino, con la mandíbula caída en una imitación malísima de Marlon Brando que él aplaudía. Sus ojos estaban presurosos por contar historias de mujeres africanas —de sus tres esposas congoleñas exiliadas en Guinea Ecuatorial—. Con la cuchara de madera me invitaba a probar la pasta que cocinaba. Era el mejor cocinero italiano de comida italiana de toda Inglaterra.

Fue un buen amigo en Cambridge. Con todos los matices que uno espera de la amistad temporal. Con él me sentía seguro. Le creía capaz de cualquier cosa. Y era capaz de cualquier cosa.

Fíjate, una tarde encontré una pistola en el cajón de las pilas, los lapiceros y las barajas de cartas. Nunca había tocado una pistola de verdad. Estaba muy fría y tenía una historia que contar que no quise escuchar. Por alguna razón supe que alguna vez había ejercido el trabajo para el que fue fabricada. Gennaro jamás recibió mi censura. La observé durante un par de minutos y la dejé de nuevo como si depositara el cadáver de un animal en una caja. Una vez Gennaro me dijo que si volvía a cruzarse con aquel inglés con el que se había peleado le pegaría un tiro. Me puso el dedo índice en mitad de la frente y volvió a repetirlo. Le dispararé aquí tres veces, dijo, pam, pam, pam. Muuuuy despacio. Le creí.

Al acabar el curso me emborraché. Cerca del río. Solo, como siempre me gustó hacerlo. Me despedí de los parques. De las nubes. Del color azul. De aquel verde tan brillante. Y por último le dije adiós a él. A Gennaro. En la escalera del autobús, agité el billete de avión. Y sonreí. Estaba seguro de que volvería muy pronto. No lo hice. Es por este tipo de circunstancias por las que siempre que estoy seguro de cualquier cosa sé que hay algo que no comprendo, que no veo. Un matiz esencial que se me escapa. Estar seguro de algo es la primera señal de que algo se ignora. De eso no hay ninguna duda.

Le regalé el escritorio. Con las tuercas y tornillos que me habían sobrado. También le prometí que en cuanto volviera a buscar trabajo le haría una visita. Mientras tanto le dije que podía usar mi bicicleta. Conmovido, tuvo un pensamiento que jamás conoceré. Creo que Gennaro sabía que no regresaría. La vida le había dado demasiadas lecciones como para confiar en que el futuro seguirá las reglas del presente. Cerró la puerta y me olvidó, supongo.

Hay días en que quiero regresar allí. No sé si a ti te pasa lo mismo. Quiero contar a todo el mundo las desventuras de un mafioso medieval, de un pandillero noble como la morriña. Un delincuente sin vileza. Un hombre de una tristeza salvaje. Vulgar. Abierta. A veces pienso que al hablar de él hablo de mí. Cosas de la irrenunciable lejanía. Maldita sea, el tiempo lo empantana todo. Lo reconozco: me cuesta mucho recordar a Gennaro. Cada día olvido algo de él. Me pasa también con mi hermano Marcos, pero de eso me cuesta más hablar, ya lo sabes. No de Marcos, sino de su olvido. De Gennaro olvido otras cosas. Su estatura. El timbre de su voz. El lado en que tiene la cicatriz que le bajaba desde el párpado como una lágrima rosa. La amargura de sus ojos. Miento, esto último sí que lo recuerdo.

En otras ocasiones, sin motivo, no puedo evitar imaginármelo muerto. Con la imaginación puedes matar sin ser juzgado. Así he matado a mucha gente. Hasta a mis seres más queridos. Incluso hay veces que, también sin motivo, me gusta imaginar a Gennaro vencido por su misteriosa enfermedad. En Nápoles, por supuesto. Somos amigos. Nunca en mi recuerdo permitiría que muriera en Inglaterra. Lo veo tumbado en una cama de flores. En una calle llena de ropa tendida de balcón a balcón. Rodeado de plañideras gitanas. El cielo es azul, y él yace junto a mi bicicleta y la estatua de Maradona.

Y es entonces cuando dudo si vivir merece tanto la pena como dicen o todo esto no es más que una disculpa para volverse loco. Una prueba de resistencia. Dudo. Dudo si el destino no será más que un punto de vista. O si alguna vez Gennaro volverá a ser joven. O si tú y yo volveremos allí. A Cambridge.

Pero siempre es mejor dudar que ser un imbécil lleno de certezas.

Sábado. Segunda noche en mi habitación azul. Soñé con papeles escritos que se doblaban solos hasta convertirse en pajaritas. Cocotología que llamaba Unamuno. Tenía cinco años y jugaba al fútbol en el jardín con mi padre. La casa era de mis tíos. Había una piscina con agua de pozo que te hacía hipar muy fuerte si te lanzabas de golpe. Cenábamos tortilla. Después, en la más absorbente oscuridad, cazábamos grillos con latas de conserva. Buscábamos su chirriante gimoteo. El reclamo que producían al frotar sus alas. Mira, Nicolás, hay que buscar un agujero en el suelo, redondo como una moneda pequeña, y bien recto. Eso es lo que tienes que buscar, me susurraba mi padre en cuclillas. Si el agujero es ovalado y desigual, seguro que es la madriguera de una de esas arañas peludas y repugnantes. Mi padre buscaba un bálago de espiga y me lo entregaba. Ahora metes la vaina de esta espiga seca y la mueves un poco, como si quisieras hacerle cosquillas. Ves, el grillo ha dejado de cantar, se ha enfadado y saldrá un poco. Tienes que estar rápido para cogerlo porque enseguida vuelve a esconderse. Ahora, Nicolás, atrápalo.

Me desperté. Aturdido. Tardé unos segundos en ubicarme de nuevo. Ya incorporado observé el cuarto. Miré al techo. Sus tonos azules, aureolados, como manchas de café. Especulé con las pocas veces que miraba el techo de la que durante veinte años había sido mi habitación. Los techos son el lugar más exótico de las casas, por lo que muestran, por lo que esconden y por lo que saben.

El armario estaba abierto. Tres camisas colgaban en sus perchas. Hombres invisibles ahorcados, en formación. Dos pares de zapatillas bajo ellos. Uno de los hombres invisibles debía estar descalzo, pensé. Dicen que los ahorcados pierden los zapatos por la convulsión que sufren al quebrarse su médula espinal. Al parecer es algo similar a un orgasmo, aunque no termino de verlo claro. Según dicen, en los cementerios y en las cunetas se encuentran muchos pares de zapatos de amantes furtivos por esta razón. El tipo que me lo contó decía coleccionarlos. Tenía más de cien. Casi todos desparejados. Él se inventaba la otra mitad de la historia.

Recuerdo que una tarde en Roma, sentados junto al obelisco de la Piazza del Popolo, te conté la relación entre los cementerios, el amor y el calzado. Dijiste que era muy triste terminar así. ¿Cómo? No sé, así, sin zapatos en un cementerio. Tú siempre percibías el mundo desde otra dimensión.

En la pared había colocado dos fotos sujetas con cinta adhesiva. En una de ellas estaba mi hermano pequeño. Subido a mis hombros. En una playa. Era un día de invierno. Siempre me gustó el mar en invierno. Me parece que habla con una voz diferente, para audiencias ilustradas que de verdad quieren entender lo que dice. Nos pasamos la mañana metiendo conchas de colores en un cubo de plástico mientras mis padres se alejaban cogidos de la mano. Mi hermano Marcos encontró una caracola nacarada tan grande como un puño cerrado. Yo le dije que si se la ponía en la oreja y cerraba los ojos oiría el mar cuando estuviéramos en casa. Se la guardó en el bolsillo convencido de que allí encerraba todo el océano, las olas y el color azul.

En la otra fotografía anclada a la pared estaban mis padres. Jóvenes, muy jóvenes. Pero, es curioso, aunque en esa instantánea tendrían pocos más años que yo, seguían pareciéndome mucho mayores. Más sabios también, mis padres. Qué jóvenes sois los jóvenes de ahora, solía decir mi madre. Mi madre estaba sentada en un columpio rodeado de hojas secas. Ellos no sabían que me había llevado las fotografías del álbum familiar. Hacía mucho tiempo que nadie abría esos álbumes. Las láminas estaban amarillas, como si fuera el color que la realidad tenía entonces. O tal vez ese sea el color de los recuerdos pasado un tiempo. No lo sé.

El escritorio que ensamblé el día anterior continuaba en pie. Los rotuladores y lápices en un vaso. La moqueta azul, límpida. Seguía en Cambridge. Todo en orden al fin. La vida empieza hoy, respiré.

Pasaron cinco minutos. Pestañeé y el mundo seguía intacto.

Al apartar las cortinas apenas entró luz. Las aceras estaban empapeladas de hojas grises, como mosquitos aplastados contra un parabrisas. El cielo era del mismo color que las aceras. El aire era del mismo color que las aceras.

Y no había nada que explicara mi tristeza.

Quise llorar. Es decir, me esforcé por llorar. Nada. De pronto la felicidad se había convertido en un lugar solitario —no sería la última vez—. Una isla calcinada. Un juguete viejo. Me dio pánico salir de mi cuarto azul. Era aterrador pensar en montar en bicicleta por aquellas calles pintadas con llanto de niño. Sentí que estaba en el final del mundo. Una sensación de abandono difícil de cartografiar. Tan lejos de todo. ¿Hacia dónde caminar si quería regresar a casa? Sin brújula ni girasoles. ¿Por qué había venido a Cambridge?

Pasó una excavadora. El conductor fumaba tabaco de liar. Tenía tatuados los brazos con tinta verde. Jamás había visto a aquel hombre. Cuántas carambolas o sortilegios, cuánto énfasis desmedido, cuánto desorden astral, para que en ese momento y lugar aquel hombre y yo nos juntáramos con una ventana empañada de por medio. Está claro que el destino no existe, recapacité, a ninguna fuerza cósmica se le ocurrirían esas cosas tan estúpidas.

Pensé en llamar a mis padres. Necesitaba cerrazón sosegada. Coherencia roñosa, barata. Que me hablaran con la voz resignada de triunfo para que volviera a casa. Era de esperar, hijo. Aquí estarás mejor, con nosotros. En unos años habrás terminado la carrera y ya podrás viajar con tus amigos. En verano. Donde quieras. Mi llamada exigía un ya te lo dije, un nosotros lo sabíamos pero te empeñaste. La confirmación de mi culpa. Nunca te has ido solo a ningún sitio, Nicolás. Cambridge. ¿Qué hay en Cambridge? Deja de jugar y haz la maleta. Aún puedes empezar aquí el curso. Pensabas que ibas a llegar allí y todo iba a ser fiesta y jarana. Cualquier cosa con tal de no estudiar. Siempre estás igual. Te crees que no sabemos lo que hacen los estudiantes cuando salen de su país. Eso no es para ti, Nicolás, hijo.

Pero mis padres ya no hablaban conmigo desde una posición de autoridad. Les cayó un manotazo de aire triste, y me dijeron algo así como ya eres mayor. Algo así. Porque lo dijeron sin palabras, a la manera en que Dios dicta sentencias. Yo siempre toleré las riñas, nunca los silencios. Todo eran camas sin hacer y comidas frías, recalentadas en el microondas y vueltas a enfriar.

Les faltaba el sueño y los vocablos. A mis padres. Les faltaba mi nombre. Hasta el más tonto sabe que lo que no se nombra desaparece. Vivían entumecidos. Mis padres. Perseguidos. Abandonados. Todo a la vez. Con una pieza rota que impedía funcionar al resto del mecanismo. Desde que mi hermano pequeño se fue, mis padres y yo nos alejábamos en direcciones opuestas. Un universo en expansión.

Todos los niños se hacen mayores, de pronto, una mañana. Eso me dijiste un día. Yo te expliqué que mi hermano Marcos jamás crecería. Marcos siempre sería un niño, pero un niño de verdad. Nunca te he contado su historia.

La primera vez Marcos tenía tres años. Se quedó dormido en el sillón. Hecho un ovillo. Nuestro gato, Gaspar, dormía junto a él. Hecho un ovillo. Dos huracanes vistos desde una estación espacial. Yo estaba tumbado en el suelo. Una cerveza robada de la nevera. Una bolsa de patatas. En la televisión echaban *Sin Perdón* y Clint Eastwood decía: matar a un hombre es algo muy duro, le quitas todo lo que tiene y todo lo que podría llegar a tener.

Creo que era la segunda ocasión en que mis padres nos dejaban solos. Tal vez la tercera. Sin un adulto que gobernara con su idiocia nuestras decisiones. Me incorporé. Marcos no estaba. Gaspar seguía dormido. En la misma posición de turbante. Mi hermano se había convertido en aire. Un ángel inexpresivo que había salido por la ventana. Marcos tenía vocación de nómada.

Durante horas buscamos su tímida presencia. Bajo las camas. Entre los coches. En mi garganta. En la espeleología oculta de las cosas. Lejos de la propia razón. Marcos siempre había sido un niño especial. Eso lo sabíamos todos. Con tendencia al autismo de los pájaros, que parecen estar y no. Te miraba y creías que te iba a convertir en un poema. Así, sin bolígrafo ni nada. Ataviado de la constate expresión de desconcierto del que ha perdido el autobús en una ciudad extraña.

Marcos tampoco se había escondido en los armarios. Ni en el cubo de la ropa sucia. No se había envuelto en seda para salir con alas de colores. Gaspar bostezaba. Calibré cualquier fortuna. A cada rato me asomaba por la ventana. Esperaba, quizá, ver su cuerpecito convertido en una sombra chinesca sobre el asfalto. A Marcos le gustaba ponerse la toalla a modo de capa y volar. Como a todos los niños. No, claro que no, Marcos no era cualquier niño. Era diferente.

Mi madre dejó de intentarlo. Lloraba. Las lágrimas se le amontonaban en los ojos sin caer. Bailaban, negras, mágicamente sujetas en el barranco de sus mejillas.

¿Dónde está?

La policía no sabía nada. Ningún aviso. Nos llamarían pronto. Estaban en ello. Aún era pronto para hacer conjeturas. Una travesura. Un despiste. Había que esperar. Esto es más habitual de lo que ustedes creen, señores, ya verán. Marcos secuestrado. Marcos en las alcantarillas. Marcos en el río. Lo imaginé flotando, azul, enriado. Con los ojos abiertos y redondos como los de Gaspar en la oscuridad, mirando al vacío. Indiferentes. Los ojos de los gatos ven cosas que nosotros no vemos. Pura ciencia. Marcos en un maletero. Marcos de vuelta al mundo mágico del que sin duda vino para regalarnos tres años de ternuras. Mi padre se sujetaba el pelo con las dos manos. Cadavérico. Afilado. Marcos en la selva, sin madre ni padre, asediado por monos juguetones y reptiles sibilinos.

Mi padre me miró y supe que si Marcos no aparecía yo también dejaría de ser su hijo.

Ocho horas pasaron sin rastro de mi hermano. Estábamos todos en la cocina. Cada sonido suponía un sobresalto plúmbeo. Cada ruido un tiroteo. Mirábamos al suelo. Al reloj de pared. Los segundos eran hachazos en el reloj de pared. Mi padre movía el teléfono para asegurarse de que estaba bien colgado. Daba vueltas. Mi madre no. Ella se sujetaba las manos para que dejaran de temblarle. Estaba muy guapa cuando lloraba sin lágrimas. Qué pena que las mujeres sean tan hermosas cuando están tristes. Mi padre cogió su abrigo. No aguanto más, dijo, aunque en realidad no hablaba con nadie. Salgo a buscarlo.

Gaspar nos miraba sin comprender por qué lloran los búhos y las personas. Un ronroneo. Un salto. Una carrera al salón. Pensé que solo él tenía respuestas. Quizá el huracán de Gaspar había engullido a mi hermano pequeño. La meteorología es una ciencia mágica, engañosa e impredecible. Fui tras él. Hablar con un gato. Qué ingenuidad.

El gato brincó al sofá y se ovilló junto a mi hermano. Marcos, grité. Mi hermano abrió sus ojillos. Gimió por haber sido despertado de un modo tan impertinente. A nadie le gusta que le despierten a voces. A un niño de tres años tampoco.

Abrazos, lloros, preguntas y besos. Ya sabes. Más preguntas.

Marcos miraba nuestras preguntas como si fueran un cuento de miedo. Como si fueran cuerpos mutilados. Con tres años uno todavía no sabe lo que es la muerte. Se tiene miedo a otras cosas mucho más serias como los monstruos del armario o el llanto de tu madre. Eso sí que da miedo de verdad.

Se había dormido con Gaspar, repetía. Gimoteaba. Nico veía la tele ahí, mi hermano señalaba el suelo y todos mirábamos la alfombra en busca de evidencias. Tiritaba de un modo que se nos quebraba el alma. Pobre Marcos, se había quedado dormido, claro. Pedía perdón con mocos y ojos grandes. Dormido. Ocho horas. No se había movido del salón. Marcos. No nos mientas. En el salón hemos entrado siete personas a buscarte. Varios vecinos. La policía. No tiene gracia, Marcos. No vuelvas a hacerlo o…

Marcos había estado ocho horas dormido. En el sofá. Acurrucado. Con Gaspar. Sin que nadie lo viera. Una decena de personas había pasado por delante sin verlo. Tenía solo tres años. A esa edad no se miente.

Mis padres visitaron pediatras y neurólogos. Metieron a mi hermano Marcos en cápsulas mortuorias en busca del poema secreto que guardaba su materia gris. Le sacaron fotos a todo su sistema nervioso. Su cerebro laminado parecía una mariposa de plomo. En el entramado de nervios, lóbulos y sinuosidades tampoco había respuestas. Qué se creían. Después vinieron aquellas sesiones, largas como mirar el movimiento circular de las manecillas de un reloj. Horas en habitaciones llenas de juegos, colores y médicos con bata blanca que al terminar regalan caramelos con una sonrisa y luego se encierran, muy serios, a solas con los mayores. ¿Dónde estuviste, Marcos? Dormido en el sofá, con el gatito, se llama Gaspar.

Todo fue en vano. Mi padre terminó por aprender a olvidar el asunto. Yo creo que lo rumiaba en soledad. Así son los hombres. Mi madre pasó semanas sin dormir. Apoyada en el marco de la puerta, viendo dormir a su hijo. Así son las mujeres. Les quitan una parte de ellas al parir que se aleja poco a poco y se pasan el resto de la vida buscándola. Amputadas, como los miembros fantasmas de los mutilados. Hay que entenderlo, aunque no podamos. Como entendemos a la muerte o a Dios. No se puede pero hay que hacerlo.

Desde aquel día en casa solo se habló en susurros, dentro de habitaciones que cerraban sus puertas por dentro. Se diría que siempre había un bebé al que poder despertar. Y nadie se miraba a los ojos. Solo al suelo y a las propias manos.

Cuando nos veían en el portal, los vecinos movían la cabeza y apretaban los labios.

Mi madre convenció a mi padre para que fuésemos al pueblo. Allí vivía una santera. La Lechuza, la llamaban. Cosas de antes, supongo. Era muy famosa en toda la comarca. Quitaba las verrugas por teléfono, y conocía remedios naturales para cualquier enfermedad. A mi abuela le desaparecieron los clavos de la piel con una oración, recuerdas, esgrimió mi madre para ablandar su propio agnosticismo. La gente dice que a una vecina le curó el cáncer, así sin más. Bobadas, mujer, cómo te crees eso. Y qué me dices de las dos niñas, insistía ella. Todos recuerdan cómo la Lechuza ayudó a encontrarlas. Se habían perdido en el monte: cuentan que le cortó la cabeza a un gallo y la sangre se vertió a manguerazos por todo el cuarto. Mi abuelo lo vio. La Lechuza leyó en esas manchas rojas. Luego los gallos descabezados comenzaron a correr hasta el pozo. Y allí estaban, las dos, abrazadas en la profunda oscuridad, como el signo de géminis. Lo vio todo el pueblo.

En aquella casa olía a humo de encina, a pasado, a luto. Todo estaba hecho de piedra y de tiempo: de geología. La lumbre expulsaba una bruma que solo calentaba la cabeza. La vieja cogió a Marcos en brazos. Sus cabellos eran muy claros, casi transparentes. Sus cabellos se difuminaban igual que si fueran a hacerse de vapor. Lo miró a los ojos durante varios minutos. Marcos le aguantó la mirada. Hipnotizado. Dos animales retándose. La Lechuza parecía que iba a perder los globos oculares. Que se le iban a caer como dos pelotas viscosas y se le llenarían de tierra. Pensé que uno se había metido dentro del otro. Mis padres se cogían de las manos. Yo estaba en pie detrás de ellos. Se diría que esperábamos el *flash* de un fotógrafo que no terminaba de llegar.

A Marcos se lo llevarán más veces. Ya está, eso era todo. Se lo llevarán más veces. Ahí estaba su sentencia. Y dejó al niño en el suelo como quien suelta una maleta al llegar a casa. Muchas más. No podréis hacer nada. Aún lo sujetaba de la mano y Marcos quería escapar. Todas las veces que ellos quieran. Se lo llevarán. Hasta que un día, seguramente nunca vuelva. Se lo llevarán y no lo traerán de vuelta. Mi padre le arrancó a Marcos de sus manos punteadas de lunares negros, de manchas de edad, y se metió en el coche. Mi madre encendió un cigarrillo. Hacía años que no fumaba. Leía las hojas de la vida en la ventana. Asimilaba la primera verdad que le habían dicho tras varios meses de consultas, psicoanalistas y pediatras. Esas cosas solo las saben las madres. Los demás tampoco lo entenderemos nunca.

En nuestra primera cita, sobre el embarcadero, me dijiste que tú no querías ser madre. Que eras demasiado egoísta para eso. Yo no te creí. Aunque por aquel entonces aún desconocía que el egoísmo es una suerte de anhelo supremo. Pensaba que tenías miedo a los milagros. Sí, algo así, tenías miedo a que tu cuerpo pudiera ser un vehículo de hacer milagros. Porque todos tienen miedo a lo que no entienden, pero lo que les da miedo de verdad es admitirlo. Qué equivocado estaba. Me has engañado tantas veces.

Te dije que yo tampoco sería nunca padre. He visto lo que sufren los padres por culpa de sus hijos. Pero hay algo más. Te lo expliqué aquella misma noche, en uno de los silencios en los que te enclaustrabas: nadie habla de lo que sufren los hijos por hacer sufrir a los padres. Esa bobada te dije.

Yo miraba a la vieja. Fascinado por aquellos brazos arrugados y torpes, de cartón mojado. Parecía pedirme perdón.

El humo ya se podía coger con las manos y punzaba con fuerza las sienes.

Mi hermano pequeño se llamaba Marcos. La segunda vez que se lo llevaron tenía cuatro años. Unos cinco meses después de visitar a la Lechuza. Estuvo desaparecido catorce horas y media durante las que no paró de llover. Subió a un tobogán del parque mientras mi madre abría el paraguas para volver a casa. Amanecía ya cuando un vecino que había salido a pasear a su perro lo encontró encaramado al mismo tobogán. Su ropa estaba seca. Marcos pasó tres días sin hablar.

De la siguiente ausencia mi hermano pequeño todavía no ha vuelto a casa.

Esa mañana de sábado en que yo miraba el techo de mi habitación azul en Cambridge hacía ya dos años y medio de su última desaparición. El tiempo había pasado en todos los lugares del mundo menos en mi casa. Allí no. De allí Marcos se llevó todos los latidos y detuvo todos los relojes.

Era sábado en Cambridge, ya lo he dicho. Nunca vi un sábado igual. Tan domingo por la tarde. No encuentro otra manera de describírtelo. Mi abuelo Martín decía que todo el mundo reconoce un domingo por la tarde. Te pueden encerrar en una habitación sin luz durante diez años. Da igual. Si te sacan un domingo por la tarde lo sabrás. Pensé que a lo mejor en Cambridge todos los sábados eran domingo por la tarde.

Miré por la ventana otra vez. Un matrimonio de ancianos caminaba por la acera, reclinados en sus andadores. Son bellos los ancianos anglosajones, no te parece, tan blancos, tan suaves, casi un eslabón más de la evolución. Una mujer cargaba con la compra en bolsas recicladas. Tras ella dos niños pegaban patadas a un balón sin reglas fijas. En la casa de enfrente una luz parpadeaba. Todas las casas eran iguales. Dos plantas de ladrillo pardo que conformaban cuatro viviendas, una valla de madera envejecida, hierba muy verde, mal peinada.

Llovía. Abrí la ventana. Un suspiro de eucalipto entró en mi habitación. Saqué la mano. Llovía, sí, pero no caía agua. Las gotas flotaban, suspendidas como una pluma en una brisa muy espesa.

Me rendí. Con solo veinte años, claudiqué. Qué razón había para la lucha. Por qué nos empeñamos con una fuerza conmovedora en pasar penurias. Ese suicidio cotidiano de no estar nunca satisfechos. Por qué los planes siempre se desmoronan por donde ellos quieren, al igual que una mancha de agua que se extiende a su antojo. Los futuros nunca existen, cambian y terminan por ser una deformación. Hay veces que uno piensa que solo se está vivo cuando se sufre. Solo entonces se ve lo que de verdad importa, si es que hay algo que de verdad importe. Cada persona le da importancia a unas cosas. Nadie puede discutirlo.

Era sábado. Al menos en España era sábado. Las once. Todavía no había retrasado la hora de mi reloj. Mis amigos estarían jugando al fútbol. Después se tomarían unas cervezas. Donde siempre. Algunos se irían a casa y otros, entre los que me cuento, llamarían a sus madres para decirles que se quedaban a comer por ahí, yo qué sé mamá, por ahí. La tarde sería larga. La noche sería larga. En los bares de siempre. Risas. Confort. La mente del ser humano no está preparada para entender su insignificancia. Lo que me extraña es que haya gente que se pase la vida estudiando su grandeza. Hay que ser imbécil para estudiar tu cerebro en otro cerebro. Qué se creen que van a encontrar. A Marcos no le encontraron nada por más que miraron. Marcos. Y si Marcos volvía. Y si regresa durante dos horas y yo no estoy allí para verlo. Era mi hermano. Le echaba de menos. Los niños de seis años dejan un hueco muy profundo. Por lo que son y, como diría Clint Eastwood, por todas las personas que podrían llegar a ser.

Capitulé como solo tienen razones para hacerlo los ancianos vapuleados. Quizá ni ellos. Siempre me ha costado entender el honor de la derrota. O la derrota con honor. He perdido muchas veces. Cada día es una pequeña pérdida. Qué orgullo hay en ello. Hemingway decía que el hombre no está hecho para ser derrotado, un hombre puede ser destruido pero no derrotado. Así lo escribió por boca del anciano pescador en *El viejo y el mar*. Pero de eso ya ha hablado mucha gente. Incluso puedo decir que la mayor parte de las veces ni me importa. Olvido fácilmente los fracasos, tanto como los éxitos. Pero nunca he sentido ninguna dignidad o decencia en ello. La ambición nunca me tocó con sus afiladas uñas para hacerme perder la imparcialidad.

Había pasado más de veinte minutos ensimismado en los saltos anárquicos de mi pensamiento. Alguien hacía café en la cocina. Pasé el pestillo de la puerta de mi cuarto. Me senté en el suelo con el teléfono móvil en las manos y llamé.

Descolgó mi abuelo.

Hola, Nicolás. Iba a bajar al salón a jugar al ajedrez. Son todos malísimos, y tardan horas en mover. Ayer se me durmió uno y luego decía que le había hecho trampas. Lo que hay que aguantar. Veré alguna película. ¿Ya tienes casa? Me alegro.

Después de unos segundos de silencio la voz de mi abuelo cambió. Me dijo, Nicolás, Nico, qué te pasa, y otras cosas muy extrañas como que somos un soplo de aire y que hacerse joven lleva demasiado tiempo. Eso es de Picasso, abuelo.

No le entendí pero le dejé hablar.

Mi abuelo había pasado toda su vida dentro de una mina. Entre piedras y olor a caucho quemado. Rutina sobre rutina. Como una baraja de cartas. Ahora vivía en una residencia de ancianos a las afueras de la ciudad. Nunca tuvo vacaciones. Como si se enorgulleciera de todas sus privaciones. Eso decía siempre que alguien se quejaba: yo nunca tuve fiestas, recreos ni vacaciones, había que trabajar. Y punto. No decía más. Él sabía que era suficiente para librarse de cualquier réplica. De pequeño tuve que comer bellotas de lo pobres que éramos, no te quejes. Y, claro, nadie se quejaba. No había forma de poner otro grano de arena para superar su montaña de padecimientos.

Cuando mi abuelo se jubiló, mi abuela ya había muerto. Supongo que con ella murieron muchas cosas más. Pero de eso mi abuelo nunca hablaba. En realidad casi nunca hablaba de nada. Por eso me sorprendió la charla de aquella mañana al teléfono.

Estoy muy orgulloso de ti, dijo más despacio, con la boca llena de plumas, imaginé. A veces la imaginación lanza mensajes de lo más turbadores. Date tiempo. Disfruta. Nicolás, no dejes de hacer nada de lo que un día puedas arrepentirte. Pierde el tiempo todo lo que quieras, pero nunca lo pierdas haciendo cosas que no quieres hacer. Nicolás, me oyes, bah, qué viejo soy, nunca creí que se pudiera ser tan viejo.

Sí, Martín, susurré —a mi abuelo no le gustaba que le llamaran abuelo—. Ahora sí lloraba. Sin esfuerzo ni nada. Yo nunca he sido viejo, por lo tanto no puedo saber lo que significa saber que nunca podrás ser nada más que eso: viejo. Cuando un viejo te abre su corazón da mucha pena. Sabes que está derrotado, diga lo que diga el borrachuzo de Hemingway.

Gracias, Martín. Mi voz sonó a despedida. Miré la pantalla del móvil para calcular el gasto de la llamada. La pantalla estaba enferma de viruela. Tres minutos veintitrés segundos. Veinticuatro. Veinticinco. El aparato habló desde mi mano: Y sobre todo no se te ocurra llamarlos. Que sufran por ti. Esa es su tarea ahora. Que sufran y recuerden que tienen un hijo de veinte años. Coño, Nicolás. Ya es hora de que eduques a tus padres. Ya va siendo hora que recuerden. Ahora apaga el maldito móvil y sal de casa.

Media hora después salí de mi cuarto con una mochila y ropa para hacer deporte. El deporte siempre fue una medicina certera y fiel. En la cocina había una taza de café a medio beber sobre la encimera y dos platos con migas de pan en el fregadero. Un gemido, frío, tristísimo, venía del cuarto de baño. Gennaro parecía llorar. Lloraba en italiano. Hay idiomas en los que se llora con más pena, de eso no cabe duda. Creo que golpeó la pared con el puño. Con los dos puños. Debía tener la boca apoyada contra la pared. Llenaba los azulejos de babas y salmos. Sus quejas repercutían, comprimían el encofrado de las paredes y se deformaban dentro del tabique que nos separaba. Un ulular de lobos.

Pensé que a él tampoco le gustaba que los sábados fueran domingo por la tarde. O que su hermano pequeño tampoco había vuelto a casa. Sea lo que fuere, deduje, Gennaro nunca había comido bellotas pero tenía motivos sobrados para quejarse de verdad.

En realidad, creo que rezaba. A mitad de la oración tiró de la cisterna.

Hay una especie de claudicación desde el primer día que se deja de correr como un niño. Sin dirección. Sin economizar esfuerzos. Sin motivo. Siempre he creído que hacer algo sin motivo es ya de por sí un motivo extraordinario.

Correr nunca fue de mi agrado. Quiero decir, correr con medidor de calorías, pulsómetro, contando, armonizando resuellos y esas majaderías. Sin un pasatiempo infantil o un deporte involucrado de por medio, correr me resulta agónico. Pero me hace bien. Perturbar el baile de sístoles y diástoles. Segregar endorfina. Ayuda a ver el mundo algo menos amargo. Algo más lógico y moldeable. Un soplo urgente de optimismo sedante.

Esa mañana de domingo por la tarde corría rodeado de árboles artríticos. Les crecía moho en sus barbas verdes. Entre ellos había una neblina azulada a modo de lienzo que no dejaba ver más allá. Los arboles que rodean Parker's Piece desprendían una bruma de oxígeno gris en el que daba gusto moverse. Seguro que lo recuerdas. Un misticismo decadente se extendía sobre aquel verde tan mullido e irreal.

El balón llegó hasta mí. Detuve mi carrera. Un chico se acercó. Era alto. Se diría que famélico si no tuviera los músculos encurtidos, señalados como un atlas de anatomía. Un don Quijote rubio y lampiño. De semejante figura solo quedaba esperar movimientos torpes e incoherentes. Sacudidas de marioneta. Impresión errónea. Sus ademanes resultaban elegantes, su zancada segura. Tanto en la mímica de sus manos como en su carrera no había nada aleatorio. Habló en francés. Me incliné como si no le hubiera oído. Le devolví la pelota. Resignado, se acercó un poco más. Repitió su frase en francés y señaló la bandera azul, blanca y roja de mi camiseta. Soy español, le dije moviendo ambas manos en abanico.

Me atrajo su indumentaria algo añeja. Lejana. Usurpada de la película *Carros de Fuego*. Ya sabes, esa escena inicial en la que los atletas corren descalzos por la playa escocesa de Saint Andrews. Un padre y un hijo los miran. Un perro corre tras ellos y ladra. Los atletas, muy blancos con sus ropas muy blancas, saltan la valla y regresan al campo de golf. Y uno entonces sí quiere salir a correr, sin reloj ni nada. Sin zapatillas siquiera. Como un indígena libre y feliz. Y que Vangelis le ponga música a esa carrera.

Se llamaba Pierre Spielmann. Me indicó que jugaban siete contra seis. Lo tomé como una invitación a participar, a cuadrar la matemática del juego. Me acerqué. Hubo muestras de desaprobación. Miradas de medio perfil, que analizaban de arriba abajo mi vestuario más cercano al pijama que al deporte de riesgo que ellos practicaban. Recordé a mi abuelo. Siempre decía que nada cierra más puertas que la vergüenza. O tal vez no era así la máxima. Qué importancia tenía. Una vez muerto nadie se acordará de las explosiones de grisú en la mina ni del saturnismo que dejó sordos a sus compañeros. Todo termina por morir. Hasta las personas. Hasta los recuerdos cuando ya no queda nadie para recordar.

Me uní a ellos.

Nunca fui un buen jugador de fútbol. Esas cosas se comprueban enseguida. Me falta la disciplina para guardar las líneas de defensa, marcar al hombre, estrategia, colocación. Es cierto que jugaba todos los fines de semana con mis amigos. Pero cada uno vivía enfrascado en una guerra individual. Una muchedumbre espantada. Más volcados en el azar y en la gloria pasajera que en la sensatez de nuestras acciones. Algunos también formábamos parte de un equipo de cafeterías. Bar-restaurante *Le petite France* –de ahí la bandera francesa de mi sudadera–. Solo me sacaban del banquillo cuando ganábamos o perdíamos por más de dos goles, y siempre y cuando no quedara tiempo para voltear el marcador hacia uno u otro lado. Me gustaba correr la banda. Fundirme. Como Zorba, el griego, con su baile invocador. Agotarme como un perro al que se le lanza una pelota ciento una veces. Va a por ella y vuelve, va a por ella y vuelve. En inglés tienen hasta un verbo solo para eso. *To fetch*. Ir a buscar algo. Me gustaría poder hablarte combinando todos los idiomas del mundo para precisar mejor las ideas. Aunque ni eso alcanzaría.

Pierre me pasó el balón. Corrí. Un regate. Patada a seguir. Gané la carrera. Otro regate y otro. Sin aspiraciones. Me resbalé un par de veces. Ja, ja. Trastabillé, yo solo. Salí airoso. Consumido. Sin las botas apropiadas era lo más próximo a un simio con patines en una pista de hielo. Golpeé al balón. No sabría decir si en dirección a la portería. Solo lo golpeé para quitármelo de encima. Entró así, por la parte alta del palo izquierdo adquiriendo una curva estética. Todos me felicitaron. Cómo te llamas. De dónde eres. Yo también. No, ahí no, en el campus de Peterborough. Ahora vamos a tomar algo al pub de aquí al lado y nos cuentas más. Siempre estamos cortos de gente para estos partidos.

Aquello no era fútbol, era violencia. Entregarse al castigo. Chocar para intercambiar placer. Nostalgia de la guerra. Un club de la lucha sobre algodón pistacho. Nunca fui tan felizmente salvaje, tan primitivo.

Recibí un pelotazo. Caí al suelo. Me llevé la mano a la nariz. Sangraba. La cara me ardía, se me carbonizaba. Me encaré con un estudiante de Pakistán que estoy seguro jamás había hecho una falta o una entrada sucia en su vida. Esa gente es muy respetuosa. El muchacho pidió perdón y fue un zombi el resto del partido. Al día siguiente me sentiría mal por aquello. En un lance sin balón fui a por él. Chocamos con violencia. Qué placer animal. Qué exilio tan salvaje de mí mismo.

Terminé magullado. Las medias llenas de heridas. Algo más

de sangre. Los labios violetas. Los pómulos y la frente rojos, salpicados de capilares rotos y de barro. Fumarolas de sudor se evaporaban desde mi cabeza y mi piel. Escozor y vida. Quien lo probó lo sabe dijeron una vez. Otro modo no hay.

Juraría que Pierre Spielmann también jugaba llevado por los mismos impulsos. Desde el primer momento admiré su distinción, ajena al fanatismo, lindante con la nobleza. Por supuesto, su galantería solo podía ser innata, genética. Eso no se aprende.

Sabía que Pierre disfrutaba del dolor con la misma intensidad que yo. Parecía, sin embargo, que se divirtiera solo. Con otras reglas, con otro encanto. Él buscaba el recreo colectivo. Un animador de cruceros y resorts familiares. Corría la banda como hacen los perros en las playas vacías durante el invierno. Recordé la escena de *Carros de Fuego* otra vez. Pierre jamás eludía el conflicto. Se revolcaba por el barro y sonreía siempre. Cuando caía al suelo siempre había una mano que lo levantaba con otra sonrisa y la cara de un ternero desollado, cocido a fuego lento. Su única vocación era bregar, ensalzar el triunfo ajeno con su lucha. Repudiaba la espiritualidad de toda conquista. No le importaba. Nunca conocí a nadie tan seguro de su circunstancia actual. Entonces solo fue una sospecha, pero según nuestra amistad creció supe con certeza que Pierre intuía la importancia real de cada acto. Sabía estudiar el presente con el rigor con que se analiza el pasado, como si examinara cada situación treinta años después y no en tiempo real. Digamos que observaba el tiempo igual que se ve el mundo desde un globo.

Nadie recuerda el resultado. Eso también muere.

Tras el partido fuimos a tomar unas cervezas. La tradición se imponía a cualquier otra obligación, laboral o conyugal. Al principio hablé con un inglés y un checo que trabajaban en un parque tecnológico al norte de la ciudad. El pequeño Silicon Valley lo llamaban. Pasamos un buen rato. Eran amables. Conversación sugestiva, diferente a lo acostumbrado. Uno de ellos era un ingeniero que trabajaba con uno de los inventores del actual sistema de abrir latas de bebida, el *stay-on*. No me pareció un gran logro hasta que me dijo: ¿puedes hacerte una idea de los millones de refrescos que se abren al día en el mundo? Pues hasta que mi jefe inventó el *stay-on* todos los trocitos de aluminio del sistema de apertura se tiraban al suelo, contaminando agua y suelos, por no hablar de los animales que morían al comerlos. Millones y millones de toneladas de aluminio al día. ¿Tú sabes cuantas Coca-Colas se beben cada minuto en el mundo? No, ni idea. Le dieron el equivalente al Nobel de medioambiente y se considera uno de los mayores inventos de los últimos veinte años. Increíble, pensé totalmente fascinado.

Se habló de fútbol, de ciencia, de historia, de cine, de actualidad y de literatura. Todo mezclado con bromas en un caos ordenado y natural. En mi barrio, mis amigos solían entender solo de un tema: su particular obsesión, su hueco en el mundo. Todos buscamos uno, un hueco, quiero decir, y los que no dedican la vida entera a la búsqueda, la dedican a la conservación de ese hueco. El hueco. Cada uno de mis amigos tenía su hueco para la gloria, su pequeño edén de sabiduría donde los demás no se atreverían siquiera a poner un pie: el informático, el geógrafo, el mecánico, el obsceno, el coleccionista de curiosidades, el inventor de proyectos absurdos, el crápula, el motero, el gracioso, el triste. Pero si los sacabas de ese territorio conocido, bostezaban, daban vueltas como un león enjaulado, o se confinaban en el silencio de un vaso. Aquellos chicos con los que charlaba en el pub, por el contrario, vivían en un estado de perpetua curiosidad. Necesitaban más de todo. Sin ansiedad. Me atrevería a decir que se les había educado en la virtud de la paciencia. Empecinados en la obviedad de que todo camino termina si se anda lo suficiente. Yo me limitaba a hacer preguntas y a indagar más en aquellas biografías que me resultaban casi alienígenas. Jamás pensé que hubiera tantas formas de vivir una vida. Tantas puertas abiertas, veladas por nuestros propios apagones. Tantos huecos a medida, zurcidos por un sastre con las pasiones justas de uno, pero desparramados por el mundo.

A eso fui a Cambridge, pensé aliviado por haber alcanzado al menos una respuesta, a conocer otros modos de vivir y de echar de menos, claro. Hay que irse para echar de menos lo que se odia, aunque esto resulte imposible de explicar.

Pero tú todas estas cosas que te cuento ya las sabías. Tú naciste con alas en los tobillos y un sortilegio de plumas en las manos. Porque una vida no basta. Ese es el drama de los despistados.

En algún momento tuve la extraña idea de que todo aquello solo podría ocurrirme allí, rodeado de bebidas amargas. Añoré vientos de otras islas. Islas que no conocía. Una nostalgia del revés. Nunca pensé que el mundo fuera un lugar tan grande. Siempre había creído que cualquier ciudad de cualquier continente no era más que una extensión de mi barrio. Con su bar, su farmacia, su colegio y los viejos tendidos al sol hasta la hora de cenar. En ningún tiempo hasta entonces había tenido razones ni impulsos para hablar con desconocidos. El inocente propósito de participar de otras historias. Me bastaba con las existencias ya acreditadas.

De entre todos ellos el que más amparó estos propósitos fue Pierre Spielmann.

Toca hablar de él. Nacido en París, siempre sintió más cerca el modo de vida centroeuropeo de Luxemburgo —país paterno— que el francés. Necesito hablar el idioma para que me concedan la nacionalidad, decía para saldar el debate, pero soy luxemburgués. En boca de Pierre parecía un título nobiliario: luxemburgués.

Era alto y óseo, recuerdas. Rubio. Su mirada azul lo cubría todo. Un sueño de la genética hitleriana. De una inteligencia casi clarividente. Sus maneras eran lánguidas, su habla despaciosa pero constante, lo mismo que el oleaje. Hablaba mucho y más cuando el licor le calentaba la lengua, pero nunca defendió un argumento que no estuviera sustentado en la más profunda meditación y análisis de todas las posibles variantes. Siempre vestía con ropa muy blanca. Arrugada con minuciosa deliberación. Las mangas dobladas dos veces. Un par de botones sueltos arriba y abajo. El reloj con correa de cuero, de aviador ocioso, en la mano izquierda. Nada en su aparente desaliño era improvisado.

Pierre Spielmann sabía que las personas te catalogan de acuerdo al trato que les dispensas. A él su amabilidad y descaro le brotaban de un modo instintivo y en el momento adecuado. Tal que una segunda lengua aprendida desde la infancia. Eso lo convertía en invencible.

Todo cuanto hacía era de una determinación que podría llegar a crispar si no fuera porque jamás alardeaba de ello. Pierre estaba por encima de esa infidelidad a uno mismo que esconde cualquier arrogancia. Si descubrí que solo compraba productos locales o de comercio justo es porque los tenderos le saludaban al pasar. Le ofrecían manzanas y pedacitos de cacao y él los llamaba por su nombre. Si tuve conocimiento de su íntima naturaleza e inclinación hacia el altruismo es porque vi en su cartera el carné de voluntario social y de colaborador con varias *charities* de la ciudad cuando más tarde me invitó a comer. Guardaba el mudo propósito de ser cooperante al desarrollo en algún país de los que las personas del hemisferio norte no sabemos ubicar en el mapa. Cuánto nos cuesta mirar hacia abajo. Los niños quieren ser astronautas, no mineros, decía Pierre a menudo para aligerar la conversación. Mi abuelo es minero, le respondía yo entonces, más de cincuenta años extrayendo combustible nuclear. Tu abuelo debe ser muy sabio, sonreía Pierre en un brindis, le ha visto el estómago al mundo.

Pero de todo este fanatismo por el bien común que cultivaba Pierre yo no tuve conocimiento hasta varios meses después. Marcharse al África subsahariana a salvar vidas, hete ahí la razón por la que necesitaba hablar varios idiomas y por lo que cursó toda la educación secundaria en Inglaterra. No, esto, no es del todo cierto. Esto es lo que contaba él las pocas veces que se le ocurría hablar de proyectos y no de realidades. Ahora ya lo sé.

Algunas veces he llegado a pensar que su vida debía ser aburrida. Con esa seguridad tan ensordecedora en todas sus acciones y pensamientos. Me pregunto cómo perdió la facultad de dudar de sí mismo.

Pierre hacía siempre lo que debía. Y lo que es más difícil, nunca imponía nada.

Su gran objetivo ese año, muy por encima de sus estudios —de los que salía airoso sin gran esfuerzo—, era entrar en el equipo de remo de la Universidad de Cambridge. Los *light blue*. Tenía puesto todo su ser en la próxima carrera contra Oxford que se celebraría en primavera. Mi padre compitió tres veces en la *Boat-Race* con el primer equipo, sabes, y una de ellas incluso como capitán, decía Pierre a menudo. Las tres veces se impuso a Oxford por una amplia ventaja. Mi padre siempre habla de eso, concluía en la única conversación en la que no mostraba una seguridad admirable. Ahora que lo pienso, nunca le pregunté a Pierre si de verdad le gustaba remar.

Pierre Spielmann sabía que se escucha más a quien sabe callarse a tiempo. Y así era, cuando Pierre hablaba todos dejaban sus ideas a un lado y atendían. Adormecidos en una especie de reverencia discipular. Todo cuanto decía suscitaba extensos debates que tras un rosario de ires y venires, pros y contras, desembocaban en el punto inicial: el que defendía Pierre. Aun con todo, muchas veces he pensado que era su sentido del humor lo que le convertía en necesario. Gozaba de unas ocurrencias tan refinadas y punzantes que obligaba a requerir su opinión en cualquier circunstancia. Incluso cuando no estaba.

Maldita sea, estoy seguro que hasta sabía cuándo y cómo ausentarse. ¿Qué diría Pierre de esto o de aquello? ¿Qué diría el gran Pierre Spielmann si estuviera aquí?

Las últimas razones por las que me cogió afecto nunca las he llegado a saber. Tampoco me las he preguntado hasta ahora. Desde luego han de estar lejos del sinsentido de la madurez. Ya lo sabes, conozco mis defectos y mis escasas bondades. No es humildad sino algo más cercano a una resignada aceptación. A los ojos de los demás soy un animal introvertido, un rostro silencioso. Raro, quizá, según tú. Nunca llegué a saber si esas rarezas que veías en mí te resultaban atractivas. Lo cierto es que las reglas sociales aún me aturden. Es un gran problema. Me resulta difícil explicarlo. Carezco de costumbres seniles de tortuga con las que un desconocido pueda abordarme. Esa es la única verdad.

Cómo saber entonces las razones que llevaron a Pierre a invitarme a comer. Son esas cosas que solo se le preguntan a una novia. Años después. Con una copa de vino. En un décimo aniversario: ¿te acuerdas del primer día que salimos juntos, cariño? Llevabas puesto… Tenías cara de… Enseguida vi en ti… Es decir, cuando se busca el mecanismo con el que arrancó ese volteo inesperado, el relámpago perdido que te lleva diez años después a rastrear en vano una antigua sonrisa, un motivo para seguir juntos. Luego llega el silencio. Y se dan vueltas a una copa, rebuscando en la marea que deja la lágrima del vino sobre el cristal.

Eso a un amigo no se le hace. De ninguna manera. A un amigo no se le enseñan las miserias de un modo tan indecoroso. Es una simple cuestión de lealtad. Porque en la amistad nadie equivoca lealtad con fidelidad. En la amistad, al contrario que en el amor, ninguno de los protagonistas aspira secretamente a más. No importan los orígenes ni los destinos.

El caso es que los chicos con los que habíamos jugado al fútbol se fueron a casa después de un par de pintas. Yo no tenía prisa y Pierre me propuso almorzar en un pequeño pub de ingredientes orgánicos y locales. Y de no haber sido por ello, ya sabes, quizá esta historia terminaría aquí.

El restaurante estaba situado al este, en una maraña de callejuelas antiguas donde solo vivían estudiantes internacionales o artesanos ajenos a la gloria académica de la ciudad. Un barrio luminoso, blanco. En continua reforma para su conservación. Lo normal hubiera sido que con las zapatillas llenas de barro y manchas de hierba en los codos y las rodillas nos hubieran negado la entrada. Pero, ya sabes, la confianza de Pierre y su sonrisa abrían puertas y ventanas.

Saludó a la camarera y eso bastó para que a ella se le encendiera el ánimo. Luego la besó. Tras unos segundos en los que me expulsaron de sus vidas Pierre se giró hacia mí. Esta es Claire, susurró en un tono que nada quería ocultar, la chica más hermosa del condado. Ella sonrió y fue suficiente para que yo le diera la razón. Claire nos acompañó a una mesa del patio interior donde había duendes de estuco con aperos de jardín y carretillas con flores.

Fuimos por turnos a asearnos al lavabo. Me cambié de camiseta y me ordené el pelo. Poco más. Pierre regresó dueño de todo su carisma. Un bohemio capitán de barco tras una travesía de domingo por la mañana. Era de una evidencia matemática que algún día la madurez sería un regalo en su rostro.

Pedimos arroz, verduras y carne de avestruz que fue servida cruda junto a una piedra caliente sobre la que debías cocinarla.

Gran conversador, Pierre jamás revelaba intimidad alguna. Y sin embargo, no era extraño descubrirse a uno mismo abriéndole secretos que ni tú conocías. Lo único que supe de él aquella tarde —aparte de su total entrega al equipo de remo—, es que trabajaba algunos días al mes como gondolero para los turistas de habla francesa. Con un gran palo que usaba de timón e impulso, recorría los canales del río Cam por la parte trasera de los *colleges* de mayor prestigio. El día que quieras no tienes más que pedirlo, dijo. No te puedes ir de Cambridge sin recorrer sus canales en barca. No hay otro modo. Bueno, acabo de llegar, contesté. Con más razón, entonces.

Miramos por la ventana. El sol volvía a llenar de color y almas la ciudad. Hoy mismo, qué te parece. Ha quedado un día realmente bonito. Deberíamos aprovecharlo. Hay que saber cultivar los pequeños ratos de sol. Te encantará. Se termina el verano y ya hay barcas de sobra. A mi jefe no le importará que tome una prestada por un rato. Vamos.

Y así, con ese ímpetu levantado a base de delirios y visiones irrevocables, Pierre dejó unas libras sobre la barra, besó de nuevo a Claire y me condujo al embarcadero.

Media hora después yacía en una góndola adaptada para doce turistas con una caja de cervezas y dos mantas de cuadros escoceses como almohada. Pierre, en pie, dejaba que el fluir manso del agua nos arrastrara. Solo de vez en cuando corregía la dirección de la barcaza. Allí tienes el Trinity College, treinta y un premios Nobel entre sus estudiantes: más que la inmensa mayoría de los países de Europa. Y a mí nada me sorprendía ya. Ahí el puente matemático, construido según la leyenda por Sir Isaac Newton sin tuerca alguna, sin fiadores siquiera, solo sustentado por fuerzas basadas en la triangulación. Pero veo tuercas y tornillos, dije mientras el sol me llenaba la cara de bostezos, precipitado en una suerte de azules y rojos. Eso es porque los mejores ingenieros de la ciudad lo desmontaron en su día para penetrar en la destreza de Newton. Cuando quisieron montarlo de nuevo fueron incapaces de mantenerlo en pie y tuvieron que recurrir a la ayuda de pernos y tornillos. Maravilloso, contesté incorporándome para ver mejor el puente, alguien debería escribir esa historia. A Pierre le hizo gracia mi simpleza. Todo esto es mentira, Nico, en esta ciudad todo es mentira. Como ese puente que ves ahí. El Puente de los Suspiros. Señaló un pasadizo de piedra con cinco ventanales. Hermoso. Aquí los estudiantes del Saint John's no suspiraban por amor como en Venecia, sino porque era el puente para ir desde la parte antigua de las estancias a la más moderna donde se encontraba el tutor. No te creas nada de lo que te ocurra en este lugar, reiteró casi a modo de advertencia.

El sol ya caía a su espalda. Una sombra de evocación cruzó el rostro de Pierre. Su figura me pareció un añadido más a la melancolía del paisaje. Pierre había llegado hasta Cambridge por una predicción antigua, no había duda. Estaba atado a la ciudad por un sortilegio más fuerte que su contagiosa alegría. Y eso le causaba daño. Era imposible no creerlo. Pierre, todo de blanco, aureola malvarrosa, gesto distraído, pelo domado, se había metido dentro de un pasadizo a la nostalgia por el que nunca debió pasar.

Esta es la explanada trasera del King's College. Todo el mundo piensa que es aquí donde se rodaron las escenas de escobas voladoras de las películas de Harry Potter. Falso también. Si te incorporas verás su capilla. Una joya de los Tudor. Es la estampa de la ciudad universitaria. La habrás visto en miles de fotos.

La barca encalló. Lo normal es que Pierre hubiese caído al agua. Pero Pierre siempre estuvo por encima de esas torpezas de la física. Con un paso sencillo cambió la estructura de madera por el césped cortado a cepillo del King's College. Se escuchó una risa de mujer. Desde mi posición, el terraplén formado por el canal no me dejaba ver lo que sobre él ocurría. Bonita manera de colarse, escuché. Me levanté temiendo ser yo el que terminara en el agua y salté como un canguro sobre el césped. La majestuosa capilla festoneada de vidrieras del King's College saludó mi gesto de irrespetuoso.

Pierre se había acercado a dos chicas que estaban sentadas sobre el césped en la diagonal opuesta a la capilla. Me decía algo que no podía escuchar. Nico, ven, Nico, quiero presentarte a dos amigas. Las conozco desde que llegué a Inglaterra.

Lo primero que vi fue la bicicleta holandesa.

Después te vi a ti.

No la conocía y sin embargo deseé que no existiera. O que estuviera muerta. Me acordé de cuando tenía cinco años y un chico del pueblo de mi madre se arrojó desde una gran roca con una sonrisa y una burla acrobática. Cayó al agua abriendo un agujero de ebullición que se cerró y lo engulló. Blup. Una gran burbuja de aceite hirviendo. No salía. Al rato, algunos chicos mayores se tiraron a buscarlo en la oscuridad del agua. La próxima vez que lo vi su piel era gris y sus labios blancos. Casi azules. Lo metían en una gran bolsa negra mucho más grande que él. Cerraban la cremallera. Era la primera vez que veía a un muerto y casi no tuve miedo ni nada. Ahora yo quería tener una bolsa igual para asfixiarte dentro. Nunca te lo había contado.

Ni siquiera reparaste en mí. Llevabas una sudadera rosa con la capucha pasada sobre su cabeza. Como una *homeless*. Unos cuantos mechones rojizos y pardos se escapaban por los laterales. Apuntaban al cielo anaranjado, como queriendo volver a casa. Liabas un cigarrillo. No hablabas. Pierre se había agachado y hacía reír a la otra chica. Aquella facilidad de vivir me llenaba de admiración. Pierre era el término de la creación y la primera trompeta del apocalipsis. Nada más importaba en el mundo que la sonrisa de una mujer. Pierre también vivía con esa máxima.

Tú estabas sentada a la manera de los indios. De medio lado. Cada dos caladas le pasabas el cigarrillo a tu amiga. Revisabas una libreta escrita a lápiz. Expulsabas el humo juntando muy poco los labios, para besar al aire. Despacio.

Pestañeabas en código Morse, en un lenguaje para sordomudos.

Me quedé a unos cuantos pasos. Sin atreverme siquiera a entrar en tus pensamientos. Si no te miraba quizá dejarías de existir. Cuando a Marcos le daba miedo algo se tapaba los ojos y el miedo pasaba. Si no te miraba quizá no me recordarías ni en otra vida. Mis párpados podían ser la bolsa negra en la que encerrarte para siempre.

Mi amigo se llama Nicolás, es español. Es un tío de lo más divertido. Quiere ser guionista. Pronto será famoso. Acércate, Nico. Cuéntales la historia del tipo que se hizo rico proponiendo que hicieran más pequeño el agujero de los tubos de dentífrico. Es una anécdota genial.

Advertí que el barro acumulado durante el partido de fútbol se había resecado en mis extremidades. Me sentía en lo alto de una ventana sin cristal. Las cervezas y el movimiento de la góndola me pasaban factura. La temperatura se desplomaba a la sombra del College. Nos cubría como una manta negra y liviana. Sentí el cerebro lleno de flemas. Iba a vomitar. Salí corriendo en dirección a un edifico lateral. Entré por un portón hacia lo que parecía el refectorio. Crucé entre las mesas de madera sin preguntarme por la historia de miles de comensales muertos que pasaron por allí. Tampoco me paré a saludar los rostros de rectores con sus ochocientos años de gloria. Tras empujar varias puertas y sortear escaleras estrechas en tirabuzón, llegué hasta unos lavabos donde terminó mi agonía.

Me mojé la cara. Me senté unos minutos a esperar que cesara el temblor de piernas. Pensé en Ella. Ahora era invisible. Que algo sea invisible no significa que no exista, rumié con resignación. Ella existía, por mucho que yo no quisiera. Por muy lejos que me fuera, Ella seguiría existiendo en algún lugar. Y con Ella un tormento indefinido y crónico. Una maldición hasta entonces desconocida pero que de un modo u otro siempre había intuido.

Regresé al pasillo. Estaba perdido. Las ventanas no daban al patio del que venía sino a una calle peatonal llena de turistas. Un estudiante vestido con uniforme de deporte a rayas naranjas y marrones me pidió que me identificara. Portaba una especie de palo de *hockey* y le daba miedo acercarse. Negué con la cabeza. Mostré las palmas de mis manos. El estudiante me recomendó salir cuanto antes de allí si no quería meterme en serios problemas. Con la punta del *stick* me señaló una escalera de abrupta pendiente, escavada en el propio muro. Seguí su consejo. Poco después tiré de una pequeña puerta de madera y salí a una calle empedrada y estrecha.

Necesitaba regresar al patio del King's College para recuperar mi mochila. Para conocer su nombre. Me acerqué hasta la puerta principal. Un amable funcionario con sombrero de copa me pedía dinero o el carné de residente para cruzar al patio donde estaba mi amigo. Su compañero tocaba con el dedo índice la esfera de su reloj de pulsera. El horario de visitas había terminado. Al otro extremo podía verte sentada junto a tu amiga. Pierre se alejaba en dirección a la góndola. No parecía preocupado por mi ausencia. Había salido de su vida. Ya me habría olvidado.

Aunque eras tú la que deberías haberme olvidado.

Ya en mi habitación azul volví a plantearme los motivos que me habían llevado hasta Cambridge. Saqué la maleta del armario y empecé a componer un discurso mental sobre las razones que iba a darle a Gennaro para marcharme. Entretanto, fui a la cocina y tomé un trozo de pan. Con la miga comencé a endurecer bolitas y a modelar pequeñas representaciones amorfas que fui colocando sobre una hoja de papel que yo había cuadriculado.

Escribí un mensaje al móvil de mi abuelo: *Peón blanco D4.*

Al momento mi abuelo contestó: *Peón negro F5.*

Defensa holandesa. A mi abuelo le encantaba abrir así. Recuerdo la anotación de esa partida que jugamos a través de mensajes movimiento a movimiento.

Caballo C3. / Caballo F6. / Alfil G5. / Peón E6.

Desde hacía años mi casa era un desierto oscuro donde solo estaba el nombre de Marcos. Pero no había aire para que su nombre fuera pronunciado. Los días en el reloj de pared se convertían en meses. Tic, tac, tic, tac. Me arponeaban con su recurrente mensaje.

Cuando el silencio de mi casa se cristalizaba dentro de la cabeza, salía a dar un largo paseo. Me daba pena dejar allí a mi madre, con su traje de domingo y el cigarrillo agonizando en el cenicero. Pero sabía que al regresar seguiría así, escuchando recuerdos. En principio caminaba sin rumbo, pero de un modo u otro terminaba por llegar hasta el río y desde allí a la residencia de ancianos donde mi abuelo se había ido a vivir por voluntad propia. Era algo que nunca entendí. Mi abuelo siempre fue seco, huraño, descreído de los beneficios que reporta el ser amable con el prójimo. Una virtud alcanzada después de muchos años de conversaciones estériles. Amenazaba a las personas de medio lado, con la mirada torcida de los pistoleros. Un sociópata convencido. No le gustaba la gente, ni los saludos, ni la falsa modestia. Tampoco hay que darle más vueltas. Aunque no nos engañemos, que no te gusten las personas hoy está mal visto. La gente es imbécil, decía cada vez que se veía obligado a cruzar frases de cortesía. La gente es que es imbécil, redundaba.

No, nunca le gustó el trato con seres de su misma especie. Ni las frases hechas, los proverbios, el protocolo manido y a deshora, y menos aún los refranes y las fórmulas de cortesía. Las ideas tenían que ser nuevas para que él prestara oídos. En eso se parecía mucho a ti: todo debía ser nuevo. A los vecinos que veía a diario, los saludaba con un gesto de cabeza y un gruñido, sin separar los labios. Inclinaba su nariz de duende como el alacrán que muestra su aguijón. Temeroso de que le hicieran perder un segundo de vida en ese ritual de preguntas y dictámenes climatológicos. En la residencia hacía lo mismo. Pasaba muchas horas solo en la biblioteca. Con unos cascos muy grandes que sin embargo no cubrían del todo sus grandes orejas de marsupial. Visualizaba películas antiguas en un proyector. Le gustaban las películas del oeste, las de John Wayne y Richard Widmark. Su actor favorito era Yul Brynner. También le gustaban mucho las películas de cine mudo. Vete a saber por qué. Deduzco que por su amor incondicional al silencio.

Peón E4. / Peón E4. / Caballo E4. /Alfil E7, piensa, Nico, piensa. / Alfil F6. / Alfil F6.

Cuando me veía, se quitaba los enormes audífonos. Se levantaba de su trono de asceta y recogía el tablero de ajedrez con la caja de fichas como quien retira el tesoro de un sagrario. A mí tampoco me saludaba. Luego, pasado ya un buen rato, le daba por consultar algo. Con apatía. Como si no lo llevara rumiando varios días con el teléfono de la mano. Sacaba de la guarida al caballo y preguntaba traicionándose a sí mismo: ¿Cómo están tus padres, Nico? ¿Qué tal van los estudios? ¿Se sabe algo de Marcos? Y cosas así. Sin levantar siquiera la vista del tablero. Mi abuelo era el único que hablaba de Marcos. Quizá por eso me gustaba visitarle de vez en cuando.

De niño lo hacía a diario. Visitarle, quiero decir. Luego, dejé de hacerlo. Sin una causa, creo. Por las tardes venía a recogerme a la salida del colegio. Se quedaba esperando al otro lado de la plaza. Lo mismo que si tuviera una orden de alejamiento. Venía siempre escoltado por Ka, un pastor alemán noblote y cachazudo, y por un perro sordo, sin raza ni nombre, heredero de todo el mal humor y la enajenación canina de su abominable mezcla genética.

Yo cruzaba corriendo la plaza. Deseoso de cambiar mi desequilibrada mochila por la correa del chucho sordo. Este se cuadraba muy tieso, dando a entender quién iba a ser el que dispusiera desde ese momento. Los cuatro nos dirigíamos al parque en silencio, guiados por el parsimonioso caminar de gallina vieja de Ka. Allí pasábamos al menos una hora, dependiendo del clima y de las memorias que la siesta le hubiera traído a mi abuelo. Ka, de centinela, hacía esfuerzos por no dormirse sentado sobre sus cuartos traseros. El chucho sordo, anónimo en su invalidez, se lanzaba a un trastornado zanganeo en busca de esfínteres ajenos.

Por aquellos días los perros y los niños aún eran libres.

Alfil D3. / Peón B6. / Caballo F3. / Alfil B7.

Mi abuelo extendía una hoja del periódico sobre los bancos de piedra. Leía el resto, aunque fuera del mes pasado. Mi abuelo leía mucho. Pero nunca libros. Creo que la ficción y el pasado ajeno no le interesaban. Solo los prospectos, los manuales y los recibos de la compra. Leía muy quieto. Como una lápida. Alejaba el texto de los ojos y lanzaba ese resuello de caldera que se le quedó tras la jubilación en la mina. Con el estigma del tiempo en su identidad de hombre de acción.

Yo jugaba a las chapas, al clavo, a la peonza. A lo que tocara. Sin saber que a mi abuelo se le pudrían los recuerdos. Que su mal humor solo era un disfraz para conservar pequeñas migajas de respeto a través del miedo. Porque ya nada respetable iba quedando en su olor a desinfectante, en sus huesos del almidón, en el paraíso acuático de sus legañas de perro con moquillo.

Te contaré algo. Yo carecía de una noción exacta sobre su edad. Así que una de esas tardes empujé el balón hasta donde él estaba sentado y fui en busca de la insólita cifra. Me quedé mirando su ausencia, con la pelota en las manos. Los demás niños gritaban para que volviera al partido. Abuelo, ¿cuántos años tienes? Eso no se pregunta, la vejez es indecente, suspiró. Ya, contesté, pero ¿cuántos años tienes? Veintidós, y no me llames abuelo, me llamo Martín, contestó sin levantar la vista del periódico. Me di la vuelta. Envilecido por la ofensa golpeé la pelota hacia la carretera y me senté a jugar con Ka. El perro me miró sin muchas ganas de acción con una de sus canicas negras. Los demás niños me insultaban. Les hice un corte de mangas y mi abuelo soltó una gran carcajada de cueva. Pero a mí no me hizo gracia. Me sentía humillado por su falta de confianza. Veintidós años. Quién iba a creerse eso. Era imposible concebir que fuera tan viejo.

Caballo E5. / Pues enroque. / Reina H5. / Reina E7.

Después del parque íbamos a su casa. Allí merendábamos juntos. Mi abuelo rellenaba más de la mitad de su vaso de leche con anís y una cucharada de miel. En silencio me preguntaba con la botella inclinada si quería un poco de alcohol, chaval, hazme caso, que desinfecta por dentro. Yo negaba sin levantar la vista como si aquello fuera pecado o me hubieran cazado en medio de una mentira muy gorda.

Había decenas de fotos de mi abuela que colgaban por las paredes. Una joven misteriosa pintada de marrón. Me resultaba extraño pensar que aquella mujer era mi abuela. Bañada por una luz diáfana, nunca miraba a la cámara, como si en el último momento una mariposa hubiera captado su atención más allá del objetivo. Entre las imágenes de mi abuela también había fotografías enmarcadas de los lugares más conocidos del planeta: el Big Ben, las pirámides de Egipto, los rascacielos de Nueva York, es decir, todos esos lugares que uno visita para colocar a su espalda y hacerlos suyos un instante. Pero en las fotografías del salón de mi abuelo no salía nadie, como si el tiempo hubiera borrado a las personas que debían estar allí delante, paralizadas en medio de un beso o haciendo la clase de tonterías que solo se hacen en las instantáneas de viajes.

El chucho sordo sollozaba a mis pies. Yo le tiraba pequeños trozos de bocadillo cuando mi abuelo no miraba. Martín, ¿por qué no tengo hermanos? Por nada, Nicolás, mejor pregúntaselo a tus padres.

Mientras hacía los deberes, mi abuelo daba de comer a los más de cincuenta canarios que tenía en la galería del balcón que comunicaba con un patio interior. Un concierto de trinos desacompasados. Un manicomio de colores y pequeños dementes alados. Entretanto, Ka regresaba a sus siestas de árbol. Con la serenidad del deber cumplido.

Ese era el momento que yo aprovechaba para beber agua bendita. Era un agua traída desde Lourdes en decenas de botellas de plástico con la figura la Virgen. Se abrían por arriba, justo por la corona de color azul. Por un agujero muy pequeño. Parecía que le sorbieras el cerebro a la Virgen. El agua bendita me daba poderes. Sentía cómo me curaba y me hacía más santo, más amado por Dios. No había duda de eso. Se lo había escuchado al cura que iba al colegio a dar misa una vez al mes. O algo así, creo. Si conseguía beber todas las tardes un poco de aquel elemento consagrado, entraría directo al paraíso. Qué cara se les quedaría entonces a las monjas y a los compañeros de la escuela.

Reina H7. / ¿Sacrificas la reina por un Peón? Rey H7. / Caballo F6. Jaque. / Rey H6.

Para que mi abuelo no cayera en el expolio del líquido sagrado, rellenaba las botellas con agua del grifo. Después, volvía a terminar mis deberes. Cuando comenzaba a anochecer, mi abuelo cogía de nuevo las correas de los perros. El chucho sordo se volvía loco. Bailaba al ritmo que yo le imponía con la correa o daba saltos como si otro perro le estuviera mordiendo las corvas. Hacía cabriolas en el aire. Piruetas mortales. El pastor alemán nos miraba en busca de redención. Nunca la encontró.

Así eran las tardes con mi abuelo.

Diez minutos después mi madre me recibía en casa con un beso y la cena puesta. Mi madre aún olía al gel de ducha de la mañana. Al beso en la frente con que me despedía en la puerta del autobús antes de irse a trabajar. Mi padre llegaba poco después. A veces, si no era muy tarde, levantaba a mi madre en brazos. Ella se hacía la ofendida, le decía que no estaba de humor para juegos. Pero pronto empezaba a reír. Con el primer triunfo en el bolsillo, mi padre venía a por mí. Luchábamos a muerte. Hasta que me colgaba a su espalda como si fuera un saco de patatas. Al final se tiraba sobre la alfombra y suplicaba su rendición hinchando mucho la barriga para respirar y preguntando dónde se le habían caído las gafas.

Mi padre siempre se acostaba primero. En menos de dos minutos sus ronquidos retumbaban por toda la casa como el gruñido de un dragón. Mi madre se quedaba un rato más viendo la tele. Después entraba en mi habitación para darme un beso. Mamá, ¿por qué yo no tengo hermanos? Y a mi madre le caía aceite en los ojos.

Pasaba las noches con un sentimiento de culpa atroz. No podía dejar de pensar en las botellas de plástico de la Virgen. En si mi abuelo sería capaz de distinguir la santidad del agua de Lourdes de la que sale de un grifo corrupto.

Cuando en el colegio las monjas nos hacían pasar en fila frente a un cura gordo y dormilón para confesarnos era aún peor. Esas dudas de ignorar lo que era pecado y lo que no. Uff, qué mal rato. Había que respirar hondo. No puede haber vacilación más cruel. Un día pensé en un pecado que me sirviera de vara de medir. Le dije al cura que había bebido vino de la nevera de mi abuelo. Una mentira para comprobar reacciones y mandamientos. El cura abrió uno de sus ojillos de haragán. Me miró desde abajo, legañoso. Con una rapidez inaudita para semejante cuerpo de marsopa me pegó un pescozón. Eso no es pecado, gilipollas, gilipollas, que eres un gilipollas. Eso fue lo que me dijo antes de regresar a su estado latente. Fue la última vez que me confesé.

Desde entonces no solo bebía el jugo curativo de las Vírgenes, sino que cada tarde le daba un buen trago a la botella de vino que tenía al fondo de la nevera. El alcohol me levantaba el ánimo y después me permitía dormir tranquilo. Sin culpas ni reproches. Tenía razón el cura, aquello no podía ser pecado. No sé si ahí está el origen de mi particular relación con la bebida. Siempre me ha gustado beber solo. Una copa o unas cervezas me dan sus ansiados beneficios sin tener que pasar por las vergüenzas de la embriaguez pública.

Caballo G4. / ¿Cuál? Anota bien. / Sabes de sobra cuál. / Bien, bien. Rey G5. / Peón H4. / Rey F4. / Peón G3. / Rey F3.

Los canarios se murieron. La primera señal del fatal desenlace se la escuché a mi abuelo una tarde mientras les colocaba trozos de manzana por la galería. No cantan, coño, hace días que no cantan, susurró. Al día siguiente el suelo de la galería era una alfombra de plumas blancas, verdes y amarillas. Apenas volaban. Dormían todo el rato con la cabeza bajo el ala en busca de oscuridad. En una semana murieron todos. Uno a uno. Como se caen las hojas a finales de septiembre.

Alfil E2. / Rey G2. / Torre H2. / Rey G2. / Enroque y jaque Mate.

Fue la primera y la última vez que conseguí vencer a mi abuelo. Mis conocimientos de ajedrez no llegan tan lejos en la estrategia, pero sé lo suficiente para saber que me dejó ganar. No me dio la enhorabuena. Solo contestó con un mensaje: *¿Otra partida?*

A Ka se la llevaron en el coche de mi padre. Tres meses después. Para que le pusieran una inyección. O así me lo contaron. Fue después de que mordiera a mi abuelo. Se quedó dormida. No protestó. Casi recibió el pinchazo como un premio a los servicios prestados. Bueno, eso yo no lo vi. Eso me lo tuvo que contar mi padre porque ese día mi abuelo se metió en casa y no quiso hablar con nadie.

Del chucho sordo no recuerdo qué fue. Creo que se lo dieron a un vecino que también era viudo cuando a los pocos meses mi abuelo hizo la maleta para irse a la residencia.

Como digo, un día terminaron los paseos por el parque y las tardes en casa de mi abuelo. No sé cuándo ni por qué. Pero algún día tuvo que ser, digo yo.

Me voy un año a Cambridge, Martín, le dije una mañana de domingo (a los diecinueve años ya había aprendido a no decirle abuelo). Bueno, un año al menos. Creo que lo necesito. No estoy seguro del todo. O sí. No lo sé. Aquí ya está todo visto. Mi abuelo se quedó muy quieto. Parecía que el aire tuviera la respuesta y él la buscara con la nariz. Anda, coloca las piezas, dijo, voy a por un poco de anís que tengo en la habitación. Y esta vez juega con más paciencia. En la vida como en el ajedrez hay que ser paciente. Aunque todo se ponga oscuro, hay que esperar a que amanezca.

Me gustaba mucho ir a las librerías inglesas. Mi favorita estaba en una esquina de Sydney street. Era un edificio colosal de varios pisos agujereados en su yema que ascendían en silos de libros festoneados de alfombras. Había lámparas traídas desde grandes salones, y escaleras de madera retorcida que semejaban tirabuzones de niñas con sangre noble. Las estanterías corrían largas y silenciosas, llenas de pájaros deseando ser adoptados.

Había una sala en el tercer piso con pequeñas mesas de colores. Los niños pintaban de rodillas, con la lengua fuera. Coloreaban árboles azules, nubes de vino verde, cielos con varios soles cetrinos, ríos de sangre del color del sirope. Entre el capricho cromático se abrazaban a grandes figuras de cuento. O escuchaban ficciones de miedo con las manos ensangrentadas de rojos, negros y azules, tapándose los ojos. ¿Cuándo deja uno de teñir la naturaleza a su antojo y se rinde a la terquedad de lo que ve? Allí aún todo era posible. Lo más insólito se convertía en necesario.

Solía ir por las tardes, al salir de clase. Caminaba por los pasillos como quien observa las vidrieras de una catedral. Pronto en mis manos se apilaban varias novelas hasta que echaba cuentas de que no podía pagarlas. Y me sentaba a leer. Al igual que muchos otros. Me olvidaba de futuros que no me importaban y de apetitos que no eran míos. Mi desinterés por el mundo y sus reglas de juego allí tenía sentido.

Junto a mí paseaban hombres con grandes bigotes y trajes de

tres piezas que sostenían un paraguas o una pipa apagada. Las mujeres se confesaban en la sección de novedades. Era uno de esos sitios donde siempre vuelves, aquejado por una mala conciencia que te dice que la última vez pagaste de menos. Que debes algo. Vuelta al lugar del crimen.

El suelo alfombrado siempre estaba limpio a pesar de que eran muchos los que entraban con los pies bañados en salpicaduras. Yo me sentaba en un sofá, grande, como sacado de un salón versallesco. Allí leía hasta que se despertaban los astrónomos, la fotosíntesis se interrumpía y los niños se iban a dormir pensando aún en colores apócrifos. Entonces me acercaba a la cafetería del último piso. Una chica con un delantal verde me sonreía de martes a viernes. Lo de siempre, verdad, sí, gracias, qué lees hoy, a Pierre Michon, tiene buena pinta, me lo recomendaron el otro día, es un libro delicioso, aquí tienes tu capuchino. Y continuaba con la lectura, exaltado por una droga que muy pocas veces he vuelto a sentir. Desde entonces he leído cientos de libros, siempre en busca de aquella sensación de libertad extasiada, de vaca perdida en el monte, de alma despavorida reconciliada consigo misma. Jamás la he vuelto a tener. Ya solo abro un libro con la intención de terminarlo. Es una lástima.

Eran tardes muy placenteras, tengo que decírtelo. Acogedoras. En ese lugar impreciso donde termina la realidad y florece lo adictivo. Tardes de reloj de arena, lentas, como grandes migraciones. Empastadas de esa luz de capilla que vierten las librerías inglesas, arropadas por un silencio litúrgico. A veces, ni siquiera leía, solo observaba. La mejor atalaya del mundo. Solo eso. Reparar en cómo se toma un libro. Se mide, se pesa, se observa con la contemplación reservada para los bebés recién nacidos. Hay algo de reverencial en la manera en que se coge un libro. Un libro es un misterio al acecho que se abandona con la tristeza de que una vida no alcanza para saberlo todo.

Sabrás, sin embargo, que solo iba a la librería para verte. Desde que te descubrí cruzando en bicicleta delante del escaparate. Esa tarde la librería perdió su misticismo y se convirtió en mi trinchera.

Lo que nunca has sabido es que te observaba antes incluso de que nos viéramos en la explanada junto al río Cam. Yo ya te conocía. No te había visto nunca pero sabía que eras tú. Mucho antes de que aparecieras a mi espalda después de tus ensayos de teatro y me taparas los ojos como si tus manos fueran fonendoscopios. Eso nunca lo hiciste, es verdad, pero lo he imaginado tantas veces.

Allí te esperaba. Observaba tu bicicleta holandesa atada en la puerta. Cada tarde me sentaba en la gran cristalera del segundo piso y esperaba a que salieras de un pequeño edificio de madera medieval donde ensayabas de cuatro a seis para una obra de teatro. Muchas tardes llovía. Las gotas resbalaban como serpientes por el ventanal redondo como un gran ojo de nautilos. Y yo dentro de la córnea gigantesca del monstruo marino, te espiaba. A la espera de que surgieras unos segundos antes de perderte en el dédalo de callejuelas. En bullicio de plásticos y paraguas. Y apenas alcanzaba a intuir tu huida entre la hiedra y las prisas. El libro de mi regazo perdía su interés, claro, y la retina del argonauta se quedaba reducida a un cristal sucio en un país tristísimo.

Tú crees que comenzó el día en que me viste al final de un pasillo. En una de esas horas indulgentes que están para rellenar el día, para que no parezca tan corto como en realidad es. Aquel día yo iba vestido con mi único traje. El que llevé para la inauguración del curso. No era casualidad. Me lo ponía casi cada tarde. Al menos la americana y la camisa. Para verte a través de la ventana. Por si me descubrías. Por si encontraba valor para bajar a expresarte algo ya estudiado y que seguro olvidaría al ir a decírtelo. Solo quería que mi aspecto en la explanada del King's College, cuando salí corriendo en busca de un lugar donde morir de ti, desapareciera de tu memoria. Nada nos come tanta vida como una inseguridad.

Bajo un gorro blanco de lana, tus mechones caobas reflejaban la luz de una ventana. Esos mechones eran de madera recién barnizada. Luminarias sobre gasolina. Leías de pie. Fascinada e infinitamente dulce. Aristocrática. De todas las fotografías mentales que guardo de ti esa es a la que más regreso. Y cada día te visto de una manera diferente. Con *jeans* y deportivas. Con falda tableada y tacones rojos. Te disfrazo de monja y de cabaretera. O si veo un vestido bonito en un escaparate, te lo pongo en ese recuerdo. Lo hago sin pensar. Me sale solo. Con un paraguas abierto, te ubico bajo la lluvia en mitad del pasillo de dramaturgos célebres. Me gusta la idea de la lluvia en una librería. Te he colocado tantas veces en ese corredor enmoquetado, en medio de aquella osamenta de libros que nos protegía de la vida y su mal gusto a la hora de zurcir destinos.

Era mi oportunidad para el desquite. Para la redención de nuestro primer encuentro. Revestido por la seguridad que da un traje, un perfume, una idea. Pero no tuve valor, lo sabes. Lento de decisiones. Desentrenado por la falta de ambición, por la certeza equívoca de que siempre habría de llegar una oportunidad más favorable. Esa maldita indulgencia hacia uno mismo que solo tenemos los vagos y losególatras. Los tristes.

Ah, lo recuerdo muy bien. Ella se sentía observada. Y era observada. De cuando en cuando levantaba la vista y miraba en derredor, en busca de retinas mal avenidas, cartografiando el origen de su incomodidad. Hasta que me localizó al fondo del corredor. Fue solo un instante. Alzó la comisura de su boca, como si hubiera chocado con un anzuelo perdido en el aire. Continuó con su lectura. Eso fue todo durante varios minutos. No volvió a desviar la vista del libro aunque ninguna hoja hubo de pasar con la que abanicar el erotismo de sus pestañas.

En ese momento, al final del pasillo, vi a Claire, la novia de Pierre. Mi amigo la tomaba de la cintura. Parecían dos siameses que compartían cadera y complicidades. Reían, en medio de los chisteos de quienes pedían silencio en corredores adyacentes. Claire se entretuvo saludando a un grupo de amigas. Pierre se acercó y te dijo algo al oído. Ahora en el pasillo estábamos solo los tres, flanqueados por lo mejor del teatro clásico.

Nico, gritó Pierre. Levantó la mano como un jefe indio. Qué alegría verte. Llegó hasta mí al trote. Vestía con ropa de deporte azul claro y una bolsa al hombro. La equipación del equipo de remo de Cambridge. Estaba preocupado, dijo, qué te pasó, amigo, saliste corriendo sin más. Hola, Pierre, veo que has entrado en el equipo. Se miró la sudadera como si no supiera a qué me refería. Bueno, añadió, de momento entreno con ellos, aún es pronto para saber si estaré en el equipo titular. Creí que volverías a jugar al fútbol con nosotros, añadió para cambiar de tema. A Pierre nunca le gustó hablar de sí mismo. Hablar de uno mismo te compromete a mentir o a decir demasiado. Quizá vuelva este sábado a jugar con vosotros, le dije, lo pasé bien el otro día. Genial, pero hasta mayo yo no iré, no puedo arriesgar una lesión que me impida remar, ya sabes cómo son esos partidos. Y me hizo un gesto lleno de complicidad que nos hizo reír. Le devolví la connivencia. Amigos otra vez. Con él todo era muy fácil. Pierre me chocó la mano y puso la otra en mi hombro. No sabía dónde buscarte, Nico. Tengo todavía la mochila con tu ropa sucia. Nos reímos de nuevo. Tranquilo, considéralo un obsequio.

Ni siquiera te acercaste hasta nosotros. Te mantenías al otro extremo. En silencio. Separada por cuatro siglos de literatura. Un silencio que podría abrir sepulcros. Una criatura me crecía dentro y me arrancaba a dentelladas las tripas. Obsceno. Mareado. Excluido. Ha sido un placer, Pierre, cuídate. Yo solo quería marcharme de allí. Jamás regresaría. No soportaría recordar aquella indiferencia cada vez que entrara en una tienda de libros. Mi chaqueta desapareció. El perfume volvió a ser colonia barata de geriátrico. Me quedé en medio del pasillo, desnudo y feo. Con barro en las rodillas. No tenía modo alguno de escapar.

Nos veremos pronto, dijo Pierre entre enigmático y contrariado por mis modales, aún tengo que conocer a ese casero tuyo de la mafia napolitana. Claro, Pierre, dalo por hecho. Menuda historia, deberías escribirla. Por algún motivo parecía que Pierre no quisiera dejarme marchar. Se despedía pero no, allí parado, tal que si fuera un empleado de la librería a la espera de recibir consultas.

Vaya, *Othello*, es su obra favorita, dijo señalándote. «Líbrame, oh Señor de los celos: es el monstruo de ojos verdes que se burla de la carne que se alimenta». Miré mis manos sin entender sus palabras. Debí haber tomado el libro al azar. En la pantomima del disimulo. *The tragedy of Othello, the Moor of Venice, by William Shakespeare.* El azar, qué cosa tan ridícula.

Ahora no te quedaba más remedio que avanzar hasta nosotros. Esperaba que Pierre volviera a presentarnos. Por desgracia dio por hecho que me recordabas. Todo resultaba demasiado violento. Va a hacer de Desdémona la semana que viene en un pequeño teatro, completó Pierre con ese frenesí por la vida tan infeccioso. Igual te gustaría venir al estreno, es una versión moderna de lo más atrevida. Claro, me encantaría, dije estirando las palabras para calibrar tu reacción.

Tu indiferencia, qué puerta tan misteriosa.

Está empezando a llover, debería irme, indicaste entre triste y aburrida, y no tengo paraguas. Eso dijiste, aunque ya sabes que desde entonces te recuerdo con paraguas en medio del pasillo. Última oportunidad. Te miré. Qué osadía. Tenías los ojos húmedos. Rostro cansado, ligeramente ruborizada. Te dije que no te pasaría nada a menos que fueras de azúcar. Sonreíste con un pequeño ruido de jilguero.

Nunca, nada, jamás, valió tanto.

Mientras bajábamos las escaleras, hablamos de la obra de teatro. No recuerdo nada más que los esfuerzos por no tropezar. Nos despedimos. Tenías que prepararte para cenar en el internado, estudiar, ensayar. Siempre te involucrabas en demasiados proyectos. Aunque no te gustaba que te lo dijeran. Pierre parecía insistir en algo que no terminaba de entender, una reunión o una fiesta. No le prestaba atención. Claire llegó algo malhumorada, al parecer no había encontrado lo que había entrado a buscar.

Te marchaste sin despedirte, siempre lo hacías. Será mejor que me vaya, dijiste, tal vez sí que sea de azúcar. Les diré a los chicos que irás a jugar este fin de semana al parque, gritó Pierre eliminando toda posibilidad de sacarte una señal, no faltes. Claro, contesté seguro de que no iría.

Regresaba a por mi bicicleta azul cuando alguien me tocó el hombro. Pierre tenía apretadas las mandíbulas. Sonreía sin despegar los labios. Los dos estábamos empapados pero no parecía molestarnos el aguacero. Escucha, hay una fiesta de disfraces esta semana en un bar cerca de la plaza del mercado, al salir de Petty Cury, la calle peatonal de tiendas. Respondí que conocía el lugar, allí trabajaba el sudafricano de mi casa. La gente corría a nuestro lado para ponerse a salvo de la tromba de agua. Quizá te gustaría venir, ¿qué me dices?

Pierre podría haber esgrimido su experiencia de emigrante. Decirme que sabía lo difícil que es vivir lejos de todo y de todos. El tiempo denso, casi masticable, que trascurre entre lo esperado y lo real. Cuando el verbo y la oratoria no sirven para nada y la desidia ocupa el lugar de la imaginación. La soledad. No hay más. Dormir poco y a deshora. Tener hambre y dejar la comida en el plato. Despertar con un hormigueo de vida y acabar hastiado de todo. Tener todo el tiempo del mundo y que el mundo sea una habitación sin ventanas. Insobornable. Todo eso me podía haber dicho Pierre Spielmann para convencerme de que no estaba solo en Cambridge. Pero en lugar de hacerme ver cuán vulgares eran mis amarguras, me invitaba a una fiesta y me abría las puertas de lo que él creía que fui a buscar.

Gracias, Pierre, no tengo disfraz.

Pierre sonrió con esa mezcla contemplativa y victoriosa tan suya. No te preocupes. ¿Has visto *La naranja mecánica*? Asentí. ¿Tienes camisa blanca y pantalones negros? Asentí. Pues yo me encargo de todo lo que necesitas llevar para ser un drugo. Nos falta uno en el grupo, mintió. Será estupendo.

En la fiesta se conocían todos.

Había entre ellos un afecto de jardín de infancia. Un apego cerril. Esa amistad fanática que tolera todo aunque con los años cada quien tome un camino distinto. El cierre de filas me pareció casi fraternal.

Y yo era el nuevo. El intruso en la fiesta de disfraces. El aburrido que no había trasnochado aún. Un extranjero entre los extranjeros. Me saludaban con un gesto de cabeza. Dudaban incluso de mis méritos para estar allí. Ese trato inapetente de conocidos de ascensor, de climogramas.

Era lunes. Tal vez martes. Solo recuerdo que el día había comenzado otra vez ensuciado de tristeza, sin ninguna explicación. Cada minuto que pasaba se transformaba enseguida en un recuerdo lejano. ¿Cuánto tiempo llevaba en Cambridge? Mis padres continuaban sin llamarme. Marcos seguía en todas partes. Mi abuelo, sin embargo, se había interesado por mí un par de veces. Eran llamadas muy cortas en las que dejaba caer alguna frase lapidaria para espolear mis ganas de vivir: la rutina es una bala en el fusil de la costumbre que lleva tu nombre. ¿Qué significa eso abuelo? Nada, Nico, que con la edad a uno le da por pensar en verso. Quiero decir que salgas y hagas una tontería, coño. Después colgaba. A mi abuelo no se le daba bien ser otra persona.

El local estaba lleno de banderas en honor a los estudiantes internacionales. Luces de colores. Música. Poco más. El suelo temblaba. Yo, apoyado en la barra. Disfraz inequívoco. Mineralizado. Con el sombrero de la mano lo mismo que si esperara para inclinarme con cortesía ante una señorita con pamela blanca y parasol.

Se acercaron los dos a saludar. Cada uno desde un extremo. Sonreían. Iluminados. Suspendidos en una bocanada de densa oscuridad.

Él, francés. Siempre decía que era de Luxemburgo. Mi amigo Pierre Spielmann. Llevaba unas gafas de ajedrecista ruso sin cristales y un disfraz inspirado en Alex, el protagonista de *La naranja mecánica* de Kubrick. Muy logrado. Un báculo al hombro. Un sol tatuado en el ojo izquierdo. Fino, audaz, puntilloso. Pierre tenía la suerte de saber que no hay nada más imperdonable que cumplir los sueños demasiado pronto. Todo un experto en matar a Herodes.

Ella, danesa. Envuelta de un perfume solitario difícil de apreciar. Pero solitario al fin y al cabo. Hacías tanto daño. Hablabas de forma inconexa. Parecía que quisieras desvelar un secreto y una fuerza insólita te lo impidiera, insinuando repetidamente variaciones en las palabras. Tu mensaje era un continuo telegrama urgente.

Imaginé que te invitaba a un par de cervezas. Tú me revelabas ser la autora de un crimen con fosas comunes en el jardín trasero de tu casa. Bajo rosales y enredaderas. Yo sería tu cómplice. Esas cosas pasan, lo creamos o no.

No llevabas disfraz. Al menos ya no. Solo unos pequeños restos de infancia en la comisura de los ojos.

Después de cortesías, presentaciones y una clase de geografía europea, ambos regresasteis a la pista de baile junto con Pete, Georgie y Lerdo, los otros tres miembros de la banda de los Drugos. Con eso quedaba claro que no me necesitaban por lo que pasé a ser una variedad de Charlot perversamente vestido. Le pregunté a Pierre quién eras tú. Era la tercera vez que estaba cerca de ti y seguía sin conocer tu nombre. Nadie. Ella. Yo me quedé bebiéndome la soledad de Ella y la mía. Ella bailaba con la sutileza de una corriente de aire. Entendía el dialecto de las mareas. Enseguida supe que Ella tenía todas las respuestas: desde qué hacen un miércoles de lluvia los delfines, hasta el número de pie de cenicienta —el mismo que el tuyo, claro, qué cursi eres, Nico, así nunca podrás escribir nada bueno—. Ella se burlaba del ritmo de la música. Sus reglas eran invisibles. Incuestionables. Aprovechaba el sudor aceitoso del suelo para deslizarse. Doblaba las rodillas. Mantenía el tronco recto, como si soportara una bandeja de cristal sobre la cabeza. Subía los brazos al tiempo que flexionaba hasta el límite de su minifalda violeta.

Aleteabas.

Te perdí de vista. Un compañero de clase algo aburrido se había acercado a saludarme y me hablaba de Cataluña y del problema nacional. De Escocia y de políticos con nombres bárbaros. De demiurgos y sinrazones. De comparaciones que solo interesan a los que no saben de qué hablar en una fiesta. Hay mucha gente así de aburrida. Con la intención de arruinarte el destino en un minuto.

Me entregué a la felicidad de buscarte entre los estudiantes. Todos alzaban sus vasos. Aullaban como criaturas jurásicas. Te vi. A pantallazos. Aparecías. Desaparecías. Cambiabas de color. Permanecías quieta. Con uno de los drugos. Os besabais. Un dolor de vigas de madera reverberó dentro de mí. Una tracción de maromas. Ella de puntillas. Elevada hasta sus labios. Con el bombín del drugo. Sin más. Era hermoso. Cruelmente hermoso.

Me giré para pedir otra cerveza. Apunté a mi compañero que la identidad nacional me importaba poco —en realidad mi vocabulario fue más obsceno—. Asintió aunque no le gustó mi respuesta. Le dije que me iba a casa. O quizá que me quedaba toda la noche. Solo pretendía alejarme de su forma lenta de morir. Apártame de un posible contagio.

Quise echar de menos a algo o alguien, pero no lo conseguí. Solo estabas tú, y aunque me marchara de allí seguirías conmigo. Una enfermedad imposible de arrancar.

Bajé al ropero a por mi abrigo. Pagué. De pronto apareciste. A mi lado. Llevabas todavía el bombín, un poco inclinado hacia delante. La sombra de la visera te velaba un ojo. Al estilo de un gánster, o de un golfillo callejero londinense. Las puntas marrones y rojizas del pelo te brotaban por los laterales. Estalagmitas ebrias. Garfios.

Llegaste a mi altura. Hasta que te pusiste de puntillas no desvelaste tu azorada lucidez. Ella atrapó mis labios entre el cepo de su boca. Un instante. Y deslizó, más bien empujó, con su lengua algo sólido dentro de la mía. Actuó con esa sutileza que despliegan dos caballeros que se pasan un billete en un choque de manos. Después sustituyó su carmín, su saliva, por el cuello de una botella. Bebí.

No te marches aún.

Pasaron varias horas de las que solo recuerdo flashes inconexos. Los segundos perdiendo su linealidad en el universo, su cadencia en la esfera del reloj. Se volvieron locos. Idas y venidas. Daguerrotipos imposibles de ordenar con el tiempo. Me hacían trampas. Estaba en casa. Regresaba. Indicios muy vagos. Incongruencias con las que me partía de risa. En la barra del bar me servían un zumo de metal. La gente reía con encías de chimpancé. Mostraban sus campanillas al techo. Pero todo era silencio. Un zumbido lentísimo dentro mi cabeza. Se hacía otra vez de noche. Yo buscaba el sol. Los focos de colores abrasaban, olían a caramelo fundido, a piel quemada. Era feliz. Solo había monstruos a mi alrededor. Medusas rojas y verdes y azules. La gente lloraba a sus muertos. Tenía miedo de volar. No podía oír la música, pero sí saborearla. Sabía a precipicio.

Lo siguiente fue el baño. Ella se agachaba. Se inclinaba sobre la cisterna. Parecía que quisiera vomitar. Nos encontrábamos solos. Yo estaba a su lado, apoyaba el hombro en la pared. Estábamos dentro de un camarote en plena tormenta. Le retiré dos mechones de pelo cobrizo. Tus mechones eran anzuelos de lana. Disfruté de tu cuello. Traté de morderlo. Arrancaría solo un pedacito de carne. Una dentellada fácil de esconder con una melena, o con un jersey de cuello de cisne. Ella echó la cabeza hacia atrás. Abrió los brazos. Parecía querer respirar el aire de una cordillera suiza. Así, todo de una vez. Respirar el aire de los Alpes, allí, en aquel baño inglés pantanoso, qué idea tan absurda. Se limpió el labio superior. No se dio cuenta, pero con ese gesto también arrastró sus últimos restos de infancia.

Me acercó un cartón enrollado. Se tocó la nariz. Había un trazo de sal fina en la cisterna. Sobre una carta de tarot que no conocía. Ella sonreía mucho. Tenía una risa entre avergonzada y pícara que abría la médula espinal con el mecanismo de la cremallera de un pantalón. Cuando me besó lo hizo con los dientes. Luego abriste los ojos como se abren las manos para acoger el cuerpo de un pájaro. Tus ojos eran del color de las cerezas limpias. Descubrí una huella. En tu retina izquierda se veía una línea minúscula, amarillísima, como si la hubiera cruzado un escalpelo de cirujano o de pintor de acuarelas. Como si a esa cereza la hubiera picoteado un jilguero ciego.

Nunca lo hice antes, te dije con la mirada. No me apetece. Lo haré por ti. Le mostraba el cartón enrollado como si sostuviera el cadáver de un bebé. Rompió a reír. Me quitó la cánula y la arrojó al lavabo. La línea de tus dientes era perfecta. En aquellos dientes no había embriaguez, ni recuerdos siquiera. Eran lápidas blancas. En magistral alineación. Un cementerio militar de jóvenes muertos por la patria. Qué forma tan estúpida de morir, por la patria y todo eso, quiero decir. Te metiste algo en la boca. ¿Un caramelo mentolado? Claro que no. Me besó. Sabía a tabaco y a lactancia. Yo firmaba cheques en tu espalda con caligrafía de notario. Agarró mi nuca con violencia y repitió la operación de introducirme la pastilla con su lengua. Esta vez noté su textura en el baile de apéndices carnosos. Se me escapaba. Ella me lo devolvía. Un botón de sacarina. Vértigo y luz. Tragué. Me aferré a tus manos. Las acomodé por encima de tu cabeza y las crucifiqué contra la pared. Ella se dejó vencer. Te crecían hojas de romero en los dedos.

Dos líneas blancas centellearon en tus muñecas. Dos quemaduras finísimas que algún día fueron sonrisas rojas. De qué son esas marcas, pregunté. Ella me miró. Se miró las cicatrices como si fueran fotografías de un pariente muerto. Me las hizo mi hija, respondiste. Y Fabio Babare. ¿Quién? El mundo en aquel baño olía a bolitas de alcanfor. A lejía caducada. A orines fermentados y a humedad. Todo irá bien, pensé. Pero bajaste las persianas de tu mirada y desapareciste.

Esta vez no hubo cabriolas de imágenes. Solo un recuerdo más: Marcos. Si en algún sitio estaba mi hermano era en aquel universo sideral. Comencé a buscarlo. Enloquecido. Entre las risas y los dedos que me señalaban. Entre payasos y bailarinas con tutú. Pensé que si no lo encontraba pronto, Marcos también podría abrir sonrisas rojas en sus muñecas. Si Marcos no estaba allí, no estaba en ningún lugar.

Otro recuerdo: la cola de un puesto de hamburguesas en Market Hill. Aún era de noche. Se presentía el amanecer en el vulcanismo de las nubes. Pierre estaba frente a mí. Había perdido sus gafas de ajedrecista. El maquillaje del ojo se derramaba por su mejilla. Me preguntaba algo con la boca llena mientras se recogía la camisa dentro del pantalón. Arrastraba los tirantes. La gente hacía eses y emes y úes al pasar junto a nosotros en bicicleta. Tenía hambre. O me dolía el pecho. Se me había olvidado dónde se siente el hambre. Qué barbaridad, tenía hambre y no sabía dónde o cómo. Es decir, no sabía si el hambre era un lugar o un proceso o un pintalabios. Mi cuerpo era de barro. Ella, tú, ya no existías. Pierre movía los brazos como si remara en el aire. Le pregunté a Pierre por ti, por su amiga danesa. Mi voz viajó como si llegara desde varios metros detrás de mí y me atravesara por los laterales. Pierre, ¿dónde se fue? ¿Quién es Fabio Babare? Él me respondió en francés. Se encogió de hombros. No te entiendo, Pierre. Llamó a un taxi. No te entiendo. Volvió a decirme algo en francés. Muy ebrio. Dejó la mitad de su hamburguesa en mis manos. Me palmeó la cara y se metió en el vehículo con Claire.

Llegaban furgonetas llenas de hortalizas, frutas y flores. La gente montaba sus tenderetes con toldos de colores y fumaba tabaco de liar. Las fachadas eran ocres, rojas, pajizas y blancas. De cartón piedra.

Busqué mi bicicleta. Jamás sería capaz de encontrarla. Estaba perdida en un mar de bicicletas holandesas.

Me pegaron una patada en el costado. Abrí los ojos. Ardían. Quise cerrarlos. Extirpármelos con una cucharilla de postre. Estaba tumbado. Ensopado de rocío o de babas de caracol gigante, pleistocénico. En el techo solo había azul. Era el cielo. Miré el reloj con un ojo cerrado. Las ocho. La boca me sabía a hojas de tabaco pegadas al paladar. Gennaro me miraba con el sol a la retaguardia. Un eclipse pálido. Llevaba puesta aquella sudadera del Nápoles con la que siempre dormía. No me llamó Señor. Ni sonrió. A su lado estaba el sudafricano con el uniforme de trabajo. La porra, la camisa marrón, el *walkie*. Tampoco habló, ni cambió su rictus de animal ausente. Me ayudó a levantarme.

Gennaro le dijo que me metiera en casa mientras él ataba la bicicleta a la valla. Mi bicicleta azul. No recordaba los zarandeos de mi vuelta a casa. Gennaro parecía molesto. El sudafricano me llevó hasta la cama. Me trajo un vaso de agua. No me juzgó. Se fue a trabajar y me dijo que me cuidara, carente de expresión. *Take care, buddy*.

Estás drogado, ¿verdad? Hay que ser estúpido. ¿Tú sabes lo que hace la policía con un estudiante drogado con los bolsillos llenos de esto? Me arrojó una bolsa llena de pastillas. En lugar de en mi jardín podrías haberte despertado en tu país de mierda. Y a mí, ¿sabes lo que le harían a un inmigrante con antecedentes por tener en casa a un drogadicto sin contrato? Supongo que esas fueron sus palabras, o al fin y al cabo, ese su mensaje. Puede que me lo haya inventado todo. Lo desconozco. Hablaba en italiano, un italiano que me sonaba primitivo, tectónico, rancio, marrullero, con tacto a navaja oxidada en un callejón oscuro.

Le hubiera golpeado. Maldito moribundo. Quería su deslumbrante revancha. Robarme mi triunfo. De dónde venía toda aquella rabia. Me moría de sueño. Quién era él para desmembrar toda aquella alegría. Deshice la cama y me tumbé. Cerré los ojos. Gennaro abría y cerraba puertas. Cajones. Buscaba pruebas. Aciertos y acertijos. Cadáveres.

Tú no la has visto, Gennaro. Tenía los ojos del color de las cerezas. Y el pelo del color de las cerezas. Como raíces que entran y salen de la tierra. Un bombín negro. Era danesa. Nunca antes había conocido a alguien de Dinamarca. ¿Tú sabes que es uno de los países más grandes del mundo? Tienen Groenlandia. Toda para ellos. Pero no saben que allí no hay más que hielo. Qué ingenuos.

Ni siquiera me acuerdo de su nombre. Los nombres no sirven para nada. Mi madre dice Marcos y no sirve de nada. Marcos, Marcos. Y nada. Los nombres lo ensucian todo. Ella nunca tendrá nombre. Ella será Ella siempre.

El italiano sonrió con su cara de enterrado vivo bajo paladas de cal. Le vi la calavera. Las calaveras siempre sonríen. Me perdonó. Le indulté. Afuera, la lluvia, afinada en clave de Fa, golpeaba la ventana.

Me desperté a media tarde. Ya casi era de noche otra vez. Un día entero sin ver el sol. Aunque no podría decir si en realidad llevaba dormido más de dos días. Todo era vergüenza. Remordimientos. Ignorancia de seguros errores y ofensas. Dentro del pantalón encontré tu nota arrugada: *Te veo junto a la librería, a la hora del cierre. Trae lo que ya sabes.* Miré el reloj, eran casi las cinco. Tenía que darme prisa.

Fui al salón a disculparme con Gennaro. No lo encontré. Todo estaba ordenado de un modo artificial, como se dejan las cosas cuando alguien espera una visita importante. Su pequeña maleta de cuero no estaba en el rincón acostumbrado. Las mantas estaban bien estiradas sobre el sofá. Los cojines reposaban en perfecta simetría. En casa había entrado un aspirador gigante y se había hecho el vacío.

Esta vez Gennaro tardó una semana en volver a casa. En todo ese tiempo no fui a visitarlo.

Llegaste tarde.

Paseabas con tu bicicleta holandesa a un lado. Tus tacones golpeaban el suelo como gorriones suicidándose contra la ventana. Me sonreíste con media boca. No lo olvidaré. En tu boca lo imposible tenía razones para existir. Agachaste con cierto rubor la cabeza. Tuve el preámbulo de una lucidez: ya no estaba solo en aquella tierra extraña.

Llevabas un sombrero cloché de color carne; carne nórdica. Se diría que regresabas de un concierto de jazz de los años veinte. De bailar un foxtrot con Gatsby en bares clandestinos, conduciendo sobre puentes colgantes y bebiendo whisky de botellas sin etiquetar. Dos mechones de fuego rojizo escapaban por el lateral izquierdo del ala del sombrero. Aquel peinado a lo *garçonne*, conspirador, trágico.

Nunca mirabas de frente: conocías los confines de tu seducción.

Creo que tu vestido era color salmón. Con seguridad salmón eran tus facciones devoradas. Una carnicería suave de rojos fluía desde la frontera de la boca hasta concentrarse en los pómulos: un delta de sangre inmensamente tenue, ocre, rosado, cobrizo. La paleta de rojos al completo. Nada explica por qué solo recuerdo ese cosquilleo en el esternón, y el sombrero, y los látigos de fuego que escapaban de él. Ah, claro, y aquellos ojos cereza. Tan lejanos.

De modo que vivir era eso.

Dejaste la bicicleta holandesa sobre la mía. Tuve celos de mi bicicleta azul. A saber qué historias podría contarle a mi ignorante bicicleta inmadura. Tan poco viajada. Tan infantil en su mecanismo artrítico.

La ciudad era de piedra salpicada de vidrieras e iglesias protestantes. Un decorado luminoso, velado en su interior. Las fachadas parecían reflejar el fuego de mortero de un bombardeo lejano: en Cambridge todavía se hablaba de guerras mundiales como una reciente lección aprendida. El suelo, sin embargo, era negro y parecía que camináramos sobre incertidumbres. Tanteábamos las calles más oscuras sin atrevernos a salir de la luz, envuelta en niebla. Sin honradez para seguir la inercia del amor furtivo. Con ese caminar ebrio de quien esquiva charcos por las aceras como si fueran pozos.

Jugabas con ventaja: ya conocías la dimensión del misterio que encierras en tus silencios. Incluso lo habías resuelto.

Hablábamos en una lengua clandestina.

Acuérdate. Me dijiste que te gustaba Milan Kundera, Fellini y Chaplin. Sin Chaplin yo no querría vivir, rezaste con un convencimiento poético. A mí me sonó casi a amenaza. Adorabas a Montgomery Clift. Ni Paul Newman ni el soso de James Dean, recalcabas cansada de haber tenido la misma discusión cientos de veces. Montgomery Clift fue el hombre más atractivo del mundo. Antes de ese accidente que lo convirtió en una máscara y en un depravado. De cura, en *Yo confieso*, la obra maestra que Hitchcock se cargó en los peores cinco minutos finales de la historia del cine. La has visto, Nico, preguntaste. Yo era un pobre iletrado. De esos idiotas que creen que aún hay tiempo para todo. Conté cuatro veces los dos lunares del borde derecho de tu oreja: el conjunto dibujaba una clave de Fa.

En algún momento, no recuerdo por qué, Ella sugirió que África era el lugar más misterioso e inexplicable del mundo y que algunos cuadros de Francis Bacon no la dejaban dormir. Entretanto, yo descubría que si bajabas por la línea suave de tu esternocleidomastoideo la matemática se alteraba y se llegaba a territorio africano. Te dije que mi casero tenía tres esposas en el Congo. Te gustó mucho la historia de Gennaro, el misterio de su enfermedad y sus viajes. Me dijiste entusiasmada que querías conocerlo. Me lo imagino como Robert Redford en *Memorias de África*, cruzando Kenia en su avioneta amarilla, añadiste casi extendiendo los brazos.

Todo te recordaba a algo mejor que el presente.

Los dos teníamos la edad en que cumplir años todavía supone hacerse más joven.

Te gustaba tocar la guitarra, a solas. Yo no sé nada de música, te dije. Una canción se deslizó dentro de una furgoneta y dejó un olor de panadería. Ella tarareó —*she hummed*, es más exacto, a *humming bird*—, la misma canción y me preguntó con los ojos, muy muy abiertos, si conocía el título. Te dije que no por jugar un rato y porque me angustiaba padecer tu mirada. La canción era *La vie en rose*, por supuesto. Mi madre se la cantaba a Marcos en la cuna. Con la mismita voz que Audrey Hepburn en *Sabrina*. Imagino que conmigo también lo hacía. Pero de eso uno ya no se acuerda. Gracias al cielo. Acordarse de todo sería demasiado triste. Por suerte, la memoria selecciona algunas de sus torturas.

Dos chicas caminaban hacia nosotros. Llevaban cogidos de la mano a tres retrasados mentales. Sonrisas dementes. Mandíbulas desiguales. Dientes afilados de piraña. Un ojo fijo y otro alunado, tal que si vieran dos mundos a un tiempo. Hacían ruido y palmeaban el aire como delfines en el circo. Nunca me había sentido tan triste. Aquella canción francesa. Aquellos recuerdos que no lo son. Y aquellos chicos que te miraban sin mirarte, con sus panzas de buda y sus muñecas retorcidas que parecían burlarse de sí mismos al caminar.

Salimos del laberinto de escuelas de ladrillo rojo tragadas por enredaderas donde todavía las nieblas hablan de disciplina inglesa, de uniformes rigurosos y de clases de atletismo. Seguimos el curso del río hasta un pequeño pub de ventanas blancas y chimenea encendida. Había una barra larga con tiradores de cervezas de Cambridgeshire.

Varias mesas de madera con velas esperaban comensales. Descubrí que toda la luz del local venía del fuego. Las sombras de los objetos aleteaban por las paredes. No había música para el teatrillo de sombras. Ella pidió una bebida de color azul metálico y yo me aventuré con una cerveza nueva de temporada. Nada podía grabarse con un sabor reconocible. Tenía que asegurarme de que años después a la nostalgia no le diera por barajarme esos recuerdos con otros más banales.

Querías fumar así que fuimos a la parte trasera, abierta al aire libre. Era una especie de pequeño embarcadero con bombillas de muchos colores colgadas de lado a lado. El embarcadero daba a un ensanche del río Cam con forma de estanque. Una pareja de cisnes nadaba en círculos sin hablarse. Del otro lado se veían las torres iluminadas de varios *colleges*. De noche los edificios parecen más altos, pensé. Nos sentamos bajo una pérgola con tres estufas. Ella sacó un cigarrillo. Debería empezar a fumar, me dije. Me gustaba el aroma que desprendía el tabaco al salir de tus bronquiolos y mezclarse con la respiración condensada. Me estorbaban las manos y no dejaba de inventar posturas ridículas. Parecía un modelo en una clase de pintores novatos.

Hablaste de Kenia, de Estambul, de pájaros, atalayas y minaretes, y de un viaje que tenías pendiente a Roma. Pronto. No me importaría morir en Roma, dijiste expulsando el humo. Morir en Roma, ¿por qué? En algún sitio hay que morir, yo he elegido Roma.

Te hice un juego de manos: dibuja un seis en el aire con el dedo y gira el pie en sentido contrario a las agujas del reloj. Te morías de risa. Cada vez que lo intentabas, tu pierna convulsionaba como si te clavaran un puñal en la médula espinal o una aguja en la rótula. Para concentrarte te mordías el labio inferior. Quise ser diente, y labio, y aire. Luego echabas atrás la cabeza en una carcajada demencial y caías hacia delante, escupida por un accidente de tráfico. Ahora tú.

Qué gozosa era la estación de su risa.

Me acordé de los retrasados mentales que caminaban de la

mano de las dos chicas. De su baba caliente a punto de desbordarse por los límites de su boca, igual que si royeran un melón muy fresco. Había un misterio en sus mentes venidas de otro planeta, un lenguaje aborigen. Los dioses habían jugado a los dados en su lúdica embriaguez, y a mí me había tocado el lado coherente del mundo. Era todo tan irracional. Me sentí un miserable. El peor pecado era dejar que el tiempo me atravesara de un modo tan vertiginoso. No merecía esa fortuna. Allí, a solas con Ella. En el más imperioso anonimato. Tan lejos de cualquier cosa conocida. De cualquier persona que supiera de mi extrema tendencia a la terquedad y a los días de penumbra.

Recuerdo tu hilera de carcajadas fotograma a fotograma. Igual que esas tiras brillantes que salen de los fotomatones con parejas de adolescentes haciéndose muecas y pucheros. Pero en mi cabeza ya no se escucha nada. Ni el zumbido de las bombillas. Ni la pausada discusión de los cisnes. Ni el repentino movimiento de las alas de un cuervo o un murciélago ciego. El agua besaba los postes del embarcadero. Todo era cine mudo.

Analicé con rigor de naturalista el arañazo en su iris izquierdo. Un cinamomo abierto. Me detuve en las afueras de sus párpados, circundados de verde acuoso. Aproveché para tocarte la mejilla. Te dije que eso era una marca que los extraterrestres te habían hecho cuando eras pequeña. Esas cosas ocurren, sabes. Luego te devuelven a la tierra después de sus experimentos y no recuerdas nada, para ti es como si no pasara el tiempo. Estuve a punto de contarle un cuento de navegantes y caravanas de tortugas. La historia de un niño tan especial que un día voló desde su cama agarrado de una crin muy blanca, rodeado de un tijereteo de polillas. Ese niño aún no ha regresado. Al final lo dejé para otra ocasión. Una jugada demasiado atrevida, me dije: con Ella no era bueno postergar nada.

Tú también tenías un hermano. Es especial, decías. ¿Cómo especial? Especial, es especial. Y pensé que tu hermano también tenía sonrisa de escualo, ojos estrábicos, y saldría a pasear de la mano de voluntarias sociales junto a otros chicos de cerebros indescifrables. Chicos que miraban siempre al cielo, a los que se les derramaba el gozo ensalivado mientras aplaudían con sus manos constreñidas como hojas de papel en el fuego. Especial, es un chico especial. Tu hermano.

Tus padres estaban separados. Se divorciaron hace unos años. Sin motivo, según tú. No quise decirte que para esas cosas nunca hay un motivo. Bueno, la vida es el motivo, pero es que a la vida se le dan tantos nombres que no le sientan bien. Tu madre vivía en la isla de Zelandia, al oeste de Copenhague. Era maestra de pueblo. Me la imaginé enseñando la tabla del cinco rodeada de mapas viejos. Qué absurdo, la educación en Dinamarca no es así, eso lo saben hasta los que nunca han salido de casa. Tu padre era diplomático. Casado en segundas nupcias con una joven vietnamita. Ahora estaba en Botsuana. *Really?* En dos años quizá le den destino en Europa. En Bélgica o en Suiza. Está en la otra punta del mundo, pero yo creo que eso es demasiado cerca, añadiste sin darte cuenta de que lo que sentías era lo contrario a lo que habías dicho.

Mi vida menguaba en segundos, tan aburrida, tan aprendida de memoria que perdía su significado, igual que las palabras que se repiten mucho y muy rápido. Como ese juego infantil que tenemos en España que consiste en reiterar jamón o monja. Me acordé de Chivu, un amigo que trabajaba desde los catorce años en la tienda de ultramarinos de su familia. No quiso estudiar bachillerato, ni formación profesional. O tal vez su familia no podía pagárselo y le daba vergüenza decirlo. A la gente le dan vergüenza cosas de lo más raro. Tengo otro amigo que tiene un hermano sordomudo y nunca lo saluda cuando se ven por la calle. Hay que ser imbécil. El caso es que Chivu corta chóped con una maquina de tortura que hace un ruido de aserradero. Lleva siempre un lápiz minúsculo en la oreja con el que apunta números en columnas que después suma como si rezara invocando al diablo. Se jubilará allí, supongo, mi amigo Chivu, cortando chóped y sumando hileras de números. ¿Por qué la vida hace tan mal su trabajo a veces? ¿Qué orgullo encuentra en semejantes chapuzas? ¿Por qué nadie le dijo nunca a Chivu que el tiempo que invertía en mirar a la pared podía pasarlo en Cambridge, o en África, y que incluso tendría tiempo para decirle a su padre que podía meterse el chóped, la carnicería y la trampa del legado familiar por donde le cupiese? Son cosas que no entiendo y que pasan todos los días.

Nos empeñamos en vivir como si fuéramos a hacerlo dos veces, te dije. Y sin querer, te pusiste muy triste.

Por el contrario, yo nunca tuve tantas ganas de vivir, de ser tantas personas en una vida, como sentados en esas mesas de madera salpicadas de musgo. Se lo debía a todos los disminuidos psíquicos del mundo. Y a mi amigo Chivu, también.

Tus padres te enviaron a estudiar a Inglaterra hasta que el divorcio se resolviera. De eso ya hace mucho tiempo. Ahora te facilitaban dinero suficiente para todo. Para todo, repetías, y remarcabas con desdén la E, *for eeeeverything*. No lo dijiste, pero yo siempre supe que lo que tú querías no era dinero sino una carta escrita a mano con fotos de cuando fuisteis a un parque de atracciones de un lugar que ya no recuerdas. O una postal, al menos. Una igual a la que guardas en un costurero y nunca envías. Bueno, eso era lo que yo imaginaba.

Te llevaron a un internado a Cambridge donde estudió tu padre. Con uniforme oscuro, una cinta de seda en el pelo y calcetines cortos, muy blancos. Tenías un hámster y una guitarra con la que tocar a Janis Joplin. Durante el último curso de escuela secundaria casi te expulsan. Tu padre vino desde Botsuana en avión y lo arregló todo con su traje de plenipotenciario. No tuvo ni que enfadarse, dijiste observando las cabriolas del humo en el aire, habló cinco minutos con el director del colegio, así, con la mano puesta en su hombro, y ya está. Contigo sí que se enfadó mucho. Luego te dijo que no te preocuparas. Que la culpa era suya por estar tan lejos. Ni siquiera trató de poner la tirita del argumento de autoridad y decirte ya lo entenderás cuando seas mayor, hija. Supongo que él tampoco lo entendía. ¿Quién va a entender eso? Te hicieron la maleta y te llevaron a África hasta que terminó el curso.

Tú hubieras preferido un beso. Aunque fuera en la frente, como los curas. Hacía tanto ya del último… Y tenías un cosero lleno de postales sin enviar.

Los padres, qué criaturas tan abisales.

Querías ser actriz. Y tener algún día un soliloquio de Shakespeare para ti sola. Con resplandores difusos, luces de velas y un público que aguantara la respiración para no apagarlas. Yo creo que a través de la interpretación lo único que buscabas era salir de ti misma. Ser otros cuerpos con otros recuerdos.

Ella era más joven que yo y sin embargo a su lado tenía que inventarme pericias, costumbres, destrezas de fabulador sin escrúpulos. Te dije que era guionista. No, en inglés no, en español. Pronto terminaría el primer borrador que estaba sin empezar. Solo tenía el título. Y las páginas numeradas. Nada más. Bueno, la primera línea también, pero me dio vergüenza decírtela. Nunca pasé de ahí. A veces, también escribía versos sueltos en servilletas de papel que luego se me perdían por los bolsillos para aparecer años después, para ridiculizarme. Supiste más cosas de mi falso pasado. Había que estar a la altura. De niño fui un talentoso jugador de ajedrez, declaré. He recorrido Francia y España a pie para llegar al fin de la tierra. Qué sé yo. Que tenía planes de conquistar el mundo cada mañana. O algo así. Todo era mentira. Lo sabías. Y no te importó.

Dijiste que conmigo te sentías tranquila. No era la alabanza que esperaba, no voy a engañarte. Pero tú apuntillaste que era más de lo que yo imaginaba. Estar tranquilo es más importante que ser feliz, sentenciaste. Luego te pusiste muy roja, a medio camino entre la pena y la seducción. Me quedé imposibilitado para responder.

Ese fue el primer momento de mi vida en que me di cuenta de que no quería hacer nada. No tenía ni vocación ni catecismos. Ambiciones tampoco. Ni quería tenerlos. Un sueño es una cárcel. Tu adorado Kundera escribió que es un gran alivio sentir que eres libre, que no tienes ninguna misión. Creí que la revelación me daría miedo, pero no lo hizo. Más bien me rescató. No estaba atado a ninguna quimera que pudiera alejarme de ti. A ningún futuro fracaso que perdonarme. Hay gente así. Gente que vive en un continuo indulto de sus propias decepciones. Sin hacer nada para remediarlo. Me dan lástima.

Te hablé de un futuro recién inventado, y de mi hermano pequeño al que le gustaban tanto las estrellas que iba a ser astronauta. Todo consistía en evitar que palparas que en realidad solo tenía miedo a lo desconocido y que lo conocido aún me daba más miedo.

Ella era lo desconocido. Ella era África.

En ocasiones dejabas de escucharme. Nos quedábamos en silencio sin asentir o replicar. Hasta mi cabeza se vaciaba. Una mancha clara mar adentro. A ti no te importaba. A las chicas ese silencio les molesta mucho en una primera cita, y en el resto de la vida, también. Pero a ti no. Mirabas hacia el agua verdosa y oscura. El agua se movía como el petróleo. Leías un mensaje o un nombre en el aire. Y a ratos un golpe de dulzura te doblaba la cabeza, golpeada por un recuerdo. Odio hablar de mi vida, confesaste, siempre es igual, no hay manera de cambiar nada. Y cuando cambia es aún peor. Me gustaría marcharme sin avisar a nadie, Nico. Para que nadie pueda seguirme. Eso dijiste y a mí me dio pena. Qué quieres que te diga. Se me desajustaba el corazón al pensar que ibas a irte sin una dirección postal donde recordarte al mirar un mapa. Como no sabía qué responder me aprendía la carta de comidas y especiales del día: pudin, hamburguesa de carne de ciervo y salchicha con puré de patatas. Las maderas del pequeño muelle se quejaban. No era la primera vez que soportaban tanta zozobra.

Apartaste un mechón rojizo de los ojos y vi de nuevo la marca blanca en tus muñecas. Una línea de espuma que nunca se iría de allí. Filigranas mal zurcidas. Dos jeroglíficos separados que solo tendrían sentido juntos. La vida era hermosa. Ahora lo sabía. Qué pudo guiarte a semejante locura.

No se quitó el sombrero cloché en toda la noche. El muestrario de sus labios era interminable: risueños, contrariados, abatidos, iluminados, sutiles. Obscenos. Muy obscenos. La noche pasó demasiado rápida. Un relámpago. Un relámpago inaceptable. La camarera vino tres veces a preguntar si queríamos tomar algo más. Tu decías que no con el humo del cigarro. A mí me parecía imposible que aquello fuera gratis. La cuenta se me pasaría algún día, en el momento más inesperado. No había duda de eso. Supongo que si en el más allá uno recibe compensación a todas las penitencias sufridas, también tendrá que devolver de algún modo todo lo que se le dio y no merecía. Eso le daría algo de sentido a muchas mentiras. Aunque cualquiera sabe.

El primer beso fue a las doce y cinco en la puerta acristalada del pub.

Fue un beso a pinceladas. Se terminó el verbo y la oratoria torpe. Caía esa llovizna que te hace pensar que estás dentro de una nube en calma. Nevaba un poco. Nieve negra. Nunca me sentí tan en deuda con el presente. Tan libre de pasados y futuros. La dueña del pub le dio la vuelta al cartelito de abierto mientras se preguntaba si alguna vez ella también fue tan insultantemente joven —o simplemente joven—. Imaginé que pasaría la noche llorando con una foto vieja de esquinas arrugadas sobre el pecho.

Dicen que hay gente que nunca ha sido joven. Dicen que hay suicidas tan cobardes que mueren de muerte natural.

Una vez me contaron la siguiente historia. A un hombre le faltaba valor para suicidarse. Uno tiene que imaginar que motivos le sobraban. Pero los motivos para acabar con su vida poco tienen que ver con lo que hizo. Fue a la playa y comenzó a nadar hacia el horizonte hasta que se le agotaron las fuerzas para volver. Eso hizo. De pronto recordé las marcas de tus muñecas. Mi torpeza siempre se manifestaba en el más vil de los momentos. Tú dijiste que era lo más hermoso que habías escuchado en muchos años.

Después vino una parada en el puente. Silver street y otro puente. Un beso por parada. Entre tanto recuperabas tu indiferencia levantada a base de reclusiones. El disimulo del ladrón acostumbrado. El desinterés por el mundo y lo que estuviera más allá de la brasa de tu cigarrillo. Me abandonabas. Lo sabes. Te ibas muuuy lejos.

Era imperativo odiarla.

Ese silencio sí me perturbaba. Te hice varias preguntas para sacarte de la celda en la que te habías encerrado después de la historia del nadador suicida. ¿Qué quieres ser de mayor? ¿Cuánto son seis por tres? ¿Conoces la sutil diferencia entre esto y lo otro? A veces, amenazabas con responder con los ojos, como si ocultaras una boca atiborrada de chocolate líquido.

Te acogías a sagrado.

Ella tenía una mirada capaz de hacer caer al vacío a los equilibristas. De hacer que un ciego se sintiera observado. Alguien gastó su imaginación en esa mirada y todas las demás las obró mediocres y vulgares. Igual que un alfarero que se quedara manco. Para qué esforzarse, si nunca haría nada más hermoso. Mis palabras sí son mediocres y vulgares cuando quiero hablar de Ella, pero, entiéndeme, no podemos vivir sin tratar de dar nombre a lo que nos pasa.

Eso ya lo hizo el Principito antes que tú, te dije. El Principito nunca contestaba a las preguntas. Aquello te devolvió el ánimo. Tu coquetería era insaciable. Tu vanidad, un arcano sin solución.

¿Qué significa la palabra mundo? Nada, la palabra mundo no significa nada.

Vámonos a beber, y a bailar, dijiste tomándome de las dos manos. Suplicabas de mentira. Volvías a reír. De dónde sacabas tanta alegría. Contigo no se le encontraba explicación a nada, te lo digo yo. Tengo ganas de bailar, Nico. Cuando bailo no pienso. Quizá los demás estén… Y los demás aparecieron en la siguiente esquina. Bajo una farola amarilla. Los copos de nieve eran plancton flotando dentro de un acuario. El alimento que mueve la biosfera, el combustible que arranca el motor de todas las cadenas tróficas. Nosotros solo éramos ballenas caprichosas.

Venían siete, tal vez ocho. Descamisados. Cerriles. Con un vaso de ginebra en la mano y una canción de guerra y cosecha. Ella abrió los ojos y la nieve se detuvo. Obvió todo y a todos y se fue a abrazar a uno de ellos. Pierre Spielmann negó con el mentón, me miró y la noche se hizo llaga.

Se llamaba… Qué importa su nombre. Su nombre me duele como una escalera estrecha en tinieblas. Una punción ácida en el esternón. Su nombre es el centro de un maizal con la sombra en bucle de un hombre sin rostro. Me da fiebre en el alma, si es que existe tal cosa. Era músico. Y asesino de luces. Llevaba un sombrero de hongo y los ojos maquillados de negro. Amanerado. Muy delgado, famélico, casi desnutrido. Su palidez verdosa se mimetizaba con las fachadas de Cambridge. Aquí estoy. *Constantia fundamentum est omnium virtutum*. He venido a ver cómo Desdémona le rompe el corazón una vez más al tonto de Othello. Os abrazasteis de nuevo. Pero qué pintas traes, pareces una modelo. Te lo digo *ab imo pectore*. Otro abrazo. Estás muy guapa. Vamos a celebrarlo. Tengo cosas que contarte sobre Fabio Babare. Íbamos a una fiesta en el club de regatas, verdad amigos. *In vino veritas,* que dijo Plinio el Viejo.

Os fuisteis juntos cogidos del brazo.

Se llamaba H.

Pierre Spielmann me atrajo hacia él por el hombro. Iba todo vestido de blanco. Olía a colonia y a ginebra. Tenía un color algo saurio, de celulosa. Primeros síntomas de hipotermia. No le hace ningún bien, explicó al aire. H es un genio en busca de la autodestrucción, ya sabes, de esos tipos que persiguen siempre una profecía con su nombre. Un elegido. Quizá Pierre no dijo eso, su inglés era atropellado y balbuceaba a la luna. Hoy le ha dado por hablar en latín, continuó Pierre sin pararse a recoger los pedazos de mi orgullo. ¿Quién habla latín hoy? H lo hace. No lo aguanto, es un genio. H lo sabe. Dime, Nico, ¿puede haber arrogancia mayor?

¿Quién es Fabio Babare? Pregunté a mi amigo casi sin pensarlo. Yo no había olvidado aquel nombre. ¿Cómo? Sí, ese tal H ha dicho que tiene información sobre Fabio Babare. No sé de qué me hablas, Nico, será alguna tontería que se ha inventado ahora. Cualquiera sabe.

Pierre Spielmann no solía caer en una verborrea instintiva para criticar. Era así. Carecía de la honradez del miedo. Hacía siempre gala de un temperamento riguroso y unas deducciones lógicas para guiar cada una de sus acciones. Aquella divagación automática no era propia de su manera de encarar la rabia.

H es director de orquesta, Nico, pianista, compositor, drogadicto convencido. Un tipo de lo más divertido e imprevisible. Hace un momento tuvimos que agarrarlo entre todos. Se quería lanzar al río y subirse a un cisne. A Ella casi la expulsan del internado por su culpa. Al parecer su padre tuvo que desembolsar mucho dinero. Vino del sur de África, *you know*. En un momento lo solucionó todo. Un pez muy gordo, su padre. Antiguo alumno del Christ's College, además. El primero de su promoción. Dicen que a H también le pagaron una buena suma para que desapareciera. Pero aquí está otra vez.

El club de regatas parecía un hangar de la Segunda Guerra Mundial. Antes de entrar te acercaste a mí. Lo pasaremos bien, ya verás. Me pellizcaste la mejilla y te fuiste con el músico. No se me permitió ni una queja como desagravio.

Nunca fuiste más cruel con nadie.

Dentro había remos cruzados con escudos estampados. Estandartes. Embarcaciones tapadas con lonas azules muy tensas. Mástiles y nudos marineros. Las paredes estaban llenas de rostros jóvenes, en blanco y negro. Todos muertos ya. Héroes de otro tiempo. Por un momento recordé la escena en que el profesor Kitting lleva a sus alumnos a ver fotografías antiguas a la sala de trofeos de la escuela en *El club de los poetas muertos*. Protagonistas olvidados. Remeros de la *Boat-Race*. De la Oxford-Cambridge. La carrera más antigua del mundo.

El lugar estaba lleno de música y un ejército de hombres rubios y altos. Clones de mi amigo Pierre. Delgados. Omóplatos anchos, listos para crucificar. Regatistas británicos, muy holandeses ellos. Solo discrepábamos con el aura sajona H y yo.

Antes de darme cuenta, Ella me olvidó. Cómo me dolía que ni tan siquiera buscaras hacerme daño. Es decir, si le hubieras besado mientras me mirabas de reojo. Si simularas carcajadas, le acariciaras la barbilla, te soplaras el flequillo y saliera brillantina, y después de todo aquello, después de tanto orgullo y suficiencia me miraras entre dos parpadeos, sabría que me tenías presente. Que aquello lo hacías para ahogarme con una soga de celos. Para domesticarme. Nada parecido. No tuviste ni la clemencia de venir a apuñalarme con el picahielos. Me relegaste de tu noche.

De cuando en cuando H y Ella desparecían tras una puerta donde parecía que hubiera una fiesta diferente. Más pausada. Más grave. Cada vez que alguien entraba podía ver que en esa habitación la gente se movía como en una cocina. Ocupados en hacer y deshacer. Al cabo los dos regresabais más serios, más mayores. Más lejanos.

Salí del club de remo para respirar. Me senté al borde del canal y pensé en mi hermano Marcos. En si estaría tan solo como yo, allá arriba, en las estrellas. ¿Dónde si no iba a estar? Era demasiado pequeño para estar solo.

Pierre apareció a los pocos segundos. Desastrado con rigor y elegancia. Selecto. Envejecido como envejecen los que van alcanzando certidumbres que esperaban no alcanzar nunca. Caminaba con la gracia y la torpeza de un perro erguido sobre sus patas traseras. Borrachísimo. Libre.

Era su último día de excesos antes de volcarse en sus entrenamientos con el equipo de remo. Iba a ser un *light blue* como siempre había soñado. La gran carrera contra Oxford sería en el Támesis en abril. Allí todo Londres daría la bienvenida a la primavera.

Mi amigo perdió la vista en el canal. Inundado de licor y con la mirada de un anticuario me dijo que eras peligrosa como las drogas que te hacía tomar. Ella primero te eleva, Nico. Luego te deja caer sin clemencia. Se lo ha hecho a muchos. Ha sufrido, Nico, y la gente que sufre mucho es capaz de hacer daño sin querer. No hay que darle más vueltas. Pero antes de que te pierdas del todo, te rescata. Antes de que tus sesos revienten en un concierto de vísceras, tira del hilo y te salva. Subir y bajar. Un yoyó. Y vuelta a empezar. No le importa. Cuídate de Ella, Nico. Guarda un secreto que te hará daño.

Pero eso era lo que yo quería. Aunque no lo dije. Quería que al menos te tomaras la molestia de rajarme el corazón.

Claire apareció a su espalda. Metió la mano bajo su camisa. Parecía serena. Sonreía. Le acarició la espina dorsal. Desde la primera vértebra hasta el coxis. Pierre terminó su vaso y lo dejó caer en la papelera. Siempre tan cívico, mi amigo. Me guiñó el ojo. Guarda un secreto que te hará daño, repitió. Pierre se olvidó de mí en sus labios.

Había dejado de nevar. Olía a humedad. A frío. A bosque siberiano en absoluta quietud. Calculé que mi bicicleta azul estaba demasiado lejos. Que mi habitación azul no estaba demasiado lejos. Me perdí en esa hora en que uno no sabe si la gente con la que se cruza sale o regresa. Amanecía y el cielo de Inglaterra parecía haber perdido sus cimientos y se caía sobre nosotros. Comenzaba una guerra en el este.

Othello explora el poder de la sospecha sobre la mente humana. Esa fue tu respuesta cuando te pregunté el origen de tu devoción por la obra de Shakespeare. La causa, dice Othello, la causa, dices tú, los celos, la enfermedad, el poder de la palabra. La espada de carne. Es fascinante cómo el amor más puro se torna en locura con la fuerza de los argumentos. Qué no podrá hacer contra una duda. Una mentira es capaz de pudrir lo más puro. «Los celos son un monstruo de ojos verdes que se burla del pan que lo alimenta». Me cuesta entenderlo, no creas.

Te lo explico, dijiste mientras íbamos en autobús con tus piernas sobre las mías y una piruleta pintándote los labios, es decir, todo lo que Iago le vierte en los oídos a Othello son mentiras, pero y qué importa que sean mentiras, me mirabas y tus ojos eran una luna llena redonda y meliflua, la idea de que su amada le es infiel ha entrado en la mente de Othello y nunca volverá a ser el mismo. Su amor ha muerto. Su mujer tiene que morir. Ese es su crimen. No la odia, solo quiere hacer justicia. La duda, sonreías fascinada, la duda puede con todo. La duda es más poderosa que la certeza, dije sin saber lo que decía. Exacto, reíste animada, porque la duda crece y crece. Y una certeza es una cárcel, dijo Nietzsche. Piensa en un paciente que no sabes que está enfermo, si la enfermedad no se ha desarrollado hasta un límite físico o fisiológico nada en él será distinto a un hombre sano. Pon en ese mismo hombre la duda sobre su salud presente o futura, y comprobarás cómo no hay vuelta atrás. Lo verás menguar sin seguir ninguna pauta. Convertido ya en un muerto en vida.

Tus palabras y tus labios eran jaulas, camisas de fuerza.

Me gustó la obra de teatro. Hacías de una condenada a muerte y solo tú sabías que hacías de ti misma. «Mi noble padre, percibo aquí una tarea dividida». Un túnel de luz blanco te iluminaba en el centro del escenario. «Descuida, buen Casio, no he de dejar en paz a mi marido; sus pasos seguiré; de noche y día importunarle quiero en favor tuyo». Te sepultaron en aplausos. Aún no eras consciente de lo poco que tiene que ofrecer el éxito. Así que horas después, triste y perdida, bajaste la guardia. Por primera vez me hablaste con la espontánea ingenuidad con que se habla a un extraño. Solo ante ellos podemos revelar los secretos que escondemos a nuestros seres más queridos.

Afuera nevaba y la gente hacía cola para ocupar sus asientos. El cielo y el aire tenían el color de la piel de las naranjas nuevas. Estuve a punto de irme a casa para castigarte. Pero no pude resistirme a verte actuar. Me senté en la última fila, lejos de cualquier persona conocida. Del mismo modo que hacía Iago para espiar a todos esos personajes que movía como a marionetas.

Nos encontramos en la diagonal del Parker's Piece. Horas después. Intento recordar pero no sé qué hice desde que terminó la obra de teatro hasta que nos encontramos. ¿Esperarte? Te vi desde lejos. Tu bicicleta, tus flores dentro de la cesta de mimbre junto a libros de poesía. No había manera de esconderse. Hubo silencio y varias preguntas. Te hice llorar. ¿Te había esperado solo para hacerte llorar? No lo creo. Te alejaste entre la niebla y solo quedó el ruido metálico de la bicicleta holandesa y el aire que después de tocar tus lágrimas me envenenaba.

Fui tras de ti. ¿Por qué estabas tan triste? Habías cumplido tu gran ilusión. Temblabas. Empapada. Los labios entumecidos.

Aparcamos las bicicletas. Te dejé mi abrigo y tomamos el autobús para ir a mi casa.

¿Por qué Shakespeare? Te pregunté. Bueno, me gusta la gente

que tiene otra forma de ver o de hacer las cosas. Lo único que no me gusta de la obra original es la muerte de Iago, argumentabas llena de ilusión, ha ganado, debería vivir. Si ganas mereces vivir, en la ficción, y en la vida a veces también. No todas las historias necesitan un héroe y un villano. Ese maniqueísmo, esa obligatoriedad de posicionarse me aburre. Cuando utilizabas palabras largas y extravagantes te ponías muy seria, casi enfadada, y prolongabas los huecos entre tus mensajes como si fuera un crucigrama que yo debía rellenar. Por el contrario tu alegría era más básica, más salvaje. Y sonreías, a medias, sin estar ni triste ni satisfecha del todo.

Iago es el cerebro que mueve a su antojo a todos los personajes. Qué importa que sea un villano a los ojos del espectador. Ha ganado, repetías, Shakespeare debió reconocer su victoria. Los malos suelen ganar en la vida real, estoy harta de moralejas. También se esfuerzan y a menudo son mucho más originales en el uso de sus armas. Pero hacen trampas, te dije. ¿Trampas? Me miraste como si no hubieras visto a nadie más estúpido en tu vida. No hay normas, Nico, en la vida no hay normas. Todos tenemos razones de peso para tomar una u otra dirección, créeme. No todas las historias tienen que enseñarnos algo, hay algunas que sencillamente te rompen algo por dentro y punto. Lloras toda la noche, con el placer de haber tocado la tristeza con los dedos y ya está.

Seguía sin entenderte. Intuía que había un mensaje oculto en tus palabras más allá de la propia obra de teatro y su lección. Pero no hablamos más de eso. Tampoco hablamos de la noche de nuestra cita, después de que te fueras con H.

La humillación despierta en nosotros una tozudez y un orgullo pueril difícil de derrotar.

Miraste por la ventana. Yo te miraba a ti. Una vieja esperaba para subir al autobús y dos jóvenes borrachos se reían de ella.

Al final no moría, Iago, digo, no moría. Como tú deseabas. Se convertía en gobernador de Chipre y su inteligencia era recompensada a pesar de su vileza. La crítica no terminó de entender la obra. La gente necesita una enseñanza para poder dormir.

Aquello era demasiado para un mundo tan poco acostumbrado a cuestionarse el mundo en que habita. La tacharon de sosa e irreverente. Contigo, sin embargo, se les llenó la pluma de adjetivos hermosos.

No sé si llegaste a leer todo aquello que dijeron de ti.

A los tres días ya estabas viviendo en Roma.

Era el último día antes de las vacaciones de Navidad. Mañana me voy a España, te dije, a pasar las vacaciones con mi familia, dos semanas. Bueno, Nico, dos semanas no es mucho tiempo. Cuando regreses te estaré esperando, mentiste.

Y fue entonces cuando me contaste tu historia.

Así fue cómo sucedió.

La hija de un embajador. Eso nunca. Qué diría la gente, el presidente mismo, la secretaria y hasta la portera del edificio. Ya sabes, el niño, sí, sí, el que sacó la plaza de diplomático y vive en un palacio en África, ese mismo, el más joven de toda Dinamarca, pues no te lo imaginas, su hija, pues embarazada que está, que sí, que sí, que te lo digo yo, no es ni mayor de edad, si ya decíamos en mi casa que apuntaba maneras, la niña, con esos ojos y ese mal mirar de pantera acorralada y ese pelo salvaje y ese cuerpo que se desarrolló tan pronto. Las cosechas tempraneras nunca fueron buenas. Joder con la niña. Eso nunca. Eso jamás. Bueno, así lo imaginé yo, especulando quizá con una especie de dialecto universal de porteras.

Recurriste pues a la condición esquiva inherente a cualquier adolescente embarazada. De poco sirvió, claro, solo era cuestión de tiempo. Como todo. El qué. Todo, todo es cuestión de tiempo. Bueno, todo no. Claro que sí, ponme un ejemplo. Lo pensaré y encontraré algo. Pero que no sea una cursilada. De acuerdo, pero sigue, ya no te corto más.

El problema vino después.

Hay dos maneras de hacer las cosas, bien y mal, así se lo enseñan a los niños desde que abren los ojos. Y luego está la forma de obrar de los embajadores. No veo otra explicación.

¿Y tu madre qué dijo? Qué iba a decir tu madre. Pues no dijo nada. Seguía en Dinamarca y tuvieron que ingresarla. Aunque de eso te enteraste mucho después. Estaba con otro hombre, te había dicho tu padre, la muy hipócrita, con un médico. Luego se quejaba porque su marido se la pegó con una china. Es vietnamita. Bueno, qué más da, china o vietnamita, son casi iguales. Pues eso, que está con un médico y no quiere cuentas ni con sus propios hijos. Médico, yo qué sé la especialidad, psiquiatra, creo, decía tu padre. O tal vez no estaba con él. Tal vez le pagaba por sesiones y por recetas. Al psiquiatra. Más bien sería eso, lo de las sesiones y las recetas, quiero decir, y no las bobadas de tu padre. Así que tu madre no dijo nada. De poco se enteró. O tal vez se enteró de demasiado. Qué iba a decir, tan lejos y tan narcotizada, la pobre.

Dijiste, es demasiado tarde para arreglar nada. Dijiste, fue tarde desde siempre. Joder, qué duro es eso que dijiste: tarde desde siempre. Desde el mismo principio. Pues cuando algo empieza, escucha, desde el mismísimo primer momento en que una experiencia arranca, ya está más cerca del final que de comenzar de nuevo. Por muy largo que sea y por muy lejano que percibas su conclusión. Cualquier pasado siempre está más lejos que el fin del mundo. Al igual que tu presencia aquí, conmigo, ya está más cerca de terminar. Qué sinrazón.

Tú ya cobijabas demasiada vida dentro para otro tipo de alternativas, legales o ilegales, que también las hay. Aún no lo sentías dentro, o sí, tal vez un poco. Cuando te mirabas al espejo de medio lado. O cuando colocabas la mano sobre el estómago ya intuías algo. Qué. Algo, no sé, algo. Un ligero palpitar de pecera, la respiración de un gato en la oscuridad o el leve crecimiento de un pistilo recién fecundado. Lo más simple.

No quedó otro remedio que buscar una solución rápida para ti y para el niño, o la niña. Fue niña. Esto sí que lo supiste. Pues no quedó otro remedio que buscarle una rápida solución para ti y la niña. Y guardar el secreto en el consulado, en Cambridge y en toda Dinamarca si era necesario. Cuánta prudencia. Porque a ti ni se te informó ni se te pidió permiso u opinión sobre el porvenir de ti misma. Porque aquello que crecía dentro de ti también eras tú. Quién iba a ser si no.

Ay, cómo pudisteis llegar a eso. Con lo que os quisisteis. Cuando eras niña, tu padre era capaz de llorar, de arrancarse la piel, fíjate, solo con la idea de que pudiera pasarte algo.

Te llevó hasta el sur de África, tu padre. Al África blanca que llaman algunos, pues todavía hay de eso, no creas, con mayordomos y grandes extensiones de caña de azúcar con negritos de manos encalladas, que sí que sí, que tú lo viste. Una pena. Allí van los holandeses de vacaciones, como quien va al pueblo en agosto.

Y crecía. Sabías que algo prodigioso ocurría dentro de ti. No se puede explicar. Todavía ninguna madre ha podido. Es un hecho constatado. Con saberlo les basta, no tienen por qué explicárselo a nadie. A veces hasta notabas sus pies de sapito, cuando estaba contento. ¿Y por qué sabías que estaba contento? Porque sí, respondías, porque lo sé. Le gustaba la música de cuerda y las películas tristes, igualita que su madre, oye, qué cosas. Y una noche en la que no parabas de llorar juras que también la oíste llorar a ella. A tu niña. Estaba viva dentro de ti. Qué gran milagro. La vida es algo de lo más extraño, no te parece. Crece hasta en los riscos más oscuros y escarpados. Todo es un milagro. Entonces te reíste. A carcajadas. Aún doblada sobre la almohada como si te doliera el estómago. Llorabas y te reías a la vez. A veces, las mujeres embarazadas sufren de una bipolaridad inquietante, ya te lo habían dicho, como esos payasos que muestran una gran sonrisa roja y una lágrima en la mejilla. Es parte del proceso de metamorfosis. Hasta ahí ha llegado la ciencia en el entendimiento de las relaciones entre una madre y el bebé que llevan dentro. Nada más.

Allí se quedó tu niña. En el África blanca. Tan pequeña. No te dejaron tocarla. Ni verla. Ni darle un nombre para el recuerdo, para rezarla y cantarle nanas tristes en la distancia. Nada. A una madre no se le puede arrancar a su hija y pensar que todo quedará olvidado del mismo modo que se olvida a un amante o a unas vacaciones. Una madre es otra cosa. Hay que ser estúpido para subestimar ese campo magnético, esos grilletes biológicos que quedan entre una hija y su madre. Como si el universo fuera a seguir su curso, y a reorganizarse lo mismo que hace tras los impactos del azar. Hasta los mancos sienten el fantasma de su mano tras la mutilación. No, nadie podría pensar que aquello era el final.

Tu hija se quedó en Botsuana con un matrimonio de blancos. Políglotas y educadísimos. No sabes más. Bueno, sí, que poco después volvieron a Europa, con el orgullo de ser padres biológicos. Seguro que así lo contaron a sus amigos y familiares. Lo teníamos en secreto, sí, ya sabéis, da mala suerte hablar de estas cosas antes de que sean palpables. Nos ha costado tanto. Ya sé, ya sé que nos dijeron que no podríamos tener hijos. Pero, fíjate, nunca hay que fiarse del todo de los médicos. Queríamos que fuera una sorpresa. Creo que tiene mis ojos, no os parece. Y cuánta alegría, cuántas invenciones perfectamente ligadas para hacer de una mentira una maraña de verdad. Así es la vida también.

En cuanto a ti, tu padre se encargó de arreglar el asunto, para que su hija volviera libre de pecado de sus ociosidades por África. Para que al regresar a su colegio cristianísimo de Inglaterra nadie adivinara que tu padre se había encargado de cambiar el futuro que Dios había inventado para ti. Uff, qué alivio, pensaría él, tu padre, libre de las inclemencias que habían empañado su mente. Se acabaron las murmuraciones de sus excelentísimos colegas. Mantendría su condición de embajador más joven de toda Dinamarca y la portera del edificio donde se crio tan orgullosa, oye, mira qué bien. Eso diría la portera, que su primera mujer estaba como un cencerro, mucho mejor la china, vietnamita, qué más da, mucho mejor, dónde va a parar. Vaya mujer, la vietnamita.

Pero uno no puede vivir la vida de otro. Por muy padre que se sea. Eso es así. Nos pongamos como nos pongamos.

Te quedaste dormida enseguida. Sobre mi cama. En mi habitación azul. Agotada de recordar la vida y el texto de Desdémona. Yo, sin embargo, tardé varias horas en poder dormir. Sentado en mi escritorio, te observé hasta que el sol comenzó a calentar el mundo otra vez.

¿Cómo pasaste aquellas Navidades? Nunca te lo he preguntado.

En mi casa, por tercer año consecutivo, no hubo celebraciones. En Nochebuena cenamos muy pronto y en silencio. Mi abuelo y mis padres. Las botellas de vino se acabaron y la comida apenas se tocó. Mi madre recogió los platos, y aún vestida con su traje de fiesta, se sentó en su rincón habitual a mirar por la ventana. Había vuelto a perder peso y el vestido le quedaba como a las niñas que se disfrazan con las ropas de sus madres.

Poco después mi abuelo me hizo un gesto de complicidad. Tuve que ayudarle a levantarse. Había bebido demasiado. Mi padre ya tenía el pijama puesto. Le pedí las llaves del coche y llevé a mi abuelo a la residencia.

Una partida, Nicolás, qué me dices, aún es pronto. Claro, Martín, una partida, voy a por el tablero.

Al principio ni siquiera él mismo parecía darse cuenta de que hablaba. Mi abuelo Martín. Llevado por el vino y los recuerdos. Ocurre a menudo. Te metes en laberinto de memorias que te van arrastrando sin remisión a una verdad olvidada. Así hablan los borrachos en los bares, empiezan con cualquier tontería y enlazan recuerdos hasta repasar todas sus derrotas. Sin saber a quién le lanzan esas mentiras que le son tan propias. Por eso yo bebo solo. Pero eso ya lo he dicho.

Mi abuelo miraba las piezas de madera. Cuando iba a levantar una parecía que le diera miedo tocarla. Retiraba la mano. Tal que si midiera la temperatura.

Fue en La Coruña, me dijo al fin. Qué dices, Martín, pregunté ensimismado. Hacía rato que no hablábamos. En La Coruña, Nicolás, me has preguntado cuál es el momento más feliz de mi vida. En realidad mi pregunta había sido si alguna vez tuvo que irse a vivir lejos. No lo interrumpí. Allí me tocó hacer la mili, continuó con la cabeza inclinada para ordenar los recuerdos que le traían sus propias palabras. Tú de eso ya te has librado. La gente se alegra. Me refiero a que se alegran de que ya no sea obligatorio. Quizá tengan razón. Pero muchos de los que hicimos el servicio militar, sin duda, recordamos aquel tiempo con mucho cariño. Mira, dijo señalando con su narigón esquelético a un anciano que cabeceaba como un muñeco de muelles, aquel no habla de otra cosa. Tiene más de noventa años y solo habla de la mili, por algo será, ¿no te parece? Levantó un peón. Antes de colocarlo un escaque más adelante, lo dejó de nuevo en la posición inicial. Se pasaban muchas penurias. Coño, si se pasaban penurias. Se dormía en el suelo y se cagaba en un agujero ponzoñoso. Todavía, si me concentro, puedo recordar perfectamente el olor que emanaba de allí. Yo le creí, no había nada imposible para aquella portentosa trompa de espátula. Cuando te tocaba limpiarlo querías que te tragara la tierra. Mi abuelo arrugó la nariz hasta que le llegó la anhelada fetidez de ultratumba. Pero te daban de comer, prosiguió levantando un alfil y observando su tallaje, y eso ya era más de lo que la mayoría podía decir de sus casas. Ahora la gente lo critica todo. No tienen ni idea, coño. Para hablar de algo hay que vivirlo. No es eso lo que dice un poeta. Tu deberías saberlo que siempre andas con tus dichosos libros. Nunca, ahora sí levantó los ojos y me miró señalándome con el alfil, nunca hables de nada de lo que no sepas, te lo prohíbo. Se dejó caer en el respaldo de la silla: no soporto a esa gente. Y menos aún en el extranjero, no quiero que piensen que mi nieto es un cabestro. Si no sabes de algo lo aprendes, ¿entiendes? Y si has vivido algo te dará igual lo que te digan los demás. Hay mucho bobo suelto. Por eso yo no hablo con nadie. Tras esto bajó la vista, y como si ya lo tuviera pensado, colocó la torre en paralelo a su reina.

Miré a mi derecha. El sofá donde las últimas semanas había visto al señor Antonio sentado con la fotografía de su mujer estaba vacío. Dónde está el señor Antonio, Martín. Se fue. Así se muere uno en la residencia. Se va. Sin maleta ni nada.

Entraron tres enfermeras. Cada una se llevó a un anciano dormido en una silla de ruedas. Tenían collares de espumillón y un matasuegras sobre el pecho. Quizá sería la última vez que los vería, pensé asustado. Y sentí que perdía algo sin tener muy claro el qué.

A tu edad ya te habrás dado cuenta, Nico, pero si hay algo que me sorprende del ser humano es la capacidad que tiene para olvidar lo malo y quedarse con lo bueno. Quizá por eso nunca escarmentamos. El caso es que para mí fue un disgusto que me mandaran tan lejos. Para muchos otros, sin embargo, era la única oportunidad que iban a tener en sus vidas de salir del pueblo. De conocer. De ponerse en manos de la aventura para que se les abriera alguna puerta en la que nunca habían pensado. ¿Entiendes el drama? Le dije que sí, aunque la realidad era otra. Trenes enteros de chavales de tu edad. Con la cabeza rapada para volver convertidos en hombres. Cuántas bobadas nos contaban. Todo para ir muy lejos del hambre. Hambre de la de verdad, Nico. Mi abuelo levantó sus cejas despeinadas para mirarme desde abajo, casi sorprendido por sus propias palabras. Adelgazó la voz, a la manera en que se hace para contar un secreto. Hambre de la que te lleva a comer cáscaras de naranja, a exprimir a las burras para que den leche, o de la que termina en una pelea a navajazos para comerse una rata muerta. Eso lo he visto yo con estos ojos. Hambre de la que duele y te hace llorar. Se pasó mucha hambre en España, Nico. Pero de eso ya nadie habla, o hablan demasiado los que no tienen ni idea. Los que no lo han vivido como tú o tus padres os creéis que es mentira. Y a los que lo vivimos nos da vergüenza contar las cosas que llegamos a comer o lo que hicimos por conseguirlas. La vida es así de hija de puta.

Mi abuelo, cada vez que terminaba algún episodio de su pasado, concluía con esa locución: La vida es así de hija de puta. Dejaba entonces unos segundos para suspirar con cierta nostalgia enrabietada. Un barreño rebosando pena. No, no era pena, era otra cosa. Después se recostaba en la silla y echaba un trago de una pequeña petaca que guardaba en la chaqueta. Cruzaba los brazos y miraba al techo. Se veían entonces todas las arrugas acumuladas bajo los ojos, como una baraja de cartas, como un delta sedimentado de historias.

Alguna vez me preguntaste dónde comencé a cultivar este apego por el pasado, por el cuento que todos tienen que contar, que siempre me ha acompañado. Entonces, yo me encogía de hombros, como si mi forma de encarar la vida fuera la única. Ahora sé que el amor por el silencio y las buenas historias me vienen de esas charlas con mi abuelo Martín. Pero una historia solo es buena si se cuenta bien. Si no es así, se olvida.

Hacía rato que ninguno de los dos movíamos ficha en el tablero de ajedrez. Ni siquiera recordaba de quién era el turno. Seguíamos con la mirada centrada en la partida como si el tablero fuera un oráculo dispuesto a desvelarnos los arcanos del universo. La más leve interrupción podría quebrar el débil hilo de sus pensamientos. Como una araña a la que se le rompe la seda de la que cuelga.

Como te decía, Nico, me enviaron a La Coruña. Qué disgusto se llevó mi madre. Ella quería que fuera al cuartel de Monte la Reina donde un primo suyo era sargento. Pero no pudo ser. Tu abuela me vino a despedir a la estación. Lloró como una niña. De eso me acuerdo muy bien.

Sin recomendación ni padrino me tocó la peor tienda, la peor letrina y las maniobras más aburridas y tediosas. Cago en to, rio mi abuelo. Varios residentes lo miraron, sorprendidos de que el señor Martín tuviera risa. Recuerdo aún mi primer encierro. Cómo olvidarlo. Maldita sea, te aburrías tanto que el hecho de que te dejaran sin permiso de fin de semana era como si te condenaran a un año atado a una cama en una celda oscura.

Te explicaré lo que pasó. Aquella mañana el sargento nos enseñó cómo había que saludar a los oficiales de rango superior. Ya sabes: ponerse recto, mentón alzado, mirada perdida, y mano a la frente. Al cabo de dos horas aún había soldados que no eran capaces de coordinar todo a la vez. Sí, no me mires así, los había mu burros. Fíjate que algunos no sabían ni escribir su nombre. Cogían el lápiz como si empuñaran un cuchillo. Los pobres diablos firmaban con una equis o con una mancha de tinta en el pulgar. El caso es que practicando este saludo militar a unos se les olvidaba hablar, otros lo hacían muy bajo, o se trababan, o no sabían cuál era la mano que debían llevarse a la sien, tan sencillo como que nunca aprendieron a distinguir entre su izquierda y su derecha. Aunque si algo bueno tenía la mili era aquello: nos ponía a todos al mismo nivel.

En un momento dado, el sargento me vio quejarme, o resoplar, o indignarme de algún modo. No lo recuerdo. Me ordenó que me pusiera a correr hasta que a él le diera la santa gana. Así, Crespo, te vas a poner a dar vueltas al patio hasta que a mí me de la santa gana. Mi abuelo soltó una carcajada. Le pregunté al sargento que por qué tenía que correr. Joder, quién me mandaría hablar. El sargento se puso muy rojo. Luego sonrió. Recuerdo que tenía los dientes afilados. Su cara, Nico, su cara me recordó a una fotografía que vi una vez en una enciclopedia ilustrada de un indígena de Ecuador que se afilaba los dientes con piedras. Si puedes búscala luego en Internet y sabrás a qué me refiero. El muy cabrón me envió derechito al calabozo, sin correr ni nada. Joder, era la primera semana y ya me había detenido. Eso me ponía la etiqueta de revoltoso que yo mismo me encargué de reivindicar a la semana siguiente cuando volvieron a meterme en el calabozo.

En esta ocasión sí que solté una carcajada que rápidamente ahogué para evitar que mi abuelo se perdiera en el discurrir de la historia. Él se animó con mi alegría. Resulta perturbador y deja cierto sentimiento de culpa la facilidad que tiene un joven para alegrar a un anciano. Cuánto egoísmo. La gente se cree que el egoísmo es otra cosa, pero no, el egoísmo es no darse cuenta de lo fácil que es hacer sonreír a un viejo. Aunque a veces creo que aun es más egoísta el que se cree que con hacerles sonreír es suficiente. Como un hermano de mi padre que solo venía a la residencia una vez al año y mi padre lo odiaba por todo lo que le quisieron siempre mis abuelos a pesar de que desde los quince años solo iba a casa a pedir dinero.

Yo jamás odiaría a mi hermano Marcos. Aunque el día que volviera a casa solo fuera para pedir dinero. A él no.

Sí, sí. No te rías. A tu abuelo Martín lo metieron los tres primeros fines de semana de mili en el calabozo. La última vez por mearme en el libro de instrucción. Siempre he pensado que fue durante aquel mes largo como un invierno nublado que empecé a perder a tu abuela. O la perdí definitivamente. No para un año o dos. Sino para toda la vida. Y eso es mucho tiempo cuando se quiere.

Aquel testimonio lanzado al aire como un disparo ciego terminó por sacarme de la partida de ajedrez. Mi abuelo parecía que no se había dado cuenta de que la historia le estaba llevando por caminos poco frecuentados. Me volteé de cara a la pared como si hubiera escuchado un ruido. Un anciano se colocó a nuestro lado. Agachó la cabeza y absorbió un alfil con un ruido de aspirador. Mi abuelo se levantó. Le pegó un manotazo en la nuca y el viejo escupió la pieza blanca llena de babas frescas. Dos enfermeras vinieron a llevarse al viejo.

Deslicé rápidamente el caballo en un movimiento que resultó fatal. Todo con tal de disimular que no había escuchado lo que había escuchado. Pero él continuó hablando. De trastadas y burlas. De la rabia de la juventud que se va. Que te dice que es para siempre y te acuchilla por el envés cuando te miras al espejo. Y siguió hablando. De altares envilecidos. De retablos sagrados con los símbolos de la patria. De crespones y luces en los balcones. De largas caminatas en busca del enemigo. El enemigo, siempre, el enemigo. El enemigo está dentro de uno, Nico, que no te engañen. Del fusil Cetme de balas falsas. Del tonto que no sabía ligarse los cordones y se dejaba atadas las botas por las noches y una vez le metieron dos tomates en la punta de los zapatos para que al toque de corneta tuvieran de qué reírse. De músicas marciales y de la voz inapelable del que ordena y manda aunque no sepa hacerlo más que a través del miedo, que siempre fue el peor modo de mandar, Nico, eso seguro. Esa voz autoritaria que primero asusta, con los años da risa y ahora solo produce lástima. Porque la semana pasada vi al capitán, Nico, al de los dientes afilados que me mantuvo tres fines de semana allí encerrado en ese cuartel de La Coruña sin saber el daño que me hacía. Lo vi en una silla de ruedas, con una manta sobre las rodillas. Joder, se le caía la saliva como si fuera la papilla de un niño testarudo. Cojones, que asco todo, coño. Si hasta me dio pena. La vida, la vida es así de hija de puta.

Bueno, pero ya te dije que fue el tiempo más feliz de mi vida, continuó mi abuelo. El segundo fin de semana de encierro el sargento me ordenó limpiar y ordenar el botiquín. El farmacéutico a cargo de la botica pronto se dio cuenta de que yo sabía muy bien lo que hacía. No en vano iba muchas veces a ayudar a la farmacia de mi suegro en el pueblo. Incluso recibió de buen grado algunos consejos que le parecieron de lo más útiles. Esa tarde nos bebimos una botella de coñac. El farmacéutico del cuartel y yo. De una sentada. Me contó su vida. Hasta se me echó a llorar. Y nos hicimos amigos. Las lágrimas consolidan más que el cemento, dijo mi abuelo antes de hacer una pausa para recrearse en su sentencia. Pronto el oficial de la farmacia me recomendó a mi superior para que pasara el servicio militar en la botica con él. Desde entonces comencé a comer caliente. Repetía ración siempre que se me antojaba. Hasta engordé unos quilos que bien de falta me hacían. De vez en cuando, robaba algunas medicinas para mis compañeros de tienda. O para sus familiares. Si algo sobraba allí, eran medicinas. Así que sin más ni más todos me buscaban. Todos me debían favores. Nunca en la vida me he sentido tan dichoso y respetado. Ayudé a mucha gente. Jaque mate.

El cambio de intensidad vocal dobló las pulsaciones de mi corazón lo mismo que un revoloteo de pájaros asustados por una detonación.

¿Otra partida? Preguntó mi abuelo con ese gesto tan particular de frotarse las manos. Como si se las enjabonara. No estás a lo que tienes que estar, Nico. Bueno igual es tarde ya, es Nochebuena, habrás quedado con tus amigos.

Martín, le dije mientras guardaba con el cuidado de un anticuario las piezas, una a una, en una caja de madera, tal que si fueran cadáveres apilados de gorrión, antes has dicho que el primer mes en el cuartel no pudiste volver a casa. Ajá. Porque estabas en el calabozo. Ajá. Por lo del saludo, el asunto de la burla al capitán y todo eso. Sargento, era sargento. Sargento Rogado. Y también dijiste que fue ese mes cuando perdiste a la abuela. Bueno, Nico, eso es solo una forma de hablar. Nadie sabe en realidad el momento en que se pierde el amor de una mujer. En realidad es muy poco a poco. Aunque ellas no lo saben. Ellas piensan que es de sopetón. Que un día, sin motivo aparente, abren los ojos y ya no ven al joven apuesto con el que se casaron, sino al orangután al que llevan limpiando la mierda media vida. Carajo, ya lo creo que funciona así. Es entonces cuando echan la vista para atrás y recuerdan. Y cuando una mujer recuerda…, mi abuelo me miró con los ojos muy abiertos, ya no hay nada que la traiga de vuelta. Date por jodido, e hizo la señal de la cruz como si me bendijera.

Mi abuelo se levantó de la mesa. Colocó la caja con las piezas sobre el tablero. Lo recogió todo y lo guardó con mucho cuidado en el hueco de la estantería donde siempre lo dejaba. Guardado bajo llave. Era un tablero muy antiguo, herencia de su padre, creo, un hombre que según me dijo había muerto en el exilio cuando él era muy pequeño.

En la residencia se había liado un buen alboroto porque una anciana había vuelto a usar el baño de otra para aliviarse los intestinos. Mi abuelo me puso la mano en el hombro para indicarme que me acompañaba hasta la puerta. Lo que dije antes sobre tu abuela ha sido siempre una sospecha, no te vayas a creer lo que no es. En aquel mes que estuve encerrado, tu abuela se enamoró de un representante que iba por el pueblo. A la farmacia de tu bisabuelo. Nunca supo que yo lo sabía. Estoy seguro que ni lo sospechaba. Siempre he sido mu' burranco pa' esas cosas. Pero eso sí me lo olí pronto. Ya lo creo que sí. Sé que tu abuela le quiso desde el primer día y eso que estábamos recién casados. Pero no me oirás nunca decir nada feo de ella. Me guardaba cariño, por supuesto, de lo contario no hubiera aguantado treinta y tres años a mi lado. Pero siempre supe que era a él a quien amaba. Aún recuerdo la cara de sorpresa de tu padre cuando tu abuela se estaba muriendo y ella no hacía más que llamar a Esteban. Hoy es el segundo martes del mes, decía mientras se le iba la vida a la pobre, mirando al techo con los ojos que tienen los santos en los cuadros, vendrá Esteban con los catálogos, repetía una y otra vez, y podré hablar con él, aunque sean dos frases. Esteban, ese nombre siempre ha sido para mí como una vara de mimbre que me golpea en la espalda. Tú padre no dijo nada, claro, ni yo tampoco. Los delirios de un moribundo son intimidades que nadie debería escuchar. Supongo que ese día tu padre encajó algunas piezas. A veces, Nico, una verdad te llega desde lejos. Algo así como visualizar con varios movimientos de antelación el jaque mate que te hará perder la partida.

Caminamos por el pasillo en silencio. Sorteando sillas de ruedas y escombros humanos. Siestas y demencias seniles. Todo allí era una imparable cuenta atrás.

O tal vez no, continuó ya fuera de la biblioteca. Eso es lo de menos. Aquí lo único importante es que tu abuela se quedó conmigo. Y me cuidó. Y me quiso a su manera, aun cuando estaba claro que amaba a Esteban, el representante farmacéutico de traje de franela y zapatos lustrados. Yo lo sabía. Cuando tu abuela lavaba los platos y cantaba y miraba al cielo por la ventana, pensaba en él. Cuando se quedaba mucho rato en silencio, con la vista perdida en la pared, como si reconociera la forma de Cristo en las humedades, pensaba en él. Cuando cerraba los ojos por la noche, a mi lado, y después ya en su propia cama, pensaba en Esteban. Todo el tiempo. Pero, Martín, ahora sí interrumpí a mi abuelo, necesitaba detalles, explicaciones. ¿Por qué no la dejaste ir? Quiero decir… —al momento caí en la cuenta de lo inapropiado de mi manera de exponer la pregunta—, ¿cómo pudiste soportarlo durante tantos años?

Mi abuelo entonces tomó aire. Ay, Nico. Tomó aire de nuevo. Se detuvo, como si se dispusiera a echar raíces, allí mismo. Convencido tal vez de que había ido demasiado lejos en los detalles, buscaba la manera de salir de aquel embudo de verdades que con el tiempo son más verdad. Pues porque la quería, sentenció. Y de repente mi abuelo envejeció mucho sin que pasara el tiempo.

Salimos a la calle. La noche era agradable y despejada. Olía a frío. Y dirás tú, joder, Martín, si la querías deberías haberla dejado ir. Pero te equivocas. Ella, tu preciosa abuela, era libre de haberse ido y no lo hizo. Y no por razones sociales o del qué dirán. Menuda era tu abuela para haber puesto firme a cualquiera que se atreviera a criticarla. A tu abuela le importaba un rábano todas esas zarandajas del matrimonio, o de vivir en pecado. Si casi la excomulgan por pegar al cura. Se levantó en medio de un sermón en el que criticaba a su familia y lo molió a palos con el hisopo. Si no es porque su hermano era un gerifalte de la Guardia Civil, la encarcelan.

No, continuó, no era eso lo que la detenía. Si decidió quedarse a mi lado fue porque conmigo era feliz. Porque a mi lado mantenía viva la fantasía de estar algún día con Esteban. Prefería, quizá, recordar siempre aquella noche que pasaron juntos, o aquel amor furtivo en la rebotica de la farmacia mientras yo dormía en el calabozo o trabajaba en la mina. Así es. No tengo duda. A tu abuela lo que la hacía feliz era pensar, imaginar que algún día juntarían el valor para fugarse juntos. Qué se yo, subirse a un tren a Madrid o con destino a Francia. Recorrer el mundo. Ir a Italia, por ejemplo. Tu abuela siempre quiso ver Roma. Yo iba a llevarla en cuanto me jubilara, pero ya sabes lo que pasó. En fin…

Mi abuela murió a los pocos días de que yo naciera. Le empezó a doler muy fuerte la cabeza al llegar de un paseo. Es todo lo que sé.

Martín dio unos pasos fuera, meciéndose igual que hacen las gallinas al caminar, cojeando a la manera de los palomos tullidos de la plaza. Salí tras él. Respiré con ansia el aire fresco de la noche. Tenía los pulmones rugosos, enrarecidos por el olor a edad, a recuerdos y a medicinas de la residencia de ancianos. El olor de los años huele a carne muy hecha, a crematorio. Mi abuelo se dio la vuelta. Casi estábamos espalda contra espalda.

Si lo hubiera hecho. Si se hubiera fugado con el representante de farmacia... Toda su ilusión se habría venido abajo. Ella lo sabía. Yo lo sabía. Y quizá hasta el propio Esteban lo sabía, por eso nunca tuvo valor para llevársela. Claro que se hubiera sentido mal por haberme abandonado. Te repito que tu abuela me quería mucho. Pero eso no era lo que la detenía. Si nunca se marchó con él fue porque quería evitar que algún día, cuando menos se lo esperara, quizá ya viejita, o quizá antes, puede que incluso en Roma, Esteban dejaría unos calcetines sucios en el suelo. Todos cometemos olvidos. O quizá el representante hiciera un comentario a destiempo, o no la ayudara en la cocina cuando le daban aquellas jaquecas que la dejaban en cama todo el día. O se quedara de jarana con los amigos y al llegar a casa se durmiera sin darle un beso de buenas noches. Qué sé yo. Las mujeres le dan importancia a cosas que jamás imaginarías pero que con los años te das cuenta de que son importantes de verdad. El caso es que en algún momento, él cometería un error. Y ese día, tu abuela vería en Esteban a otro orangután como yo. Vería que todos los hombres somos unos egoístas, incluido aquel con el que fantaseaba a diario. Y la vida se le quebraría por lo más básico. Ya no cantaría mientras fregaba los platos, ni se pasaría los martes por la mañana nerviosa como una adolescente. Por eso no me dejó, Nico. Ni yo tuve valor para reprocharle nada. Yo quería demasiado a tu abuela para que eso sucediera. Y tu abuela quería demasiado a su sueño para que se le ensuciara de aquel modo. Así pasó más de treinta años, sacándole brillo a ese espejismo. Feliz. O al menos todo lo feliz que puede ser una mujer atrapada en una ilusión y que sabe que en el cumplimiento de la misma esta su derrota. Les pasa a muchas personas, no creas que tu abuela era la única.

Se citaban cada martes. Se vieron envejecer. Se quisieron cada noche en sus sueños. Incluso se rozaban las manos por encima del mostrador cuando nadie miraba. Y yo acepté todo aquello, Nico. A veces, yo mismo me retiraba al almacén de la farmacia con cualquier excusa para dejarlos solos. Y le concedía aquellas pequeñas huidas a su mundo interior en el fregadero, o en los paseos que dábamos los sábados por la tarde en la ribera.

Mi abuelo miraba la luna. Estaba sucia. Como el barro que queda en las ventanas después de una tormenta. Los dos nos quedamos mirándola.

Joder, Nico, ¿sabes lo que hacía yo durante esos paseos? Pues me ponía a parlotear como un loro. En aquel río fresco y claro, adornado de abedules violetas. Hablaba del trabajo. De cosas sin importancia. De las cosas más insignificantes que se me ocurrían. Para que ella se aburriera y pensara tranquila en él. Durante un rato. Ese era el regalo que yo le hacía cada sábado por la tarde por haberse quedado a mi lado. A veces, al final del camino, se le humedecían los ojos. Me sonreía. Me daba un beso en la mejilla. Y regresaba a su vida junto a mí. Así es la vida, Nico, así es la vida de hija de puta.

Al cabo de un tiempo los desengaños dan mucha serenidad, concluyó mi abuelo. Y aunque no le entendí creo que algo tenía que ver con su tranquilidad para despedirse de las cosas.

Mi abuelo se dio la vuelta para entrar de nuevo en la residencia. Martín, llamé todavía con los ojos puestos en la luna, ¿tú dónde crees que está Marcos? Mi abuelo se quedó muy quieto. ¿Marcos? Parecía que el aire tuviera la respuesta y él la buscara con la nariz. Áspero, como el pellejo de un cordero puesto a secar. Afable, al mismo tiempo. Con aquella huella invisible del pasado que todavía parecía conducir cada una de sus decisiones. Y, por encima de todo, circundado de una inapelable autoridad. Supongo que esas revelaciones solo se tienen cuando eres viejo y no vas a montar ninguna escena de lloros y pamplinas.

¿Marcos? Nico, Marcos se fue.

Roma

Recordarás aquel atardecer en Trastévere. Sus calles empedradas, alimentadas por el eco de parejas solitarias, mestizas. Los balcones medievales de tonos pastel con ventanas de madera abiertas como brazos de Visnú. Una paleta de marrones y dorados. Umbelíferas y líquenes tendidos desde canalones babilónicos. Bicicletas atrapadas en una curva ciega, entre un musgo tierno y floral.

Caminabas bajo macetas en equilibrio, igual que un sueño infantil. Las enredaderas semejaban barbas verdes y crecían sobre las fachadas abarquilladas. Y ese olor, ¿lo recuerdas? Ese olor que no era de un lugar, sino de un tiempo.

La fachada estaba pintada de rosa pálido con caliches casi artísticos. Una tienda de antigüedades de esas que sobreviven solo para recordarnos que la ruina no es el final de nada. Todas las civilizaciones han caído, sin excepción. Te paraste frente a su pequeño escaparate. Sobre una almohadilla de terciopelo gris descansaban unos pendientes de seis cristales marrones. Te recordaban a unos que tuvo tu abuela y que nunca sacaba de su joyero de plata. Esa mujer indómita que te puso en las manos a Kafka y a Flaubert con ocho años. Hablabas siempre de ella. Tal que si las ternuras de tus entrañas se hubieran saltado una generación. Porque fue actriz, como tú. Y la más hermosa entre todas las mujeres hermosas de su tiempo. Al menos eso dijiste una vez con la seguridad que solo da la nostalgia. No había motivo para ponerlo en duda.

La tienda había cerrado ya. Me acuerdo muy bien.

Mirabas los pendientes como si esperaras una respuesta.

Al día siguiente paseamos. Paseamos mucho. Desde la Piazza Venecia, pasando por la iglesia de Il Gesù —tu favorita, de eso también me acuerdo—, hasta el Campo de' Fiori. Te cogía de la mano. Cuando hablabas yo te contaba los dedos. Aliviado una y otra vez de que estuvieran todos dentro de mi puño. Tú a veces te soltabas y me agarrabas del brazo, como hacen los ancianos que aún se quieren. Dos veces apoyaste la cabeza en mi hombro para reír. Hablamos durante horas. Recorrimos mil veces el abecedario y no recuerdo haber formado una sola palabra con él. Tenías la piel cetrina, casi sucia, satinada. Con ese tono cárdeno, algo ruborizado, de las pieles nórdicas al sol. Tus pavesas de verde Nilo se escapaban del Borsalino gris.

No teníamos nada. Ni dinero, ni tampoco avaricia. No queríamos ser nada más que aquello que éramos. Yo lo tenía todo para siempre. Ingenuo de mí, aún no sabía que solo se puede disfrutar de aquello de lo que podemos prescindir. Tú no. Tú tenías un furor nómada que derrotar. No te gustaba pensar en futuros ajenos al tuyo. Y la palabra «siempre» era muy grande para pronunciarla, como si no te pasara por la garganta. Como si fuera de mentira.

Y es que en realidad no hay mayor mentira que decir siempre. Pero eso sí que ni tú ni yo lo sabíamos aún.

Me engañaste muy poco a poco. Cruzamos el puente Garibaldi. A los ojos llegaba un reflejo que daba dolor de cabeza. Atardecía sobre el Tíber. Los turistas sacaban fotografías convencidos de que admiraban el último sol del mundo. Llegamos a la plaza de Santa María en Trastévere, otra vez. Allí pedimos dos copas de vino blanco que tomamos de pie, tal que si fuéramos nativos. Nadie descubrió nuestra trampa. Después entramos en el templo. Por dentro era de oro. Entero. La iglesia era una húmeda catacumba de mosaicos. Una isla dentro del imperio. Tú disimulabas señalando las pinturas. Tomaste un helado de dos sabores que dejaste a medias. Solo estabas haciendo tiempo.

Sabía que habíamos vuelto a Trastévere a por aquellos pendientes. Te imaginabas con ellos encima de un escenario. Se advertía en tu mirada extraviada. En el leve molinete de tu muñeca para ver el reloj. Nunca fuiste caprichosa en esos términos. Aunque tu coquetería intimidaba como una humillación.

Solo tenías que mirarme para que un sortilegio me sellara la boca.

Cuando te decidiste a pasar frente a la tienda, los pendientes de cristal marrón ya no estaban allí. Únicamente la sombra descolorida sobre la felpa que los había custodiado durante años. Justo ese día algún monstruo había madrugado antes que ningún turista supiera de Roma y de Trastévere y los había comprado para hacerte escupir por los ojos. De ningún modo se lo perdonarías.

Te pusiste tan triste que casi no aguanté hasta la colina del Janículo para dártelos. No me besaste, eso te hubiera hecho admitir una deuda. Tú no eras así. Tú no pagabas por aquello que no habías pedido. Solo una mirada triste, jalonada por tu sonrisa. Escondida bajo el ala corta del borsalino y los sargazos de tu pelo. Igual que si expresaras dos sentimientos a un mismo tiempo. De nuevo ese brillo de cinamomos en la mirada me devolvió a Roma. Roma. Roma. Los pendientes brillaban como las cúpulas de las iglesias a nuestros pies. Cidras de neón.

Mirabas de lado. La cabeza ligeramente inclinada en ese gesto tan tuyo. Tan de cachorro. Tan manipulador. Juntabas los labios para besar el pico de un pájaro. Enfadada de mentira, planeabas tu vergüenza. Y es que en esta ocasión habías perdido. Por primera vez. Al menos frente a mí. Estabas derrotada y lo aceptaste. Yo sabía que la victoria duraría poco. Que no habría manera de salir indemne de la guerra. Así eras tú, también. Venganza lánguida y macerada.

La noche trepaba por las fachadas y los campaniles. Se lo tragaba todo.

Te cogí de la mano. Llevabas un vestido blanco de gasa. Decorado con hilo carmesí en la parte baja, justo por encima de las rodillas. Recién planchado. Caminamos colina abajo. Entre pinos que tienden sus ramas en abrazos amables. La ciudad se iluminaba como una vela. La hierba humedecía la atmósfera y hacía de la vida algo más magnánimo. Te pusiste los pendientes y diste una vuelta sobre ti misma, dejando un aroma canela, piadoso. No volviste a hablar hasta que nos sentamos a cenar en una trattoria en la que te saludaron como a una hija. Y con eso demostraste que otra vez todas las victorias eran tuyas. Que no había escollos ni desordenes que yo pudiera arrancarte. Que habías estado allí más veces con otros nombres y otras compañías. Con otros regalos, tal vez. Cuántas veces, cogida de otras manos, te habrías parado frente a la tienda pintada de rosa palo con caliches casi artísticos.

Te saludaron varias personas y te reíste con todas ellas. Más que conmigo. Luego, cuando miraban incómodos hacia la mesa en la que yo jugaba con la copa de vino, te despedías de ellos tal que si fuera un castigo regresar junto a mí. Ningunos pendientes podrían alejarte de Roma. O de donde tú quisieras cambiarte el color del pelo y volver a empezar. Esa era tu manera de salir victoriosa.

Habías vuelto a conquistar la voluntad de todos los dioses.

Conozco tu secreto, te dije sin que me oyeras. Y sin embargo te perdí para siempre. Ahora la palabra siempre me pareció a mí demasiado grande. ¿Por qué había ido a Roma entonces?

Gennaro no era tan mayor como daban a entender los pliegues que cercaban su cara. Eso es algo seguro. Cuando yo lo conocí lindaría los cuarenta años. Aunque nunca me gustó eso de echar edad. Me parecía como si le lanzara un peso injusto y ceniciento a la persona. Mi casero disfrazaba su debilidad con la confianza de que antaño fue enérgico y varonil. Como si viviera a base de sostenerse en un recuerdo de trapecista. Era nervudo. Correoso. Con piel de animal viejo. De bota de vino. Apergaminado. Su piel era de por sí una lección de vida. Tenía una barriga insólita que le nacía casi de las clavículas y le bailaba el bajo de la camiseta. Brazos y piernas de niña. Cuatro palillos y una cabeza insertados en un gran limón. Un cuerpo de pájaro cercenado por la cicatriz de una traqueotomía llena de misterio. Aquel agujero, lacrado, como un esfínter afuncional, es lo que tiene más nitidez en mi evocación. Lo recuerdo sin necesidad de recordarlo. Eso y su labio inferior. Allí siempre llevaba grabada la marca de dos dentelladas secas y rojas. Una vez a la semana se afeitaba el rostro y el cráneo. Salía del lavabo oliendo a jabón de manos. A oveja recién esquilada. Al cabo de dos días le brotaban una infinidad de puntos blancos y brillantes. Una película de lija azucarada que, ahora sí, le echaba una palada de años encima.

Durante mis vacaciones de Navidad le había dado por llenar el salón de tiempo. Según entré con las maletas me recibió con un reloj de mesa estilo Napoleón III. Me miraba a la espera de aprobación. Solo recibió mi perpleja ignorancia. Finales del siglo XVII, más o menos, declaró entusiasmado, ojo de buey, maquinaria Morez. Lo voy a restaurar, a barnizar y a vender. Cuánto crees que he pagado en el mercadillo. Veinte libras. Y había más. Estos ingleses no entienden de nada. Qué raza tan estúpida. Se les pudren las antigüedades sin saber lo que valen. En sus casas todo es antiguo. Con tal de tener un buen coche en la puerta y el jardín cuidado todo lo demás les da igual. Lo voy a restaurar, Nico. En Italia puedo sacar más de veinte veces lo que he pagado por él. Mi primo irá con una furgoneta a través del túnel ese con Francia y los venderá todos. A los italianos nos pasa al contrario: las antigüedades nos dan la vida. Voy a vaciar Inglaterra de relojes antiguos.

A esa tarea de ladrón de ritmos y pulsaciones se dedicó desde entonces. Con un deje de venganza en cada mueca. Esa añeja paciencia de relojero que mueve el mundo a su antojo. Hay que entenderlo. Gennaro era un pellejo blando en busca de desquite. Solo quería recuperar lo que se le robó. A nadie le gusta que le roben. Te hace sentir un estúpido. Indefenso. Desguarnecido. Una vez cuando yo era pequeño, antes incluso de que naciera Marcos, entraron a robarnos en casa cuando volvíamos de ver la Cabalgata de reyes. Se llevaron cosas sin valor que de repente pasaron a tenerlo. De eso me doy cuenta ahora. Me pasé el resto de la semana odiando a todos los desconocidos. Aquel día aprendí que solo hace falta una persona para perder la fe en el ser humano.

El vértigo y entusiasmo de Gennaro decían a las claras que no era la primera vez que se embarcaba en empresas similares. Supongo que era una especie de vocación. Un delirio mudo. Ya el primer día que le conocí, intuí que Gennaro era propenso a jugarse la vida al vuelo de una moneda. Creo que no sabía vivir de otro modo. Con esa sordera psíquica del que no atiende a más razones que las suyas propias. A ciertas edades se va perdiendo la capacidad para aprender según qué cosas. A vivir de nuevo es una de ellas. Soy el hombre más enfermo y más pobre del mundo, comentaba como si tal cosa, no me pertenezco ni a mí mismo. Pero la peor de mis dolencias es sin duda el aburrimiento y los recuerdos, continuaba pinchándose las sienes con los dedos, cada día siento que estoy más loco. Y después te arponeaba con esos vidrios de zorro atónito que tenía en la cara antes de reírse. Para que no pudieras olvidar su maldición.

Los primeros relojes eran pequeños: piezas barrocas de Alemania o relojes de viaje, con péndulos de mercurio. Luego llegaron los Moreau —bellísimos—, los Schimdt, los Urgos de Ave María, los Orbex de dos cuerdas con su melodía fúnebre en continúa advertencia. Una cuenta atrás que parecía sermonearte. Me los enseñaba todos, rodeado de un aura de desenterrador de tesoros. Inundado por una pasión impropia para un moribundo. Por último llegaron los relojes de seis columnas, los Mauthe y los Carillones con armonías infantiles. Sonería de horas y de medias. Músicas metálicas, melodías religiosas, apocalípticas. Ninguno puesto en una franja horaria reconocida. La entropía más absoluta. El desorden del tiempo en una sola habitación.

En aquel desgobierno excesivo lo vi pocos días después, a Gennaro, sentado en el sofá con varios relojes Belcanto de sobremesa puestos frente a él. Lloraba. Observaba las manecillas. Todas a la vez. Las hacía girar en sentido inverso con la punta del dedo. Se miraba en un espejo de mano mientras trataba de detener el tiempo. No se reconocía. Quién iba a reconocer a aquel tallo sin savia. Al menos es la única explicación a su mirada de abandonado. Tiene que ser atroz mirarse al espejo y no saber quién está al otro lado. Parecía preguntarse por qué. Y la respuesta la buscaba entre las sístoles y diástoles enfebrecidas de cada péndulo. Rogaba que se detuvieran, supongo, qué otra cosa podría estar haciendo.

Sentí una lástima ignorante y abismal. Solo hay algo más triste que ver llorar a un hombre adulto: ver llorar a un hombre adulto acorralado por el tiempo. No hay manera de ayudarlo. Qué coño vas a decirle, si lo único cierto es que algún día tú ocuparás su lugar.

Gennaro lloraba por él y por todos nosotros.

Deberías haberlo visto. En el salón donde Gennaro dormía se celebraba una hora a cada minuto, unos cuartos o un año nuevo. El salón era una fiesta de campanas, carillones, segundillas, cucos y melodías de dios.

Me gustaba entrar en aquella especie de máquina del tiempo. Una esquizofrenia de ires y venires. En esa algarabía de golpes y cadencias me resultaba fácil concentrarme. Se me regalaba todo el tiempo que uno pierde como si tuviera agujeros en los bolsillos. El ritmo de las agujas, los péndulos y los árboles de ruedas se diluía con la lectura. A veces incluso caía en un sueño profundo y mecánico en que parecía que mi subconsciente elegía el tictac más apropiado para seguir. Son los mejores recuerdos que guardo de esa casa. De mi habitación azul. La tranquilidad más placentera. Eso es lo que había perdido en mi vida en España. En mi casa no se oía el compás del tiempo. Era asfixiante. Todavía me coloco el reloj de pulsera en el oído y una venda azul en los ojos. Es un viaje fabuloso.

Llamaron a la puerta principal. Gennaro se levantó. Se sonó la nariz. Gritó a quien estuviera al otro lado que diera la vuelta y entrara por el jardín. Por la puerta de la cocina. En inglés y en italiano. No me lleve sorpresa alguna: la puerta principal nunca se abrió en todo el tiempo que pasé en aquella casa. Imaginé que sería uno de los amigos de Gennaro. Tipos rudos y sonrientes de camisa abierta hasta el inicio de la barriga. Cuando venían de visita se saludaban a grandes voces y a mí me daban palmadas en la espalda como si tuviera un hueso de ciruela agarrado en el esófago. Luego se encerraban y pasaban horas hablando muy bajito en dialecto napolitano.

Gennaro se ajustó la goma del chándal y el cuello de la chaqueta como si llevara un frac. Ademanes de quien en algún momento estuvo cerca de la elegancia. O sirviéndola. Buenos días, caballero, dijo el recién llegado. Al momento reconocí el esfuerzo por reducir su deje afrancesado. Buscaba a Nicolás. Soy un amigo. Me llamo Pierre. Pierre Spielmann.

Salí al pasillo. ¿Qué haces aquí, Pierre? Hola, Nico, me alegro de verte, añadió algo nervioso. Sorprendido tal vez por el aspecto de mi casero. Sé que es un poco tarde, pero he estado entrenando, dijo como si yo le hubiera pedido una disculpa. Estaba por aquí cerca y pensé en dejarme caer por si habías vuelto de España. Me alegro de verte. Los tres nos quedamos en silencio.

Vaya, qué reloj holandés tan bonito, continuó Pierre señalando una pieza recién barnizada que reposaba sobre unas hojas de periódico, la esfera está pintada a mano, verdad. La imagen representaba a dos mujeres vestidas de blanco, en corpiño y falda vaporosa. Jugaban con un parasol en un claro del bosque. Todo estaba gobernado por el viento. En verdad era una hermosa estampa. Mi abuela tenía uno muy similar, añadió mi amigo. Gennaro abrió los ojos como un sapo y lo invitó a entrar al salón. De un modo natural comenzaron a conversar de cada una de las piezas que Gennaro había comprado en los mercadillos dominicales. Por aquel entonces aún no tenía muchos relojes. Diez. Quizá doce. Aunque suficientes para mantenerlo ocupado hablando de ellos durante un buen rato. Observar todo aquello me causaba la extrañeza de las cosas que no concuerdan, como dos melodías superpuestas o una mezcla de sardinas con caramelo. Tú me entiendes.

Gennaro. Andrajoso. Herido de muerte. Casi transparente. Como un cetáceo albino.

Pierre. Paradigma de la elegancia descuidada y noble. Un hombre entero. Diseñador de su propia existencia.

Mi amigo llevaba una americana blanca con costuras y ribetes azul marino. Debajo, sus habituales camisas desordenadas con reflexionada intención. Solo una tristeza desacostumbrada confería a su rostro un halo de inquietud.

Me gustó ser el imán que ensamblaba polaridades tan contradictorias. El regocijo de ser capaz de unir a dos personas antagónicas en un marco común.

Pasaron buena parte de la tarde enfrascados en discusiones donde la mayor parte de las palabras no tenían correspondencia alguna con un significado para mí: *tempus fugit*, péndulos cicloidales, Winterhalder, guardapolvos, Thomas Lozano, osciladores de cuarzo, Ormolu, metrónomos y Sèvres. Yo participaba a mi manera del contento. Sabía que de algún modo la repentina visita de Pierre había traído aquel entusiasmo infantil de Gennaro.

No tardé, sin embargo, en darme cuenta de que Pierre no sabía tanto como quería aparentar. Aquello fue un descubrimiento que lejos de molestarme me hizo admirar aún más a mi amigo. Sus artes de buen conversador le hacían parecer un versado en la materia. La clave residía en que sus intervenciones se centraban en preguntas relacionadas con temas ya tratados. Si mantenías la concentración no era difícil caer en la cuenta de que todas sus aportaciones eran solo pequeñas variantes de explicaciones previas de Gennaro. Pierre, pasado un rato, volvía sobre ellas. Sazonaba las ilustraciones de Gennaro con pequeños añadidos bastante evidentes o que conformaban poco riesgo. De tanto en tanto dejaba caer preguntas en las que afirmaba algo que ya conocía de piezas anteriores. Comentarios jocosos. Esa tenue aptitud de buen conversador que se tiene o se muere buscándola. Pierre la tenía, claro, y era muy consciente de ello. Sabía que muchas veces solo es cuestión de tener los ojos abiertos. Y escuchar antes de parecer bobo, como repetía mi abuelo como moraleja vital. Eso siempre. Gennaro estaba tan entusiasmado con la charla que enseguida cayó en aquel juego de espejos e ingenios lingüísticos.

Días después interrogué a Pierre sobre la razón a sus falsos conocimientos de relojería y coleccionismos. No tengo ni la menor idea de relojes, corroboró con una sonrisa pícara, no hay más que ver que Gennaro es de esas personas a las que con escuchar ya se las hace feliz. La soledad nos vuelve animales predecibles, Nico. Además, remató, no hay nada como interesarse por las pasiones de alguien para ganarse su confianza y alegrarle el día. Me maravilló el razonamiento. Ser amable es ser invencible, reza un proverbio chino.

Segundos después dudé si yo sería también víctima de sus maestrías sociales. Es decir, si se interesaba por mis asuntos solo para ganarse algún provecho, o una deuda que en algún momento pensaba cobrar. Y de ser así, cuáles eran las pasiones con las que Pierre podría sobornarme. Qué era lo que en verdad me interesaba a mí de la vida. Pronto olvidé esta amenaza. Me asustaron aún más las razones que podría tener Pierre para labrarse la confianza de mi casero. Gennaro es un tipo fascinante, contestó, da gusto escuchar a un hombre con las ideas tan claras y que no tiene nada que perder, ni siquiera su vida. Pierre siempre tenía todas las respuestas preparadas.

Gennaro palmeó el aire. Estaba eufórico. No era la alegría artificiosa y amable con la que me recibía al volver a casa. Todo lo contrario. Era un júbilo más arraigado. Difícil de perturbar con un juicio pesimista. O con pensamientos secretos de esos que a veces se le cruzaban por delante, así, sin más, como una mosca alunada, y le hacían encerrarse en la habitación a ver películas con el volumen muy alto.

Qué día es hoy, preguntó. ¿Hoy? Trece de febrero, creo. Claro, claro, hoy es día trece, mi cumpleaños. Revestido de esa determinación e insistencia suya con la que podía convencerte de cualquier cosa, Gennaro nos animó a salir a tomar algo para celebrarlo. Por pura cortesía llamé a la puerta de mi compañero sudafricano. Amablemente, declinó la invitación.

Era el tiempo del color indeterminado en las nubes. Entre el azul y el gris, casi verde. Un cielo eutrofizado. Se hacía imposible adivinar si por detrás de esas masas de humo pantanoso era de día o de noche. Digan lo que digan de ese clima del demonio, a veces era hermoso. Llovía, pero eso no hay ni que decirlo.

En un principio pensé que íbamos a ir a la pequeña taberna del final de la calle donde a menudo bajaba para leer o jugar a los dardos. Gennaro se opuso. Sin preguntar nuestras preferencias se ofreció a llevarnos en su furgoneta —una cafetera de cuarta mano con cerca de treinta años— a un pub a medio camino entre Cambridge y el pueblo de Ely. El sitio no tenía nada de especial. Era más bien pequeño. Pintado de blanco. Un blanco clínico que daba frío. Lácteo.

Nos sentamos en la esquina del pub. En una mesa de madera labrada con corazones, iniciales y fechas. Gennaro nos explicó que debido a su enfermedad los médicos no le permitían beber alcohol. Lo dijo, es cierto. Pidió cuatro pintas de cerveza local. Una de ellas la terminó de un trago, tal que si tuviera una tubería entre las costillas. Después salió a hacer una llamada de teléfono. Pierre tomó la carta y echó cuentas de las calorías que debía consumir. Seis mil diarias, confesó. Quedan pocos meses para la Oxford-Cambridge de remo. Le pregunté cuándo sabría si remaría con el primer equipo. Pierre señaló un escudo que llevaba en la americana blanca. Gennaro entró en ese momento y quedó impresionado. Le palmeó el hombro. Yo aún desconocía la importancia de aquello. Bien, chaval, dijo, el año pasado nos dieron una buena paliza esos bastardos de Oxford. Gennaro estaba de muy buen humor.

Los tres pedimos carne con verduras y un pudin de Yorkshire que me recordó al pan chino desengrasado. Mientras nos servían la comida, Pierre tiró de esa espontaneidad tan estudiada para hacer algo a lo que yo no había encontrado manera. Y dime, preguntó, ¿qué te ha traído a Cambridge desde la bella Nápoles? Animado por la cerveza, Gennaro comenzó a hablar. Qué sencillo es a veces todo, pensé algo decepcionado conmigo mismo. Nunca me trajeron nada bueno, las indecisiones, quiero decir, pero aun así las mantengo como si estuviera en deuda con ellas.

Te contaré la historia que Gennaro nos relató esa noche. O al menos lo que yo puedo recordar. A menudo la evocación es como un baile de fantasmas detrás de él. Un teatro de sombras y siluetas que se recortaban en la pared mientras hablaba. Narraba lo que sucedía a su espalda. Me gustaría transcribir las palabras de Gennaro. Porque no me cabe duda que a mí se me han olvidado aspectos importantes. Y quizá estudiando palabra por palabra sea la única manera de entender las cosas. O tal vez ni eso. Quiero decir, tal vez solo a través de la experiencia vital se pueda comprender algo. Te contaré pues mi experiencia vital mientras Gennaro hablaba.

Los científicos aseguran que apenas recordamos la milésima parte de lo que nos ocurre. De lo que vemos. El resto, esa inmensidad de datos, esa total enormidad de minúsculos detalles que olvidamos, nuestro cerebro se encarga de reconstruirlo a su antojo para darle sentido y uniformidad a nuestras vidas. En otras palabras, inventamos las piezas que nos faltan y las damos por reales para no volvernos locos. Pero esos segmentos y uniones, dicen, son mentira, no más que puentes de aire con los que nos traicionamos a nosotros mismos. Qué sabrán ellos. Puede que a veces no recuerde la altura de Marcos. O dude sobre el color de sus ojos. O, incluso, su cara se me emborrone y se deforme y sienta una pena muy honda, hondísima, hasta que rebusco sus fotos en el cajón y vuelvo a respirar. Pero sí recuerdo su risa de hiena histérica. Sí recuerdo la alegría con la que mis padres lo recibían en sus brazos. Su juguete favorito. El verso con el que miraba el mundo. Tengo aún muy presente cómo Marcos era capaz de cambiar el color de la casa aun cuando el día había salido feo para mis padres y las cosas seguro no eran como ellos habían soñado de jóvenes. Para mí recordar es todo eso. Y no he olvidado nada.

Como digo me resulta imposible tratar de reproducir aquí las palabras de Gennaro. Y es que en mi recuerdo ya no quedan las palabras. Tendría por lo tanto que hablar de una luz de velas. Describir durante miles de horas la mirada de Gennaro que era blanda como una bolsa de agua. Sin duda, contó su historia a base de miradas. Nadie puede negarlo. Yo estaba allí. En sus ojos había una verdad que no termino de entender. Perdido, Gennaro, como Jonás dentro de la ballena. Puedo ver aún sus manos mientras recitaba salmos y antífonas. Parecían a punto de resquebrajarse, sus manos. Eran piedras de ceniza golpeadas por un beso. Las manos de una escultura picada por la lepra.

Todo comenzó con una mujer. Claro, qué tontería. Todas las buenas historias comienzan con una mujer. Solo las historias vulgares se centran en los héroes y en las grandes batallas. Pero esas también se hacen por una mujer. Qué otro motivo habría para ir a la guerra a matar a alguien que no conoces. El caso es que Gennaro vino a enamorarse de una chica que cada martes y viernes por la mañana se detenía en la tienda que regentaba con su madre. Una especie de pequeño bazar de ultramarinos donde se vende un poco de todo. Esa clase de tiendas van desapareciendo, dijo con cierta amargura. La muchacha compraba flores y fruta confitada. Gennaro enrojecía y aunque era un tipo duro sentía que se ponía enfermo, en el estómago, pero de mentira.

Por aquel entonces Gennaro era solo un golfillo, pobre y avispado. Con el valor suficiente y la inspiración para querer más. Había caído en la cuenta de que su refugio se convirtió en su cárcel. Bueno, un refugio si se dilata en el tiempo siempre es una cárcel, pero eso hay muy poca gente que tenga el valor de planteárselo y mucho menos de reconocerlo.

Mala combinación la de Gennaro, pues. Pobreza y aspiraciones. Aunque te confieso que esto último no lo tengo del todo claro, tendré que pensarlo con más detenimiento. Pues a veces las necesidades son tan grandes que la valentía es la única salida. Pero, claro, en ese caso ya no sé si es valentía u otra cosa.

Gennaro no pertenecía a ninguna organización criminal mafiosa. Ni por apellido ni por simpatía. Sencillamente sacaba algo de dinero facilitando ciertas rutinas: daba avisos, escondía paquetes, dejaba cartas en determinados lugares. También vendía algunos artículos de marcas falsificadas: bolsos, camisas. En fin, ese tipo de cosas. Lo que mejor se nos daba era encontrar personas, repitió varias veces. Nos facilitaban un nombre a mi primo y a mí, y en pocos días lo encontrábamos dondequiera que se escondiera y le dábamos el mensaje. Nada del todo ilegal. O al menos nada que pudiera dar con él en la cárcel o enemistarlo con ninguna de las familias de la Camorra o la Sacra Corona Unita. Esos nombres los repetía a menudo. Entre una mezcla de rencor y añoranza. Como un rey en el exilio.

El caso es que Gennaro sabía hasta dónde llegar y qué terreno evitar. Todos tenemos una imagen del chico de clase baja que poco a poco asciende en una familia con influencias. Hay películas y todo. Eso son tonterías, aseguraba Gennaro. No hay tipos con gabardina, anchas hombreras y sombrero de gánster comiendo manzanas por las calles de Nápoles y regalando caramelos a los niños. Eso sí lo dijo. Los chicos van en vaqueros y llevan camisetas de futbolistas y todo es más normal de lo que pensáis. Hay reglas. Nuestras. Todo el mundo las conoce. No podéis entenderlo. Eso también lo repetía mucho, lo de las reglas y lo del entendimiento. Comenzaba a dar detalles, de su casa, de sus costumbres, incluso de negocios poco limpios, y cuando no encontraba las palabras insistía: No podéis entenderlo; esas cosas no podéis entenderlas.

Al menos aquello servía para detener sus digresiones y reconducir la historia.

Volviendo a la muchacha, Gennaro, sinvergüenza insalvable, comenzó a rondarla a base de fruta confitada. Sofía, creo que dijo que se llamaba Sofía, se dejó querer. Podría aventurarme con los motivos por los que Gennaro fue correspondido, pero sería faltar al rigor de la historia. Una historia de amor entre dos jóvenes. Nada más.

Es difícil saber dónde empiezan las consecuencias que me han traído hasta aquí, dijo Gennaro. Eso, ahora que te lo cuento, me recuerda algo que había olvidado. La belleza del símil que empleó me ha devuelto sus palabras. Gennaro era muy poco dado a adornar sus mensajes con bagatelas que no fueran malsonantes o aderezos de gestos obscenos. Es decir, continuó, los ñus realizan la mayor migración de planeta. ¿Los ñus? Sí, los ñus, los ñus, esos bichos que parecen búfalos pero no lo son. Lo vi el otro día en la BBC y me puse a pensar. Más de un millón de animales en movimiento. Pero quién da el primer paso para que todos los demás le sigan. Hay más que lo intentan sin éxito, supongo. Entonces, qué tiene ese ñu al que el resto de miles de ñus deciden seguir. Joder, es un ñu, un puto ñu, pero hay un millón de ellos que le siguen cuando él se pone en movimiento y se van a la otra punta del jodido mundo sin brújula ni mapas. Lo mismo pasa con esas bandadas de pájaros que en otoño oscurecen el cielo, pensadlo. Quién es el primer pájaro que alza el vuelo y cambia el destino de todos los demás. ¿Y si ninguno lo hiciera? A veces, cuando todo está en silencio y pasan largas horas sin dormir, me planteo estas cosas. Pienso que tal vez habría que matar a ese pájaro para que nada cambiara. Yo fui ese pájaro que…, Gennaro no terminó la frase. Nos dejó recorriendo sus dudas. Perdidos en el laberinto de sus venas. Agachó la mirada y continuó con su historia dentro del vaso. Las palabras casi nunca valen para nada. Pero eso ya te lo he dicho varias veces.

Gennaro manifestaba ahora el amor por las cosas tristes de los ancianos. Se levantó. Dijo que tenía que hacer otra llamada de teléfono. Poco después regresó soplándose las manos, miró su reloj y dijo: por dónde íbamos.

Gennaro y la muchacha tuvieron un noviazgo corto. Al menos Gennaro se enamoró. Por el motivo que fuera, comenzó a recibir mensajes para que pusiera fin a esa relación. Amenazas, supongo. No entró en detalles. Bien porque no quería o bien por darse importancia a través de nuestra imaginación. Conocía las reglas del suspense. Sofía era la hija de un político. Tal vez. La gente tenía miedo de que Gennaro se fuera de la lengua. Sofía era la hija de un capo de familias rivales. Puede que alguien más influyente se había enamorado de la chica. Gennaro dio múltiples interpretaciones como si él tampoco conociera las verdaderas razones. Aunque sí las sabía, claro que las sabía. Y volvía al vosotros no lo entendéis. Y nosotros pues eso, a imaginar mafias, entramados criminales, pistoleros con trajes italianos de diseño y sobornos. Qué vida tan excitante.

En el delirio más absoluto se le ocurrió huir con Sofía. Pero él sabía que esas cosas no son tan fáciles en ciertos ambientes. No lo entenderíais. Pero eso sí lo entendimos. No me jodas, Gennaro, le dije, claro que lo entendemos. Pero no me hizo caso.

Gennaro tenía miedo de que fueran donde fueran Sofía y él, los largos tentáculos de sus enemigos los estrangularan. Su solución: morir. O al menos simular su propia muerte. Un accidente, un tiroteo. Qué sé yo. Sofía y él. Dos cadáveres y una huida. Se marcharían juntos a Londres. A empezar. Cuando todo estuviera más tranquilo un primo llevaría a su madre con ellos. Y cerraría la tienda de ultramarinos para siempre. Eso pensaba hacer.

El plan salió a la perfección. Gennaro robó una gasolinera y en la huida se despeñó por un precipicio hasta el río. No se encontró cadáver ni se buscó. Gennaro se desplazó en otro coche hasta Londres. Sofía llegaría días más tarde en avión. Mientras Gennaro esperaba en el aeropuerto londinense de Stansted, un niño se acercó y le entregó una cajita con fruta secada en almíbar. Igual a la que Gennaro le regalaba a Sofía cada viernes. Qué hermoso. Qué detalle, pensó Gennaro. Se llevó un trocito de fruta confitada a la boca al tiempo que buscaba a Sofía. No la veía pero estaba allí. Entre toda aquella gente tan anónima, tan de aeropuerto. Había conseguido salir de Italia y pronto estarían viviendo su sueño. Sofía tardaba demasiado. Por qué no aparecía. Todavía buscaba respuestas cuando bajó la mirada hacia la caja y allí lo vio. Sangre. Y entre las formas lobulares y jugosas de la fruta, un trozo de carne. Inequívoca.

Lo próximo que recuerda Gennaro es despertarse en el hospital. Meses después. Intubado. Muy débil. Un intérprete le traducía las palabras de un hombre encorbatado. Había sufrido un fallo multiorgánico durante una operación. Envenenado. Negligencia médica. Indemnización. Trasplantes. El gobierno se encargaría desde entonces de su tratamiento y le cederían una casa cerca del hospital. Es un milagro que esté vivo, señor, fue la primera frase que aprendió en inglés. Los médicos la repetían siempre.

Gennaro se incorporó. Se levantó la camiseta. Nos mostró su prueba de vida. Una carne hecha de bultos y costuras desde el esternón hasta la cintura. Una bolsa de patatas blandas. Esta es la carne en la que vivo. Eso dijo. Esta es la carne en la que vivo, repitió como si fuera una contraseña. Y Pierre y yo miramos en derredor esperando la salida de hombres con metralletas. Todo lo que llevo dentro ya no es mío, concluyó, solo me queda mi corazón napolitano, jaja. Deberías haberme visto correr cuando era joven, era todo un campeón de atletismo. Decían que llegaría lejos.

No hubo tiempo para más preguntas ni aclaraciones. Una mano apareció detrás de Gennaro y se posó en su hombro. Así, como garras de ave de presa. Gennaro sonrió con esa maldad tan aprendida a base de escarmientos. Me guiñó un ojo. Al girarse recibió un puñetazo en la mandíbula.

Me hubiera gustado narrar una pelea de bar como las que se ven en el cine. Con mesas rotas, reveses certeros y un toque de elegancia o incluso de acrobacia. Pero la realidad fue bien distinta. Todo se llenó de manotazos y golpes al aire. Empujones y torpes amagos. Hasta que apareció la policía y la contienda se detuvo. El camarero aseguró no haber visto nada. Los policías pronto reconocieron a Gennaro. Otra vez tú, ¿no estabas en arresto domiciliario? Preguntaron mientras le levantaban la pernera del pantalón en busca de la tobillera.

De nada sirvieron nuestras explicaciones. Iban a arrestarnos.

Justo en ese momento vi sonreír a Gennaro y llevarse la mano al pantalón: la culata de su pistola asomaba, brillante, como si hubiera pasado la tarde lustrándola. De pronto entendimos, Pierre y yo. Esta vez sí entendimos. Un napolitano miente por placer, me dijo un día, pero si da su palabra… Y Gennaro ya me había dado su palabra de matar a los culpables de su encierro. Solo entonces pude reconocer el rostro del tipo que nos había atacado. Un rostro que meses antes había visto en el periódico. Aquella fotografía con las iniciales de Gennaro Piscopo en la que se anunciaba su condena por golpear a un ciudadano inglés en un pub del pueblo de Ely.

Todo parecía perdido. Gennaro sacaba el arma. Cerré los ojos. Pierre tomó la palabra. Se había puesto la americana del equipo de remo y los ojos de los dos policías se dirigieron hacia el escudo que llevaba en la solapa. Pierre Spielmann señaló las cámaras de videovigilancia del bar y les pidió a los policías que antes de llevarse preso a Gennaro comprobaran las cintas. ¿Es usted el que nos ha llamado? Preguntaron los dos agentes. Pierre no había tocado el teléfono en todo el rato que habíamos pasado en el pub. Recordé que Gennaro había salido en dos ocasiones a realizar llamadas. Gennaro aún sonreía. Su cara estaba roja, como si la hubiera tenido sumergida en nieve durante horas.

Pierre se aclaró la garganta para darse tiempo a responder. Su mirada se cruzó con la de Gennaro. Sí, agentes, di yo el aviso, mintió. Estos caballeros nos habían amenazado en la entrada y tenía miedo que algo pudiera suceder. No quería que mi nombre y el de la universidad de Cambridge se vieran envueltos en una triste pelea de bar. Se imaginan que el capitán del equipo de remo de Cambridge se enzarza en una pelea con unos borrachos de Ely. He luchado para estar en esa regata.

Pierre no era capitán, claro que no, ni siquiera tenía un

puesto asegurado en el primer equipo. Pero eso allí nadie lo sabía.

Uno de los agentes se acercó a Pierre. Levantó su mano derecha y la colocó sobre el pecho de mi amigo. Claro, chaval, dijo con entusiasmo. Mi hermano también fue un *light blue*. Regata del 86, vaya paliza que le dimos a esos estirados de Oxford. Llevaban ganando doce años seguidos. No remaría su hermano por casualidad junto a John Martin Pritchard, preguntó Pierre seguro de su victoria. Así es, chaval, contestó el policía visiblemente emocionado, mi hermano, que en paz descanse, remó justo detrás del gran Pritchard. Medalla de plata en las olimpiadas, un verdadero héroe por aquí.

Mientras su compañero nos pedía más detalles sobre lo sucedido, Pierre siguió hablando con el poli hermano de regatista. Al cabo, este último se puso muy serio, asintió y dijo: Esperen aquí. Los policías revisaron las cintas del pub. Poco después se llevaron al hombre que había empezado la pelea. Menos de una hora después estábamos celebrando la hazaña en casa. Jamás vi a Gennaro tan contento. Te debo una Pierre, repetía mi casero sin parar, te debo una bien gorda.

Y ya sabemos lo que pasa cuando un napolitano da su palabra.

Desde que te marchaste a Roma, la vida en Cambridge se había estancado hasta que la nieve congelada se retirara de las aceras. Se podría decir que todos los días eran iguales. Una lenta espera en el calendario para que el sol se recuperara de una larga convalecencia.

Gennaro se burlaba de Inglaterra mientras sacábamos a paladas la nieve del jardín: cómo una potencia mundial no pone remedio a las aceras congeladas. Sin más, cierran los colegios, los aeropuertos y las universidades y nadie se queja. Alguna razón tiene que haber, decía yo. Y Gennaro pasaba de la burla al enfado. La diferencia entre los británicos y los mediterráneos es que los primeros siempre tienen una razón para hacer las cosas. Aunque su razón sea la terca sinrazón. Claro, le decía yo, nosotros somos más de impulsos, de salir y quitar la nieve a palazos. Y con esto aplacaba la furia de Gennaro. Orgulloso como estaba del instinto de su raza.

Mi bicicleta azul dejó de ser un instrumento de libertad. Un medio transporte entre la crujiente escarcha. Los días de lluvia habían dado paso a cielos azules y luminosos donde un frío boreal jugaba a clavarte agujas en cualquier parte del cuerpo que dejaras a la vista. Como mosquitos adiestrados en un campamento de verano infantil. Del suelo cuajado de hielo saltaban estrellas doradas. El aire estaba limpísimo. Por la noche, ese mismo aire era de un color azul marino resplandeciente.

Después del incidente en la taberna de Ely, Pierre comenzó a visitarnos con asiduidad tras sus entrenamientos. Muchas veces, al llegar a casa, me lo encontraba charlando con Gennaro. Le ayudaba a barnizar algún reloj, a preparar la cena o a sintonizar canales en la televisión. Siempre con una sonrisa de bienvenida. Era como si no tuviera a nadie más en la ciudad. En varias ocasiones quise preguntarle por Claire pero nunca lo hice. A veces Pierre recibía llamadas de teléfono. Pasaba unos segundos mirando la pantalla, más confundido que si tratara de descifrar un jeroglífico. Luego se levantaba y salía al jardín. Gennaro y yo le mirábamos caminar en círculos, con el auricular en la oreja durante largo rato. Sin mover los labios. Cuando volvía permanecía ausente, como si hubiera regresado su sombra en lugar de él. Pero Pierre era sonrisa numérica, pulso y cortesía, así que al momento recuperaba sus modales de mosquetero. Lo siento, era mi padre, decía. Y enseguida retornaba a sí mismo con la mejor de sus ideas. Tan cabal. Tan lleno de prudencia. Con una locura cuidada a base de argumentos. Tan seguro de que la disciplina le llevaría a donde él quisiera ir que podía reírse de esa misma disciplina. No había más que ver el trato que le dispensaban los camareros. Las torpezas de las dependientas cuando las atravesaba con su mirada. Las confesiones de las abuelitas que se sentaban junto a él en los parques. Pierre Spielmann, qué gran tipo.

Aquellas noches de camaradería y vino blanco hasta el amanecer junto a Pierre y Gennaro las guardo lejos de ti y de todos. No quiero que nadie las emborrone con su pobre imaginación.

Una mañana de domingo a finales del mes de febrero, Pierre apareció con su habitual mueca de galán despistado. Su camisa rigurosamente abierta, mostraba clavículas y ligerezas. Igualito al actor Jude Law en *El talento de Mr. Ripley*. Se notaba que no había dormido en toda la noche y el olor a ginebra delataba que tampoco había estado con Claire. Aproveché la circunstancia para preguntarle por ella. Se ha ido, me dijo. Fue la primera vez que Pierre me habló sin mirarme a los ojos. Lo siento, amigo. Ya ves, Nico, se ha ido a Italia, a Pescara, le han dado una beca para trabajar en una galería de arte. Regresará en verano.

No supe qué decir. Quién dijo que las historias de amor son las más difíciles de escribir. Es de una peli de Billy Wilder, creo, tú lo sabrás mejor que yo, las has visto todas varias veces. Puede que sea cierto. En cualquier historia de amor, las reacciones son tan absurdas e irracionales que no resultan verosímiles a la hora de narrarlas. Siempre hay algo que desconocemos y que le resta credibilidad a la historia.

Gennaro salió al rescate: así que vuestras dos mujeres están en Italia. E inventó una risa de buen mentiroso y de pésimo actor. Daos por jodidos.

Al día siguiente Gennaro regresó al hospital. De noche. Como solía hacer. Sin decir nada. Pierre y yo estábamos sentados en el salón viendo una película cuando advertimos que salía con su maleta para subir a un taxi. Esa misma noche al irme a acostar encontré dos billetes de avión sobre mi escritorio. *Por lo de Ely*, había escrito Gennaro con su deplorable caligrafía de presidiario.

Enseguida llamé a Pierre y le di la noticia del regalo que nos había hecho Gennaro. Me costó entenderle. Hablaba en versículos. Depositario de un misterio que no acertaba a resolver. Pierre podía convencerte de cualquier cosa que desearas hacer. Eso no es tan fácil como uno pueda pensar. Pero esta vez a Pierre le faltaba el entusiasmo. Le faltaba la alegría que te daba ganas de despellejarlo y vestirte con su piel. No sé, Nico, no puedo dejar los entrenamientos. Vamos, Pierre, esta es una de esas cosas que si no haces te arrepentirás cuando seas un abuelito lleno de tubos. Dos amigos de viaje. Luego iremos a ver a Claire, a Pescara, no está lejos.

Varias veces había pasado por mi cabeza la posibilidad de ir a verte. Supongo que tener valor no es suficiente. En los dos meses que llevabas en Roma apenas habíamos intercambiado unos cuantos mensajes que yo leía una y otra vez como un salmo. Como un mantra que pudieras escuchar. Los releía y buscaba connotaciones, combinaciones encriptadas de palabras. A esa liturgia casi telepática entregaba mis tardes.

Te escribí un correo electrónico con los detalles del viaje a Roma. Vendrías a recogernos a la estación de Termini, esa fue tu respuesta, breve, como si fueras una agencia de viajes. No se me ocurrió interpretar tu indiferencia como una señal de mal agüero.

Desde el aeropuerto tomamos un autobús al centro de Roma. Para hacer tiempo nos sentamos en la cafetería de la estación. Pierre estaba inmerso en la lectura de una novela francesa. Yo me limitaba a buscarte entre las caras que pasaban frente a la cristalera. La gente cruzaba sin mirarse. Comparaban la letra de sus billetes con la de los paneles que anunciaban salidas y llegadas. Movían los labios y señalaban con el dedo a la manera de los niños cuando aprenden a leer.

Llamaron a Pierre por teléfono. Vuelta al mismo ritual de animal enjaulado. A caminar en círculos. En silencio. Hasta que su interlocutor concluyera con su discurso iniciático. Quién llamaba por teléfono a Pierre. Quién era capaz en pocos minutos de derrotar al más fuerte de los hombres con el mero sonido de su voz. Su padre, otra vez, seguro. Al parecer no le había hecho mucha gracia que dejara los estudios y los entrenamientos para irse de viaje.

Te retrasabas.

Ella siempre se retrasaba, casi renegando de sus orígenes nórdicos, impulsada por un libre albedrío que asustaba. Recordé que eras egoísta. Algo malcriada. Llena de pretensiones que podían llegar a crisparte el ánimo. Todo lo lejano era especial para ti. Eras de esa clase de personas para quien cualquier desconocido pasaba de inmediato a ser especial, exótico, al tiempo que los amigos más cercanos y antiguos perdían la magia del estreno. Eso es muy feo. Pero ahí estaba también tu sortilegio. Siempre tuviste un entusiasmo exacerbado que equilibrabas perfectamente con un desinterés por las cosas que no te atraían. De ahí que la búsqueda de tu aprobación se tornaba en enfermedad para mí. Para todos.

Ella era exilio, intemperie, profecías y humo.

Ella no quería respuestas. Tu única disciplina era el desorden. Ese desorden donde de un modo cabalístico todo encaja. Todos lo hemos vivido alguna vez: una sucesión de errores y desgracias que terminan por llevar a buen puerto de un modo matemáticamente imposible. Lo que ocurre es que ese acúmulo de catástrofes que terminan bien tendemos a olvidarlas en un suspiro de alivio. La mayoría de las veces no nos queda ni una lección. Cuántas veces hemos estado a punto de morir. Miles. Recuerdo que una vez a mi amigo Chivu le cayó un galápago trepador en mitad de la ciudad. Al ladito. Desde un sexto piso. Un bicho de cinco kilos que le hubiera matado en el acto. Él lo cuenta muerto de risa.

La memoria es demasiado benigna. Y tú no tenías memoria. Daba igual el empeño que yo pusiera en ello. Nunca pude entender tu destreza para olvidar un calendario entero sin llorar.

Convencidos de que no vendrías, Pierre y yo salimos a la calle con la idea de buscar una pensión. Casi me sentí aliviado. Estar junto a ti tres días iba a traerme dolor, seguro. Ahora, sin embargo, podía entregarme al disfrute de mi edad con un amigo magnífico en una de las ciudades más estimulantes de Europa. Sí, estaba feliz de que no hubieras venido. Hacía pocos meses estaba encerrado en casa, ahogado por la pena de mi madre y la necedad de mi padre. Y ahora estaba en Roma, con un amigo francés que era un espejo de todo lo que un hombre quisiera llegar a ser. La vida parecía infinita.

Ya que estábamos en la estación, propuse a Pierre comprar unos billetes para ir a Pescara y darle una sorpresa a Claire. Pierre se merecía una alegría así.

Nico, tengo que decirte algo… Mira, quiero explicarte los motivos por los que necesitaba… Claro, Pierre, qué ocurre, ¿ha pasado algo malo? Me han expulsado del equipo de remo, por el incidente del pub de Ely, ya sabes. El entrenador se enteró de todo y… Bueno, mi padre se ha puesto hecho un demonio. Cree que pueden abrirme expediente en la universidad. Quizá lo mejor sería que regresara al aeropuerto e intentara coger un vuelo de regreso.

La carretera era una estampida de bestias humeantes. No podía escuchar bien todo lo que Pierre me decía. En la acera de enfrente un acordeonista tocaba una tarantela. Y allí estabas tú. Bailabas con un vagabundo. Y luego con otro. Todos bailaban felices como perros a tu lado. Daban palmas y te tomaban en brazos. Reías. Ahogado en tu contemplación, me olvidé de los problemas de Pierre. Nos viste. El vagabundo te tomó la mano para besarla y luego se llevó la suya al corazón para morir lanceado. Levantaste la mano para saludarnos. Una sonrisa. Volví a respirar.

Llevabas una gorra de béisbol con rejilla. Te habías teñido el pelo de un verde acuoso. Cada persona se lleva un recuerdo de Roma: la luz blanca, la música, la piedra domada por los escultores. Para mí, Roma siempre será ese color esmeralda brillante. Algas verdes. Como si la medusa de la mitología griega, aquella que tenía serpientes en el pelo, las hubiera convertido en arpones con verdín. Bajo los mechones de un desorden salvaje, resaltaba aún más el encarnado de tu mirada. No llevabas más que una base muy fina de maquille color manzana. Se me paró la respiración, otra vez.

¿Te acuerdas? Nos recibiste como a viejos amigos. Dos besos. Un abrazo. Recordé tu cuerpo como una evocación de algo que no sabía si era real o no. Estabas fría y suave. Como un delfín. Ya conocía esa cintura. ¿Recordaría tu cintura mis manos? De nuevo, llevabas tu bicicleta holandesa a un lado. Nos acompañaste hasta tu casa para que dejáramos el equipaje. Era mediodía. Las fachadas estaban pintadas a manotazos ocres y tonos pastel, desconchadas con minucioso arte.

Todas las calles me parecían iguales: un laberinto de tierra y piedra. Ruido, tranvías, coches y adoquines. Lamentos y demoliciones. Las iglesias invitaban a contar su historia entre vapores de incienso. Te atropellabas con las palabras. Hablabas de esto y de aquello. Mezclabas el inglés con palabras sueltas en italiano que en tu boca sonaban inventadas. Mencionaste que tenías un trabajo en una tienda de arte en un callejón cerca de la Piazza di Spagna. Habías renunciado al dinero de tu padre —en realidad, aunque esto lo supe después, tu padre no sabía dónde estabas—. Juntabas travesías y personas. En Roma no había calles, solo puntos cardinales. Direcciones y senderos: por aquí se va a allí y por allá se va una plaza llena de pintores y fuentes. No hacía falta más. Nombraste a tus compañeros de piso. Repetías una y otra vez la manera tan diferente en que funcionaban las cosas. Como si fuéramos habitantes de otro planeta y el hecho de no conocer las costumbres del lugar pudiera dar con nuestros huesos en un caldero de fuegos fatuos.

No conseguiste asustarme. Toda Roma sabía que el mayor peligro emanaba de ti.

Te escuchaba envuelto de un éxtasis tenaz. Tus labios se movían, pintados con el rojo de las paredes después de la lluvia. Aún guardo esos labios en algún cajón de la memoria. Un cajón que solo miro cuando necesito algo de dolor para sentirme vivo. Ahora lo entiendo.

Pierre vivía más preocupado de sus zapatos y de los balcones abiertos con cortinas al aire. Parecía que buscaba a alguien en esos balcones.

De pronto solo quedó el sonido de los neumáticos sobre los adoquines. Nadie supo qué decir en ese caos hirviente. Ella perdió el entusiasmo. Agachó la mirada y una sombra de recuerdos selló su felicidad construida a base de querer y no saber mentirse. Pierre continuó ajeno al tiempo, concentrado en árboles y miradas femeninas. Un animal inapetente. Caí en la cuenta de que su indumentaria inglesa de los años veinte encajaba a la perfección con la moda italiana. De nuevo, yo era el único que desentonaba allí.

La casa estaba en un tercer piso sin ascensor en alguna calle entre la Piazza di Spagna y el río Tévere. Una calle llena de restaurantes y camareros ociosos en busca de clientes que te llamaban hasta que te habías alejado lo suficiente para entrar en territorio enemigo. En la casa no había esquinas. Todo parecía curvo y mal cincelado. El salón estaba lleno de cuadros a medio pintar. Bastidores a medio montar. Comida a medio comer. Papeles de periódico salpicados de motas de color puestos sobre antiguas manchas de pintura. Montañas de cigarrillos y noches en vela confesando secretos. Vivías con dos pintores italianos que solo encontraban inspiración en cachimbas, ansiolíticos y música de jazz. Las ventanas siempre estaban abiertas, convirtiendo a los vecinos de enfrente en espectadores de primera fila de vuestra lograda decadencia. Espías bajo los biseles de las contraventanas verdes.

Dejamos la maleta y nos fuimos. Liberados de la incertidumbre, la alegría volvió al trío. Más bien fue Pierre quien recuperó su buen humor. Parecía que su silencio se hubiera quedado con el equipaje. Pierre siempre contagiaba su estado de ánimo al mundo. A decir verdad era lo único que me exasperaba de él. Una tiranía atroz. Comenzamos a reírnos por cualquier tontería. Bebimos unas cervezas en una pequeña plaza llena de estudiantes con una fuente de piedra en el centro. De pronto me vi hablando con extraños. Iba y venía entre desconocidos que fueron mi familia durante unas horas. Conocí a mucha gente de la que no recuerdo nada. Discutí con algunos. Hacía meses que no me reía tanto. La revelación me dio mucha pena porque al fin entendí tu pasión por todo aquello que fuera nuevo. Por aquellos lugares en los que no tenías pasado.

Junto al Tévere, Pierre y yo amenazamos con arrojarte al agua. Te levantamos como a un Cristo crucificado en procesión. Pataleabas muerta de risa. Se te subió la camiseta. Mi mano recorrió toda tu espalda. Pierre y yo nos tropezamos y por salvarte la vida nos mojamos hasta las rodillas. Creo que por primera vez me olvidé de Ella. Ella estaba a mi lado y no la recordaba. Es decir, no me hacías daño. Éramos solo tres amigos disfrutando de Roma. De un helado en Roma. De un café en Roma que no pagamos porque los tres nos olvidamos de hacerlo. Cuánta vida.

De vez en cuando hablabais de gente que yo no conocía. Personas que surgían de un pasado común. Enigmático. Fantasmas que venían a decirme que yo, solo yo, era el recién llegado. Pierre enseguida redirigía la conversación para hacerme participe. O llegabais a un punto muerto que amenazaba en convertirse en silencio. Entonces era yo quien salía al rescate para provocar burlas. Os metíais conmigo. Con mi indumentaria española entre refinada y antigua. Con mi acento duro e inequívoco. Tú participabas de la burla. Me gustaba que mis taras fueran el motivo del buen humor. Me hacían ser parte de tu alegría. Tú de eso no te dabas cuenta, lo sé.

Ya era de noche cuando propusiste ir a un bar en el barrio de Trevi donde tus compañeros de piso exponían unos cuadros. Cenamos unas porciones de pizza de pie como los niños cuando están de excursión, como los borrachos que hacen cola de madrugada para coger un taxi que los lleve a casa. La noche era tibia, con esa temperatura en la que lleves lo que lleves puesto te sientes cómodo. Yo hubiera preferido seguir dando tumbos por la ciudad. Rebobinar, incluso. Roma ya era demasiado importante como para encerrarse en un bar cualquiera.

Nada más entrar, saludaste a dos chicos altos y delgadísimos. Una de esas delgadeces buscadas con martirio como estética o reivindicación contra algo o alguien. Ambos tenían el pelo muy largo. Lleno de trenzas y rastas. La barba descuidada. Los ojos hundidos en continuo éxtasis. Tatuados sobre tatuajes. Profetas sin catecismo. Náufragos de ciudad moderna. Sonrisas tristes. Una tristeza de la que se mostraban orgullosos, como si les hubiera costado gran esfuerzo conseguirla. En las paredes había cuadros de diferentes tamaños. Mucho humo. Tiempo que perder porque se es joven. Y punto. Eso es lo que había allí abajo.

Aproveché que estábamos solos Pierre y yo para que por fin me explicara lo sucedido con el equipo de remo y con su padre. Sin embargo, antes de que pudiera decir nada, Pierre se fue hacia la puerta donde estabas tú. Le sonreíste. Él te apartó del grupo.

Me quedé solo, observando lo que sucedía a mi alrededor. Bajo una luz que dibujaba la navegación del humo, había un guitarrista con un cigarrillo en la boca. Sus dedos eran puro hueso. Parecía que llevara en sus manos a cinco de los amigos de aquellos pintores. Esas manos se movían entre las cuerdas con la ligereza de un calamar. Llevaba un sombrero de copa roto, como de golfillo dickensiano. Su camisa blanca con tirantes estaba abierta. Mostraba el tatuaje de una estrella negra y su atlas de anatomía forense. No se le veía el rostro. Era el hombre más abatido del mundo.

Volví la mirada hacia vosotros. Creo que discutíais. Agachaste la cabeza. Dijiste algo sin apenas mover los labios y fue suficiente para derrotar a cualquier enemigo. Pierre salió del bar. Pensé en ir tras él. El guitarrista terminó de tocar y recibió muchos aplausos. Sacó un papel de liar tabaco. Reía. Esa risa. Las piernas enroscadas como dos alambres. Botines negros y calcetines a rayas. Mirada alunada, casi ausente, de asesino en serie. H.

Mi abuelo decía que si cada mañana te dieran veinte latigazos, el día que solo te dieran diez sería el más feliz de tu vida. Así de cobarde es el ser humano, remataba, no sabe que los latigazos se los da él. No te entiendo, Martín, hay veces que no te entiendo. Ya me entenderás.

¿Y tú? ¿Me entiendes tú a mí?

¿Qué hacía allí H? Aquel siniestro espécimen que casi provoca tu expulsión de la escuela secundaria. Tu padre había tenido que venir desde la enigmática Botsuana para solucionarlo todo. De pronto caí en la cuenta de que bien por celos, bien por miedo, no había preguntado nunca a Pierre los detalles de aquello. Los celos son sin duda un sentimiento extraño. Una toxina que envenena y mata a dos personas aunque solo la siembre uno. El monstruo de ojos verdes. Los celos convierten el perdón en un imposible, en una medicina insubstancial: la culpa siempre es del otro.

Allí abajo el espacio era líquido y humeante. Todos parecían seguir a lo suyo, como un grupo de albañiles a pleno rendimiento. Solo Ella permanecía ajena a la vida. A la distancia y el tiempo. En el instituto el profesor de física nos enseñó que todo en el universo es cuestión de tiempo y distancia. Distancia: los pocos metros que me separaban de su cuerpo. Distancia: la que Pierre abría entre nosotros a cada paso que daba. Cada paso era un interrogante. ¿Y el tiempo? No hay nada más simple, más cotidiano. Con las reglas más fijas. Y sin embargo, no es igual el tiempo del matemático, que el tiempo de la mujer que va a dar a luz, que el tiempo del anfitrión, o el tiempo de la muerte que revolotea por los hospitales jugando a las rifas. Nada que ver con el tiempo de los dos adolescentes que días después vería besándose desde tu ventana.

Habías recuperado el mohín de niña despreciativa que reconocí la primera vez que te acercaste a besarme con tu bombín de drugo. La distancia seguía inmutable entre nosotros. El tiempo no. El tiempo lo aprovechó H para recorrer la distancia que yo no pude. O no quise. O simplemente que no recorrí por pensar en el tiempo que se me escapaba. El tiempo no espera. Es una verdad tan obvia que la pasamos por alto.

Te abrazó.

Ella se agarró a H y lloró sobre su pecho de negrito desnutrido, como se agarran las niñas pequeñas a la pierna de su padre. Aquel ya no era mi tiempo. Ni tus penas las mías. Salí del bar. No sé muy bien adónde. Había llegado hasta allí a base de risas y alegrías. Rebotando de esquina en esquina. Ausente. Altanero. Pero toda esa libertad se había derrumbado con H.

Fui detrás de Pierre. No llegué a tiempo de averiguar qué angosta callejuela había tomado en su huida. De pronto todo era quietud y parejas abrazadas en las esquinas. El estrépito de mis pisadas me desorientaba. Podría haber recorrido el laberinto de piedra. Esperar un golpe del azar para seguir los mismos pasos que él. Y luego qué.

Un matrimonio pasó a mi lado. Llevaban a un niño de pelo revuelto cogido de la mano. Cada dos pasos lo levantaban en el aire. Y ahí se quedaba suspendido un rato, como si el planeta hubiera perdido su fuerza de gravedad. El pequeño soltaba entonces un quejumbroso zureo de paloma. Los jolgorios del niño y los pasos creaban un eco homeopático. Y vuelta a volar. Y vuelta a reír. Esa risa… El pequeño giró la cara y me miró. El poema en sus ojos. La distancia y su miedo.

Marcos.

Doblaron una esquina. El suelo estaba húmedo y resbalé. Había bebido demasiado. Un vidrio rebotó sobre los adoquines sin romperse, llevándose con su eco el poema de mi hermano. Las burlas de unos jóvenes por mi acrobacia etílica terminaron por borrar el rastro de Marcos. Comencé a correr. A gritar su nombre. Un carabinero recibió mis torpes explicaciones en inglés. No me entendió. Maldita sea, mi hermano, te estoy diciendo que acabo de verlo, se lo llevaron de mi casa hace años. Por la ventana. Una noche. Mi madre ya no habla. Mi padre ya no es mi padre. Y tú no entiendes nada, imbécil. Esto último sí lo entendió. Amenazó con arrestarme. Más tranquilo, le expliqué que había perdido a mi hermano pequeño. Y salí corriendo.

Me perdí. Derrotado, traté de regresar sobre mis pasos. Ensimismado dentro del dédalo de calles, recordé la última vez que lo vi. A mi hermano Marcos. Con cinco años. Habían pasado ya varios meses de su última desaparición. Nadie despertó en su cama. Quedó una silueta que mi madre mira cada noche esperando que algo carnoso se materialice y llene ese vacío infantil y ridículo.

Mi padre, en una búsqueda de náufrago, se había convencido de que no había nada extraño en las desapariciones de su hijo. Pura supervivencia. En las tardes graníticas y silenciosas junto a mi madre, yo reconstruía pistas e itinerarios hasta cimentar un razonamiento clonado al de mi padre. Por ejemplo: En su primera desaparición, Marcos se había escondido en cualquier armario y con el nerviosismo no lo vimos; la segunda vez, en el parque, pues la segunda vez Marcos se había extraviado en un despiste de mi madre. Es normal, con tanto niño correteando por ahí. Mi madre, claro, la culpa según mi padre era de ella, aquella mujer caprichosa con la que se casó por un recuerdo de infancia, en el éxtasis febril de carnes y sudores. Vaya una madre. Debió darse cuenta cuando le pidió que se fueran a Estados Unidos y ella se negó. Debió plantarse cuando ella se empeñó en comprar aquel tercer piso sin apenas luz aunque mi padre prefería una casita en las afueras, con jardín y verde y hamaca y perro y cosas sencillas. La culpa, la culpa era de mi madre. Todo lo que mi padre nunca logró fue culpa de mi madre. Eso llegó a pensar él. Pero justo cuando reunía todo el odio en un mismo manojo y se disponía a arremeter contra ella, a mi padre se le caían todos los andamios que había construido para justificarse. Porque mi padre, apoyado en la puerta, miraba a mi madre y se moría de amor. Sudaba como una botella de agua fría. Arrepentido. Envenenado de nostalgia juvenil. Qué bonito es ser joven, coño. Mi padre solo deseaba un último beso de mi madre, como quien espera a que le abran una puerta sin atreverse a llamar. Pero eso nunca ha funcionado. Así que mi padre sigue aguardando a que ella regrese. Mientras, pasan los años.

Con el tiempo mi padre dejó de esperar a Marcos. Se volcó en recuperar a su novia, a su amante, a su esposa. Sus besos junto al café. Las caricias al pasar junto a su espalda. Ese perfume que mi madre ya no usaba y con el que mi padre a veces vaporizaba una toalla e inspiraba bien fuerte. Con el ansia de los cocainómanos.

¿Y mi madre? Mi madre no. Mi madre sabía que algo terco e inhóspito nos observaba. Algo crecía en el pecho de Marcos y llamaba a criaturas invisibles a subir por las paredes. No había otra explicación. Ella era la madre. Ella lo había parido. Marcos había crecido dentro de ella desde un cigoto anclado al útero como un murciélago hasta convertirse en lo que era. Nadie podía robarle aquello.

Fue una noche de verano. La calefacción central del edificio se había estropeado y hacía un calor de cuarto de calderas. Mi padre pensaba que si vivieran en una casa con jardín aquello no pasaría. Estaba de mal humor. Para dormir tuvimos que ponernos bolsas de hielo y de guisantes congelados, abrir puertas, ventiladores y ventanas. Un despiste. Una llamada de teléfono. Una visita al baño. Es imposible estar siempre alerta. Desde la habitación de Marcos llegó ese mismo arrullo de paloma que acababa de escuchar en Roma. Después el grito de mi madre. El hueco de Marcos. Su silueta grabada en las sábanas, como el molde de un cuerpo embalsamado. Y ya no estaba. Sin más. Así fue como sucedió se crea o no.

De calle en calle desemboqué en La Fontana di Trevi. El portentoso manantial apareció de golpe, hundido, dentro de un cráter de la ciudad. Me senté en uno de los bancos de piedra que la circundaban y saqué el teléfono para llamar a Pierre. Tenía un mensaje en el buzón de voz:

Hola, Nico, perdona que te avise así pero tu teléfono estaba sin cobertura. He vuelto al bar y no te he visto. Bueno, escucha, no sé cómo decirte esto. He tenido que coger un taxi para venir al aeropuerto. Me vuelvo a Inglaterra esta misma noche. El entrenador me ha llamado y me deja volver a entrenar siempre que esté mañana a primera hora en Cambridge. He llamado a Claire y lo ha entendido. No merezco tanta comprensión. Me ha dicho que hará lo posible por ir a verme remar a Londres. Lo siento, ya hablaremos. Disfruta todo lo que puedas de Roma. Nos vemos pronto.

Traté de llamarlo pero su teléfono estaba apagado.

Yo, por supuesto, sabía que Pierre me escondía algo en aquel mensaje.

Busca aquello que amas y deja que te mate. Esto lo escribió Bukowski. Antes de morir, dejó dicho que en su lápida se escribiera: *don't try*.

Ha pasado el tiempo, y aquel pulso puesto en pie, ardoroso e imposible, ha dado paso a una duda perenne. Ignoro de dónde viene esa sutil diferencia entre el recuerdo y la memoria. El tiempo, qué tramposo tan mediocre. Lo único que hace para tener razón es ser tozudo y paciente. Con esa fórmula ha moldeado un planeta entero a su gusto.

Te encontré paseando sola. Con una candencia contemplativa y tierna. Habían regado las calles y el aire limpio y fresco me aclaró las ideas. Llegué por detrás y te tomé del brazo. Me dijiste que te dejara en paz. Sin hostilidad. Ni jactancia. La decisión llevaba mucho tiempo tomada.

Tus ojos eran como esas lámparas de cuarzo que atraen insectos nocturnos hacia su muerte. Ven a sus parientes caer calcinados y no aprenden. Lo mismo que yo.

Eras la Maga de Rayuela: rompías los puentes con solo cruzarlos. Te lo dije, temerario, y algo cambió. Volví a ser el elemento de tu tranquilidad.

Caminé a tu lado en silencio. Un par de pasos por detrás. Tú la reina y yo el vasallo. Llegamos hasta la Fontana di Trevi y te sentaste junto a Neptuno y su doma de hipocampos. Recuerdo que me quedé en pie a tu lado. Admiraba capiteles, frisos y efigies torturadas como quien observa algo incomprensible. Desconocía cuál era mi lugar dentro de la noche. El ruido del agua al caer, atronador, y el murmullo de los turistas, hacían que fuera imposible pensar. El agua saltaba en centelleos brillantes sobre tu mirada estática. Tus mechones verdes se teñían de azul en las puntas.

Eras tan idéntica a ti misma.

Decidí marcharme. No era yo quien debía consolarte. ¿Dónde estaba H? No, lo mejor sería irme al aeropuerto con Pierre. El teléfono de mi amigo continuaba apagado. Tendría que dormir en una pensión y después regresar a Inglaterra. Licenciado sin honores.

Me tomaste de la mano y guardaste mi móvil en tu bolso. Por eso me quedé. Me hubiera marchado, no te quepa duda. Bueno, no lo sé, ahora es muy fácil decirlo. Me sentaste a tu lado. Apoyaste la cabeza en mi hombro. Una pareja de asiáticos lanzaba monedas de espaldas y se hacía fotografías. Comprobaban el resultado en la pantalla y repetían la operación. Había varias parejas más. Todos creían que estaban solos, viviendo un momento único en sus vidas. Cómo es posible que la gente no se canse de vivir momentos únicos, dije con voz queda, de dónde les viene esa necesidad de ser especiales repitiendo conductas.

Luego comenzaste a hablar.

Hablaste mucho. De un modo en el que no lo habías hecho nunca conmigo. En realidad hablabas sola, pero yo tenía la fortuna de estar allí para escucharte. Cómo maldecir el licor que te hizo hablar y a mí olvidar.

Entonces supe que tú y yo éramos unos desconocidos y me puse muy triste.

Me hablaste de alguien. Un tal Fabio Babare. Otra vez. Surgieron muchas peguntas que no me atreví a formular. ¿El padre de tu niña? ¿Lo quisiste mucho? No, más importante, ¿lo querías todavía? Ese nombre, Fabio Babare, sonaba italiano. ¿Por eso estabas en Roma? ¿Y H? ¿Qué hacía entonces H allí contigo?

Debió ser muy difícil. Tú eras demasiado joven, una niña a los ojos del mundo. ¿Y él? No hay quien entienda la relación entre biología y normas sociales. El padre de tu niña. Tu niña. Tan pequeña.

Soñabas con ella muchas noches, envuelta en una sonrisa dulcemente lela. Con gran precisión acudían a tu memoria momentos, escenas que te hubiera gustado vivir con ella mientras la realidad se te hacía olvidos sin querer. Tú ya no distinguías el mundo en que habitabas de la dimensión que ocupas con tu hija. Las hay infinitas, según dicen, las dimensionas, muchas me parecen. Estabas separada de lo único que te mantenía viva, eso dijiste. Qué pena todo, coño. Justo a la edad en la que uno está seguro de que nada malo puede suceder.

Tenías pesadillas. La veías tras la goma quemada de un frenazo en el asfalto. Mutilada por una máquina de amasar pan. Enferma en un hospital de campaña. Hay tantos, tantos peligros. Hasta imaginabas las conversaciones de los médicos arrancándose los pelos porque no daban con el bichito que la estaba matando. Nunca lo sabrían. Era muy fácil. ¿Qué iba a pasarle a tu hija? Pues que le faltaba su madre, es tan obvio. Su madre, sí, su madre la libraría de todos los peligros. Qué cosas dices, uno nunca está a salvo del todo.

Pensar que dentro de unos años pudieras cruzarte con ella, con tu propia hija, por la calle y no reconocerla. No, no, eso sí que no, lo sabrías al momento. Tendrá los ojos caobas, y rizos anaranjados, y al sonreír sus dientes delanteros estarán ligeramente separados, nada más que un mínimo agujerito, lo justo para que salga un hilillo de agua al empujarla con la lengua.

¿Tú sabes lo duro que es no saber dónde está tu hija? Nico, ¿eh? ¿Tú lo sabes?

En cuanto aquella pareja educadísima se llevó a tu hija de Botsuana, habías tomado una decisión que cumpliste nada más llegar a Cambridge. Porque para eso son las decisiones, digo yo, para seguirlas hasta la mismísima deshonra si hace falta, aunque a la gente se le olvide, y cambie de catecismo tras una mala siesta. A mí también me pasa, no creas. A veces se está convencido de una cosa y al día siguiente de la contraria.

Sin deshacer siquiera la maleta o ir a recuperar el hámster a la habitación de tu vecina, lo llevaste a cabo. Menuda eras tú cuando tomabas un dictamen. Fijabas la mirada en el futuro y como si metieras la cabeza en un túnel.

Un cristal, o una hojilla, un grifo abierto y un tapón. No hacía falta nada más para solucionar los problemas del mundo: la guerra, el hambre, las sequías y las madres sin hijos, todo, y arrastrarte a conocer los del más allá.

Leve apunte que a buen seguro desconocías: a fin de tener éxito, el corte ha de hacerse en diagonal. De lo contrario no conseguirás desangrarte. Te desmayarás y la herida se cerrará sola.

Entonces, volvió tu padre. Otra vez. Desde el África blanca. Otra vez. Ahora sin traje ni nada. Con una camisa de palmeras de lo más ridícula comprada a toda prisa en el aeropuerto porque le habían tirado un café por encima. Sudaba, sudaba mucho. No se enfadó. Solo faltaría. Lo viste llorar. Dentro de ti no creció triunfo alguno. Movió los labios en un amago de plegaria, es cierto, pero ni un perdón salió de su respiración atropellada cuando te vio allí. Tan blanca, en la habitación blanca, con las muñecas envueltas en gasas blancas. No, nada de perdones. Una cosa es querer a una hija y otra que el excelentísimo señor embajador de Dinamarca para el sur de África reconozca un error. Al fin y al cabo todo ha quedado en un susto, verdad hija. A tu madre ni una palabra, que está muy débil y muy trastornada. No sabes la última que me ha liado, bueno dejémoslo estar. Claro, demasiado tenía ella con sus pastillas y su psiquiatra. Vaya, te das cuenta, ahora ya era su psiquiatra, sin rastro de infidelidad ni de desapego familiar. Qué cosas pasan, oye, no me digas. Y demasiado tenía ella, tu madre, la pobre, también con su exmarido embajador, tan reguapo él, tan casado con una china o una vietnamita que podía ser su hija. Y demasiado tenía ella, tu madre, la amargada, con una nieta perdida en cualquier lugar del mundo de la que nunca más supo. Y con su hijo especial. Porque no lo olvido, tu hermano seguía siendo especial.

Cuando saliste del hospital te llevó con él. Tu padre. A África. Otra vez. Pero ahora a la de verdad. No es que la otra fuera de cartón piedra, pero sí que tenía un halo de burbuja, decías indignada, como de dormitorio sin ventilar. Como de residencia de verano de los Habsburgo, ya sabes. Y yo sin entender nada, claro. Tanto palacete y tanto protocolo te revolvían el estómago.

Por aquel tiempo habías perdido la capacidad para la rebelión. Te fuiste con tu padre y su mujer vietnamita. Ella era muy simpática. Igual tenía razón la portera aquella del edificio que tanto miedo le daba a tu padre. Os hicisteis casi amigas, la vietnamita y tú. Casi hermanas. Pero a él, a tu padre, tardaste mucho en volverlo a mirar. Quiero decir, mirar del modo en que se mira a un padre, con respeto y cierta fascinación porque levantara un mundo y una familia antes de tu propia existencia. Tan tontos como son ellos, los padres. Mucho más tiempo tardaste aún en volverle a hablar. Porque sí, porque eso no se le hace a una hija, que bien lo sabías tú ya que habías sido madre, aunque amputada, pero madre al fin y al cabo.

Qué bonito era todo, Nico, deberías verlo. Los colores de África. Sus selvas y sus sabanas y sus capitales carísimas.

Pero primero conociste Estambul y lloraste a orillas del Bósforo. Y en torno a teteras y juegos de tahúr buscabas a un bebé de rizos naranjas. En algún sitio tendría que estar. Tu hija. Luego ya sí, África. Argel y Nairobi y tu amada Bamako desde donde sale la gente engañada hacia el nuevo mundo para morir en el Sáhara, qué drama tan grande. Y volaste luego hasta los Grandes Lagos y cruzaste tantos y tantos sitios hermosos hasta el delta del Okavango. Y también recorriste Etiopía en camello, bueno, no toda. Porque querías ver el lago Tana donde nace el Nilo Azul. Y el cráter del Ngorongoro, el edén sobre la tierra. Y tocaste el desierto: las dunas estaban tan frías que daban ganas de sumergirse en arena, así, como fósiles de grandes criaturas marinas. Del desierto no se puede decir nada más, hay que verlo, eso decías siempre.

Pero sobre todo recuerdas los colores. El tumulto y los colores. Es lo que más echabas de menos en la Inglaterra monocroma. Todos los colores que imagines en el cielo, la tierra los reproducía en África, más intensos todavía, como cuando le das a subir el brillo a la pantalla del televisor, Nico, para que te hagas una idea. Todos los colores del mundo nacían en Danakil y se repartían por África. Daban ganas de comer tierra, fíjate. Y también había más alegría, tal cual, y mucha, muchííísima más vida. Vida como la que una vez llevaste dentro. Porque en África la gente sabe que todo se va al carajo con una mala fiebre, con un mal amor, con una picadura del mosquito equivocado. Allí juegan y bailan con la muerte, aquí nos escondemos de ella. Qué pena todo lo que cuentas.

Fue por allí, en algún atardecer del África negra, no quieres decir dónde, prefieres guardarlo para ti, por supuesto, lo entiendo, donde tu padre ya sí te pidió perdón. Con lágrimas y todo. Con esa cara de terror que ponen los hombres que no se reconocen en su propio pasado. Que miran para atrás y piensan: cómo pude hacer yo esto o aquello. Porque el egoísmo te destroza la vida y cuando no tienes nada te pide cuentas. Tu padre lo supo entonces y se derrumbó. Normal. A cualquiera le pasaría lo mismo. Cuántas personas distintas somos en una misma vida, es cierto, y hay que perdonarlas a todas ellas, eso te dijo él. Tu padre. Allí sentado. Sobre una duna. En busca de una indulgencia improcedente. Te dijo otra cosa más que no olvidas: ya he perdido un hijo, no quiero perder también a una hija. Eso te puso muy furiosa.

Te pidió perdón a su manera. No, no vamos a hurgar en sus miserias. Y se fue a pasear. Él solo. Para huir de sí mismo, supongo yo, aunque eso ya sabemos que es imposible (detrás de él iban todas las personas que algún día fue). Tú le perdonaste, no hay ni que decirlo. Le perdonaste como se perdona a un desconocido que se choca contigo por la calle, o que te golpea con el paraguas por las prisas. Nada más. «Disculpe señorita». «No, tranquilo, no ha sido nada, yo que iba despistada». Porque el daño ya estaba hecho, las cicatrices cerradas pero relucientes. Aunque también le perdonaste porque por aquel entonces ya habías aprendido que en un poco de perdón hay un mucho de desprecio, todo hay que decirlo.

Y lo seguiste queriendo, porque en realidad nunca habías dejado de quererlo. Porque tu padre, el embajador más joven de Dinamarca, no lo hizo para salvaguardar sus entorchados y el brillo de sus títulos. No, por supuesto que no. Esa historia nos la hemos inventado entre todos. Basta con insinuar algo para que los demás reconstruyamos la historia a nuestro antojo.

Tu padre solo pensaba en el bienestar de su hija, ahí tienes la única realidad. Te guste o no. Lo otro, las digresiones trasplantadas por nosotros son abusos a la verdad, que es muy débil ella, la verdad, digo. Qué iba a hacer una niña con un bebé, tan joven, con tanta vida por delante, con tanta juventud todavía para malgastar, que es en resumen lo que hay que hacer con ella, con la juventud, supongo, malgastarla. Qué iba a hacer una adolescente con una madre enferma y una madrastra que podía ser su hermana. Un padre tiene que tomar decisiones, hija. A un padre no le dan un folletín de instrucciones o una enciclopedia con respuestas, coño, no, no se lo dan. Te entregan un cuerpecito extraño y algo fofo que resulta ser un hervidero de vida, de peligros, todo son peligros, y te dicen: toma, un alma vacía y tú debes llenarla, esto es tuyo, eres responsable de que sea feliz, pero no mucho. Hay que tener cuidado hasta con la felicidad, que si no un tropiezo puede ser nefasto. Maldita sea. Cuántas cosas juntas. Qué injusto, no te parece, hija. Qué injusto que la única oportunidad de alguien dependa de ti. El que inventó las reglas del mundo no ha sido nunca padre. Eso seguro.

Injusto, pensaste, injusto es que me hagas responsable de tus demonios, padre. Razón no te faltaba. Aunque no por tener razón dejara de marcarte a fuego el destino. Tener razón casi nunca sirve de nada.

Cuando llegó el momento, volviste a Cambridge. Ahora sí recogiste tu hámster y tu guitarra. Y, hala, a vivir, no hay tiempo que perder. ¿Dónde lo habías dejado?

Ah, sí, lo habías dejado enamorada y embarazada.

¿Puedo decirte una cosa yo ahora? Me gusta creer que habías vuelto para que nos conociéramos. Qué quieres. Cada uno piensa que es el núcleo mismo del antropocentrismo, y que tiene hadas, espíritus, ectoplasmas a su alrededor, jugando con él, dándole lecciones. Ya ves. Uno cree que todo tiene una razón de ser y una dirección. Vamos, que si uno pierde un brazo es porque tiene que darle lecciones al mundo de superación. Que si uno pierde un vuelo es porque se va a estrellar o porque en el siguiente conocerá al amor de su vida. Que si uno pierde a su hermano pequeño y a sus padres se les desgarran los flecos del amor tiene que haber una justificación cósmica que algún día entenderá. Bueno, no, eso no lo entenderá nunca. Quien tenga valor que venga a explicármelo.

Tarde pienso que lo que a uno le sucede no es sino la consecución de infinitas carambolas, de una extravagante cadena de azares dentro de una entropía infinita. Somos hormigas. Te reíste. Te gustó la comparación del hombre con la hormiga. Es cierto, no te rías, somos simples hormigas.

No sé cómo terminamos dentro del agua. Solos, en medio del constante zumbido de la multitud. Matándonos a salpicaduras. Sumergidos hasta el final de nuestros días. Me arrastraste adentro. Hacia la cascada. Has visto *La dolce vita*, preguntaste al aire. La había visto pero te dije que no, porque quería que todo fuera nuevo, como a ti te gustaba. Quería que tú me la contaras. Que lo aprendiéramos todo juntos, otra vez. Aprender a hablar, a leer, a comer, a mirar, a ponerle nombre a las cosas. Tener todo un idioma solo para nosotros. De pronto te lanzaste al agua y jugamos mucho mejor que Anita Ekberg y Marcelo Mastroianni.

¿Lo siguiente? Lo recordarás muy bien. Nos perseguían los carabineros con silbatos y pregones que a mí me parecían órdenes líricas. Corríamos dejando un reguero de agua azul. Como cántaros rotos. Tal que si fuéramos figuras de hielo que se derriten lentamente. Corríamos, recuerdas. Y reíamos. Me mirabas y volvías a reír con una espontaneidad que nunca más volví a ver en ti. Escapábamos por las angostas callejuelas de Trevi. Malditos. Allí no había iglesias ni imperios romanos. Jaja. Escuchábamos cada vez más cerca las advertencias de los carabineros. Delatados por el croar de nuestras zapatillas húmedas.

Ella me tomó de la mano. Extenuada, me arrastró dentro de un callejón. Probaba puertas de madera hasta que una cedió en sus goznes. Tenías una gota en el borde de cada penacho de pestañas. Liberaste un beso. Con mucho cuidado. Igual que una golondrina sobrevolando un estanque para tocar el agua con el pico. Tus labios, tan tensos en el lienzo de tu sonrisa, te obligaban a besarme con los dientes. Tus dientes sabían a losas muy frías y muy pulidas. A pila bautismal. Me lanzaban su aliento fresco en la cara. Ese respirar de menta y pan.

Todo era silencio. Respiraciones arrítmicas, mal afinadas. Afuera un grupo de gatos se peleaba entre las bolsas de basura de un restaurante.

Llevabas la blusa abierta, humillada contra la piel. Tus pechos asomaban con cada jadeo. Un flujo de sangre estancada me devolvió el calor al cuerpo.

Ya no había nadie más en Roma tras nuestros pasos. Me apretaste la mano contra los recovecos de tu cuerpo. Resbalé los dedos sobre cada extremo, vértice y cumbre que encontraba. Sin principio ni final. Una luz blanquecina se colaba por el dintel de la puerta e iluminaba tu piel encendida de frío. Seguíamos en proceso de deshielo. El agua se pegada a nuestra ropa, se nos resbalaba por la comisura de los besos y se condensaba en el frío del portal, en esa humedad de escaleras viejas. De catacumbas.

El agua de Trevi, impregnada de deseos de millones de momentos únicos. Pobres ignorantes.

Allá arriba, bajo el batiente de una puerta se deslizaba una música que jamás volví a encontrar por mucho que busqué. ¿La recuerdas tú? Tu geografía de valles y promontorios hacía olvidar todo lo demás. Nos tumbamos contra la pared. Desafiamos a la física. Ajenos a las leyes de la gravedad. Respirabas en mi oído. Agonizabas en tu idioma valquirio, invocando en un rezo a Odín y al Valhala.

Estabas allí, conmigo, dentro del mismo sueño.

Roma fue una ciudad exagerada para mí.

Roma sobrevive gracias a sus heridas de muerte. Como esas parejas que perpetúan y custodian su amor solo a base de enfrentar problemas. Hay tantas vidas así.

No había más que doblar una esquina para viajar del bullicio más atropellado a una calma rural, solariega. El metro está escavado en el infierno. Un infierno de tubos metálicos, vallas y taladros con el espíritu de un búnker antinuclear. Las calles están sucias de amargura y se niegan a cambiar como viejos testarudos. Allí todo es viejo y testarudo. A veces, la soledad de sus multitudes me resultaba irredimible. Nadie echa de menos la gloria de sus repetidos apogeos. Seguros, quizá, de que volverán a ser dueños del mundo. De que la rueda volverá a girar y caeremos otra vez de rodillas frente a su imperio. Esa seguridad los hace invencibles. Mientras esperan su nuevo Renacimiento, los autobuses llegan tarde y las mujeres se visten con flores, mariposas y grandes gafas de sol. Taconean con furia. Qué libertad más ociosa. Los camareros de las cafeterías no son los bonachones de bigote perfilado y panza redonda de las películas. Cada esquina tiene su nómada, su músico. Cada historia esconde una lágrima. Si no, no es historia.

Roma es una ciudad huérfana y alegre. Con eso basta para ser libre.

Qué no hubiera dado por quedarme a vivir en Roma. Donde fuera. En un banco de Villa Borghese. En la buhardilla más cochambrosa de Tridente. O en un barrio oscuro y sin ley de las afueras donde las mujeres se llaman a voces de ventana en ventana y los hombres sin oficio discuten y fuman tabaco picado en sillas de madera. Eso hubiera sido todo. Vivir bajo un tejadillo con goteras. Como el pobre poeta del cuadro de Carl Spitzweg. Escribir obras maestras y regalarlas en un puestecillo de incienso y acuarelas de la Piazza Navona. Con la plácida tranquilidad de saber que nunca se publicarían. Todo un deleite. Otra ambición no tengo. Hacerme amigo de todas las floristas. Amarlas. Consagrar mi tiempo a mirar por la ventana para contar mujeres de falda roja y tacones afilados como puñales. Me gustan las ventanas. Siempre me han gustado. Observar sin ser observado. Opinar sin ser juzgado. Sin la turbación a la réplica. Con una copa de vino. Ni siquiera me gusta el vino.

Roma me curaría de cualquier deficiencia, de cualquier vulgaridad.

La habitación era muy pequeña, como la de Irma la Dulce, pero sin aquella hermosa cristalera que Jack Lemmon cubría de periódicos. En la tuya solo había una ventana dando vida al techo inclinado. Amanecía. En los días despejados podía verse la cúpula de San Pedro. Aquella mañana solo se intuía entre las nubes. Desde esa posición observaba camiones de reparto subidos en las aceras. Llegaba un olor reblandecido de panadería. Las motocicletas esquivaban esos coches biplaza que en Roma están por todas partes. Hombres y mujeres pasaban sin mirarse a la cara. Hablaban por teléfono. Esperaban el autobús. Repasaban documentos. Ellas se miraban de vez en cuando la parte trasera de sus faldas. Bajo sus gafas oscuras. Con disimulo. Se las alisaban. En busca de una aristocrática delgadez. Luego se retocaban el rojo de los labios frente a un espejito. Ellos echaban un vistazo al reloj. Llegaban tarde a una reunión de negocios, a una cita con su amante, a un trabajo que tal vez habían perdido hacía meses y no habían confesado en casa. Me gustaba imaginar todas estas historias desde mi atalaya.

Nadie paseaba sin rumbo. El reloj también tiene sus rutinas. A esas horas de la mañana, todo comienza o todo termina. Siempre hay un objetivo. Nada es ocioso y así no hay libertad posible. Estaban los que iban y los que volvían. Ni dormidos ni despiertos del todo. Un fin para alcanzar un fin. Roma era cualquier ciudad del mundo para ellos. Todas son iguales a esas horas inciertas en las que las brújulas se asemejan al corazón. Cualquier gesto, cualquier paso, era repetido —y por lo tanto peligroso—. Las mismas caras, en los mismos pasos de peatones.

Dos adolescentes con mochila se besaban en la esquina. Ajenos a que alguien los vigilaba desde una ventana con el equipaje puesto en pie a su lado. Tendrían unos dieciséis años. Se alejaban un paso, apenas un amago. Sabían que era tarde, pero no demasiado tarde para despedirse ya. Si perdían el autobús podrían ir corriendo. Si llegaban tarde pondrían una excusa. Otra más. Siempre la misma. Como si el ser los primeros enamorados del mundo les diera una patente de corso para reinterpretar la verdad. Eso creían ellos.

A su edad cualquier consecuencia tenía un precio que aún podían permitirse.

Ya lo creo que podían. Alguien debería decírselo.

Se iluminaban y volvían a por un beso más para el recuerdo, como quien colecciona cicatrices. Para ellos Roma guardaba un secreto que nadie más entendería. Para ellos Roma no era cualquier ciudad del mundo, sino un lugar del que poder huir con alguien. Solo se puede empezar de cero si se huye. Sin equipaje ni identidad. No hay otro modo. Nos pasamos la vida creyendo que sí, que se puede retomar lo que se perdió, que se puede comenzar de nuevo a pesar del lastre. Que se pueden pegar las piezas de lo que se rompió y con un perdón o un beso todo quedará igual. No es cierto. Lo que se hace añicos nunca vuelve a ser igual. Nunca. Uno no olvida y sigue adelante lo mismo que si comprara un nuevo boleto. Por mucho que nos empeñemos las miradas no se olvidan, ni se reparan las piezas rotas. Por mucho que tratemos de engañarnos, las segundas oportunidades acarrean un peaje en forma de duda. Y las dudas, ya lo sabes, son una condena, una amenaza perpetua.

Un gemido. Un leve lamento a mi espalda. Y Roma ya no era la misma. Alguien tiraba del sedal y me arrastraba de regreso a la vida. Ella dormía en una cama desecha. Con medio colchón libre de sábanas, desvelando respuestas, convulsiones, sacudidas, segregando sudor, con el nombre del diablo en sus costuras. Me encantaba verte dormir. Difuminada en el reflejo de la ventana. O detrás de un libro. Tus piernas estaban desnudas, perfiladas bajo la tenue luz anaranjada del amanecer. Salpicada de sombras. Un tigre enjaulado. Me recordabas otra vez a la Maga de Rayuela. No, en realidad no se parecían, era yo el que quería que se parecieran. Aquel libro ni me gustó ni dejó de gustarme, te confesé una tarde mientras bebíamos una cerveza sentados en unas escaleras junto al puente de Sant' Angelo, pero me dejó un poso de amargura recurrente. Mira que apenas nos conocíamos, escribió Cortázar, y la vida urdía lo necesario para desencontrarnos minuciosamente. ¿Nosotros éramos así también?

Olías a piel. A cuero. Tu pecho estaba cubierto por una camiseta gris con la S mayúscula de Superman. A la altura del omóplato, un círculo entre rosa y rojo traía el recuerdo de una gota de lejía. Una bala que había matado la camiseta para cualquier otro uso fuera de la cama. Te miraba, y sabía que era uno de esos momentos que se recuerdan para siempre. Cuando uno ya tenga el corazón orlado de petirrojos tristes.

En el suelo, entre montículos de ropa interior, blusas, zapatos y transparencias, descansaba mi equipaje. De repente era un bulto pesado y ajeno. Un enemigo. En dos horas salía mi avión para Londres. En seis horas estaría en mi habitación azul de Cambridge. Ella abrió los ojos. De ellos salía esa luz de algunos días de marzo. Esos días que ya no son de invierno, que no llegan a verano, pero son todo lo contrario a la primavera. Otoñales, pues. Luz de otoño en marzo. Así era el agua tostada de tus ojos y de tu corteza esa mañana. Eras un árbol lijado. Bruñido. Barnizado. Me giré para mirar de nuevo la calle a través de ese cristal que era casi una pecera. Ojalá fuese una pecera de la que no poder escapar nunca, pensé. Un pez no aspira a más. Un pez no puede huir. Las personas sí, pero casi todos se empeñan en vivir como peces. Qué horror. Yo también tenía un anzuelo atravesado en la garganta.

La imaginé sonriendo. En esa sonrisa sostenía el mundo entero. Y si me quedara, te pregunté. Mi voz era un ruego infantil. Un error. Un versículo apócrifo. Te desperezaste mostrando tu macabra apatía. No había más razón que el terco impulso de un adolescente. Y Ella era dueña de toda la verdad y de todas las mentiras hechas verdad del mundo. Esas mentiras cotidianas que nos mantienen vivos. Para muchas personas esas mentiras son la única verdad de sus vidas, pensé para no dar importancia a tu respuesta. Ella no era más que un acúmulo de pequeños errores, que traen pequeñas consecuencias, que determinan una catástrofe lejana e inimaginable. Así funciona el universo. Cuántas veces oímos: si no hubiera sido por esto o por aquello… El comienzo de una avalancha de piedras. El pájaro que levanta el vuelo y al que siguen millones más hacia África. Ya lo dijo Gennaro. Nadie conoce las consecuencias de nada.

La vida es solo un accidente.

Y esas consecuencias en cadena son la única inmortalidad a la que podemos aspirar.

Debes regresar para terminar el curso, dijiste sin mirarme. Yo veía tu reflejo como si estuvieras bajo el agua. A Cambridge, Nico. Adoras Cambridge. Allí tienes una habitación pagada y pronto llegará el buen tiempo. Por qué me dabas consejos, pensé. Cuando alguien te entrega el corazón lo último que quiere es un consejo, en ellos subyace una lección que no quieres recibir. Me enfurecí. Ya verás lo bonito que es Cambridge cuando llegue del todo la primavera, continuaste. A finales de mayo. Allí todo llega más tarde, da tiempo a disfrutar las cosas.

Aquí ya casi es primavera, me escudé desde la autoridad de un niño que se sabe engañado. Con esa fuerza con la que uno defiende lo que más odia de uno mismo, simplemente porque es suyo.

Ella no tenía que convencerme. Ni a mí ni a nadie. Por la sencilla razón de que quien ostenta el poder no cree que deba dar más explicaciones que su silencio, a la manera de un padre frente una pregunta incómoda.

Fui a por mi maleta. No quería verte. Me escocían los ojos. Si te miraba, mi equipaje pesaría demasiado. El anzuelo de mi garganta abriría más su dentellada. Y yo perdería. No sé muy bien el qué, pero estaba seguro de que perdería.

Sobre la mesilla reposaban los pendientes de seis cristales marrones que hacía solo un día te compré en Trastévere.

Tu voz se apoyaba en el desinterés. En la seguridad del que sabe que con cariño conseguirá más que con la inercia del reproche. Encendiste un cigarrillo. Las aureolas negras del colchón me decían que te gustaba fumar en la cama. Nico, no digas bobadas, sabes que lo mejor es que termines la carrera. No, continué, tú decidiste huir, por qué no iba a hacerlo yo, es aquí donde quiero estar, en Roma, contigo. Te equivocas, Nico, tú ya huiste a Cambridge, no se puede huir a dos sitios a la vez, corres el riesgo de terminar huyendo de tu propia sombra. De ti. Tú no sabes nada de mí, Nico, no sabes por qué estoy aquí y por qué quiero estar siempre lejos. Pues explícamelo. Me di la vuelta y te agarré de los brazos. Explícame a dónde vas, cómo eres, qué haces en Roma. Yo nunca recibo respuestas.

Te giraste, incómoda. Recogiste la ropa del suelo y te pusiste unos vaqueros de color rosa palidecido. En unos meses llegará el verano y podremos hacer planes, Nico. Vamos, no seas así, quizá puedas venir a Roma a terminar tu guion. En esta ciudad esas cosas salen muy bien. Me abrazaste por detrás.

Por eso querías ser actriz, por lo bien que mentías. Uno de tus mechones aguamarinos rozó mi cuello. Me di la vuelta para alejarme de la ventana, de la rutina de Roma. Sabía que me engañabas. Qué diría la escultura del Moisés, o aquella pareja que se desayunaba a besos en las terrazas de la Isla Tiberina. No me perdonarían que me fuera de ese modo. Ya no te vería más disimular las lágrimas frente a la Crucifixión de San Pedro en aquella basílica de la Piazza del Popolo que tanto te gustaba. Me pedías demasiado.

Solo podía poner la cara de dolor físico que me producía pensar en tu ausencia. Guiñaste uno de tus ojos cereza. La cicatriz seguía en tu iris rojo. Tenías el parpadear sigiloso de las burbujas. ¿Por qué has venido a Roma? Ya lo sabes. No, nunca me lo has dicho. Siempre evitabas hablar de ti misma y contestabas con ese tipo de evasivas que hay que entender para no parecer tonto. Tengo que confesarlo, me molestaban aquellos ejemplos absurdos y vanidosos: por esta ventana entra la misma luz que en la habitación de Van Gogh; una siente esa angustia de cuando escucha a Beethoven; aunque me da más pena la grandeza de Bach; esta decadencia adinerada de la Montaña Mágica. Qué mierda significaba toda esa palabrería politeísta con la que tratabas de humillarme. No significa nada. Así eras tú. Sabías que yo no entendía tus razonamientos. Pero te daba igual. ¿Sentías aquellas cosas de verdad o solo querías librarte de mí?

Es por H, ¿verdad? Quieres que me vaya para estar con él.

Recogiste el bolso y saliste de la habitación. Nico, será mejor que te vayas. Me gustaría que te fueras de Roma.

Por fin me dabas una respuesta.

Te contaré la historia. *Turritopsis nutricula* es una especie de hidrozoo hidroideo. Una medusa pequeña, acampanada, con tentáculos finos y bailarines y un núcleo de color encarnado. Parece un paraguas de plástico transparente con un niño en chubasquero rojo atrapado dentro. Casi todo su cuerpo es agua y estómago. Lo más curioso de esta medusa es que es la única forma de vida conocida capaz de cambiar de nuevo a su estado de pólipo después de alcanzar la madurez. Es decir, vuelve a ser joven. Regresa en el tiempo. Como lo oyes. Desmonta el sentido de la vida. Me pregunto si también olvida lo aprendido. Es un insulto inmerecido a la mecánica cuántica, a la causalidad, a la decadente entropía. Una broma de Dios. De algún modo podría decirse que *Turritopsis nutricula* es inmortal. Un metazoo inmortal. Glorioso. El proceso por el que lleva a cabo esta especie de milagro se llama transdiferenciación.

Para *Turritopsis nutricula* nuestra vida es insignificante. Un molesto viajero de paso que ensucia la entrada de barro. Para ella somos ridículos e insustanciales. Aburridos. Una letra perdida en una enciclopedia. Una espiración en la lenta geología respiratoria del universo. Nuestras preguntas son banales. Seguro que *Turritopsis nutricula* tiene la solución a cualquier problema que enfrentemos, pero no nos ayuda. ¿Por qué habría de hacerlo? Ella flota en su océano de conocimiento y no nos presta atención. Algún día cualquier contrariedad que tengas delante no será ni polvo de hueso, me dijo una vez mi abuelo. Nada tiene importancia en realidad. Eso lo sabe todo el mundo en algún momento. Pero luego se olvida.

Como nadie está contento con lo que tiene, seguro que a *Turritopsis nutricula* le gustaría poder morir. No digo que quiera hacerlo, solo que le gustaría tener la posibilidad. La eternidad también puede ser un castigo. *Turritopsis nutricula* tiene envidia de lo azaroso de nuestras vidas. Tiene envidia de que con un leve despiste, un mal frenazo, un coágulo en el vaso sanguíneo adecuado le pongamos fin a cualquier tribulación. Sospecho que ese es el motivo por el que no nos cuenta los arcanos del universo: no soporta que nos burlemos de ella muriendo cada día un poco. Ella lo sabe todo menos para qué sirve la muerte.

No somos más que un constante prodigio. Un traspié del azar. Una perpetua anormalidad que camina hacia su desaparición. Eso también lo sabe todo el mundo.

¿Para qué existe el tiempo? ¿Y el ser humano? ¿Por qué es tan perfecto si luego se muere? ¿Por qué nace? Si *Homo Sapiens* desapareciera la vida en la tierra florecería hasta extremos intolerables. Y sería muy hermoso. Pero nadie lo apreciaría. Ni *Turritopsis nutricula*.

Él teléfono sonó. Me di la vuelta y miré por la ventana. Los adolescentes que se besaban en la esquina ya no estaban allí. Me costó leer la pantalla del móvil. Las letras cabrioleaban. El teléfono suena distinto cuando te van a dar malas noticias. Es un hecho empírico.

Era mi madre. Sí, Nicolás, el abuelo ha muerto. En la cama. Dejó de respirar. Anoche. No sabemos. Muerte natural. Algo de los pulmones, tal vez. Fueron muchos años respirando allí abajo, en la mina. Ya sabes que en los últimos meses estaba delicado. Llevaba tiempo muy malito. Desde unos días después de año nuevo. No habíamos querido decirte nada por no preocuparte. Se le había ido un poco la cabeza, sabes. Hablaba solo. Decía cosas muy raras y recitaba poemas en alto. Movía mucho las manos. No sé. Una pena. Marcos ya no se acordará de él cuando vuelva. Tu padre está bien, sí. Ya sabes cómo es él para estas cosas. No, ahora no puede ponerse.

Mi abuelo nunca tuvo vacaciones. Marcos nunca encontraría su primer trabajo. Marcos se fue en la cama también. Quedó su vacío, sin volumen, como una muela extirpada. El abuelo dejó un trozo de carne roto. Imposible de arreglar. Qué lástima. Seguro que si pudiera transdiferenciarse no trabajaría tanto en su siguiente juventud.

Cogeré un vuelo en cuanto pueda, mamá. Te aviso cuando esté en el aeropuerto. Sí, no habrá problema. Esta tarde, creo. No, no hace falta, de verdad. Iré en un taxi. Es más cómodo para todos.

Nada más colgar me encontré con tu ausencia. No estabas. Tu ropa tampoco. Solo un leve perfume en la almohada que debe seguir allí. Estoy seguro. Mi orgullo fue a desaparecer en el lugar donde comenzó tu silencio. Hay tantas cosas escritas en los silencios. Te dejé un mensaje explicando lo que había ocurrido, ¿lo leíste? Espero que no.

No tenía ganas de volver a casa. Prefería quedarme tumbado en la cama. Miraba el techo de tu cuarto en Roma. Pensaba en mi abuelo. No tenía mucho sentido que saliera corriendo al aeropuerto si mi abuelo ya no estaba vivo. Busqué su número de teléfono en la agenda del móvil. Me resultada imposible creer que si le llamaba no contestaría. Pulsé la tecla verde. Su móvil estaba apagado. Solo entonces comprendí que mi abuelo había muerto para siempre. Las evidencias llegan de la manera más absurda.

Duele. Duele, sin más. El cuerpo siente dolor para avisarnos de que algo va mal. Un mecanismo de defensa efectivo: si te quemas te duele y apartas la mano. El dolor nos permite sobrevivir. Te advierte de un peligro o de algo que no es bueno repetir. Pero ahora ese dolor tan arbitrario no tenía ningún cometido. Se supone que las funciones inútiles, la fisiología sin propósito, se pierden en el proceso de evolución. O como mucho queda un remanente vestigial, como una cicatriz que nos recuerda una lección. Nada más. Pero ese dolor carecía de función. Quizá dentro de mil siglos los jóvenes de veinte años no sientan dolor cuando se muera su abuelo.

¿Por qué la gente se muere siempre en invierno? En enero, sobre todo, y en febrero también. Pensé que quizá mi abuelo estaba allí conmigo. Entonces, si el espíritu de mi abuelo estaba en Roma, buceando sobre tu buhardilla, qué necesidad tenía de volver a España para ver su cuerpo de cera. Maquillado y rígido. Su corazón en reposo. Su mirada vacía de invidente. Aquel trozo de carne y sangre estancada adherida a un esqueleto de calcio y fósforo ya no era mi abuelo. Un cadáver es una cosa extraña.

Me vino a la memoria la tarde en que le dije que me iba a estudiar a Cambridge. Jugamos una partida de ajedrez. No hablamos. Mi abuelo siempre hablaba muy poco. Frases cortas, sin florituras. Mensajes certeros y eficaces. Creo que hay muchas verdades que se van descubriendo con la edad y que sin embargo ya no quieres contar. Solo lo creo. Es la única explicación que encuentro a que cada vez seamos más sabios y hablemos menos. Mi abuelo sabía muchas verdades y muchas mentiras. De eso sí estoy seguro. Pero no se las contaba a nadie. Nos comunicábamos con la estrategia bélica de cada movimiento. Era un lenguaje que los dos entendíamos. Unas reglas justas sobre un tablero neutral. Alejados de la autoridad de una generación sobre la otra o del desprecio de la juventud por lo antiguo. Él agazapado, a la espera de mi seguro error. Yo montaraz, casi suicida. De vez en cuando levantaba los ojos del tablero y me sonreía. Ganó él. Como siempre.

Tras acorralar a mí rey me dio la mano y me dijo:

Me alegro de que te vayas a ver mundo, Nico, nunca seas de los que gastan más la lengua que la suela del zapato. Y colocó las fichas para jugar otra partida.

Once horas después estaba en un cuarto lleno de sillas de plástico. Sillas de color verde oliva. Austeras. Sillas que invitaban a no estar mucho rato sobre ellas. Sillas de tanatorio. Que pase el siguiente, parecían decir.

No entendía nada de lo que sucedía a mi alrededor. Estaba sitiado por familiares a los que no veía desde que murió un tío segundo. Ese al que siempre conocí con mascarilla y enfermo de leucemia. Muy pálido, con el pijama abierto, mal afeitado y sonriente. La gente se acercaba por turnos y me daba besos y palmadas en la espalda. Me llamaban «el americano» con el tono de alabanza que se emplea para la estatura de un niño de tres años. ¿Cuántos años tienes? Tres años. Vaya, qué hombretón eres ya. Me rehervían los líquidos del cuerpo. Míralo, «el americano». Bueno, vivo en Inglaterra, en realidad. ¿Cómo te tratan por allí esos americanos?

Yo me moría de ganas por burlarme de lo viejos y oxidados que estaban. De sus calvas moteadas. De sus sienes blancas. De la comisura de babas que se les formaba en sus labios resecos. De sus horarios de oficina, pétreos. De sus calendarios, inquebrantables. De sus barrigas fofas. De la inercia gris y marchita de sus apretones de manos. De su mal aliento y la comida que se les quedaba entre los dientes sin ninguna dignidad. De sus mujeres tristes y repintadas a brochazos. De sus maridos tristes y sumisos. Imbéciles. Cuántos sueños habrían amordazado con la excusa de la edad. Me daban asco. Aquella caterva de engreídos. Sentía una repugnancia casi física. Me preguntaban por mis estudios, se reían, no escuchaban y seguían su ronda. Sin dejarme tiempo a la revancha. Sin recordar por qué estaban allí.

Ya nos veremos en el próximo muerto, pensaba cerca de la arcada. Al fin y al cabo eso es lo que sois: conocidos de velatorio. Difuntos en la sala de espera.

La gente es idiota, Martín, dije mirando el ataúd de mi abuelo. Solo mi padre me escuchó y en lugar de recriminar mi falta de educación, sonrió por primera vez desde que había llegado.

Cambridge aún estaba demasiado cerca. Eso es el hogar. Lo que está cerca del pensamiento. Lo que uno ha elegido. Nada más. El resto son imposiciones absurdas. A esas horas Gennaro estaría en su habitación de hospital viendo una película del ciclo de Al Pacino que había comenzado a emitir la BBC. El sudafricano hablaría por teléfono. De vez en cuando gritaría un par de frases cortas o monosílabos guturales a su exmujer. Hacía veinte minutos que Pierre habría terminado de entrenar. Se ducharía, e iría a cenar con el resto del equipo de remo. Y Ella… Tú podías estar en cualquier lugar del mundo, viendo subir la marea.

En el tanatorio mis padres recibían condolencias. Mi padre se parecía a mi abuelo más que nunca. Era aterrador. Había tomado su relevo. Como yo tomaría alguna vez el suyo. Unas tarántulas invisibles habían escarbado telarañas alrededor de su mirada. Con aquellos ojos de animal acuático. Bentónico. Que no saben usar la luz. Esos ojos que tienen los besugos en el cubo de la basura de las pescaderías. Llevaba las gafas algo caídas sobre la nariz. El pelo alborotado de músico que no ha dormido en varios días. Hablaba bajito. Al oído. Con una mano en el hombro de cada interlocutor, les develaba un secreto a modo de herencia: a ti te ha dejado su piel de papel maché; a ti que te dijera que le enterrarán con los gemelos de oro que tantas veces le pediste; a ti una maldición y un desprecio; a ti todas las llamadas que no le respondiste; a ti te deja con tu soledad de náufrago; a ti pensó que no te merecías ni un reproche. Todo muy bajito, para no despertar a los muertos de las habitaciones de al lado.

Mi madre se refugiaba en el vicio de fumar. Fumaba y miraba el reloj.

Vinieron algunos de mis amigos. Al principio fue muy grata su presencia. Luego me sorprendió mucho la quietud de sus vidas. Desde Navidades les habían ocurrido muchas cosas. Pero no se daban cuenta de que eran las mismas de siempre.

No darse cuenta: ese era su pecado. El pecado que algún día los llevaría a dar palmadas a un joven familiar suyo en un velatorio y decir: así es la vida.

No darse cuenta de que el tiempo pasa. Vivir en la feliz ignorancia del que se alimenta de filosofía barata una vez al mes. La vida es… Los amigos son… El amor es lo único que puede… Esa metafísica que es como un antiácido, como una hamburguesa de comida rápida, que te sacia, pero que no alimenta, que te enferma pero te hace sentir bien durante un rato para luego dejarte con más hambre. Con mala conciencia. Y el tiempo sigue pasando. El tiempo es lo único que pasa.

Lo cierto es que nada importa, porque todo muere, como mi abuelo, o desaparece, como Marcos. No sé. O puede que todo importe demasiado, es decir, que todo es descomunal y complejísimo para abordarlo con una frase, con un libro, con una o con cien vidas.

Lo mejor es estar callado, como hacía mi abuelo.

El caso es que mis amigos hablaban. Todos hablaban. Un examen. Un viaje a la sierra. Planes para ir a visitarme. Una multa de tráfico, injusta, claro. Tres victorias, cuatro derrotas, dos empates. Quintos en la tabla. Anécdotas repetidas y exageradas. Chivu se había comprado un coche carísimo con el sueldo de cortar chóped. Otros dos habían dejado aparcados los estudios para trabajar en la construcción. Serán solo unos meses, decían creyéndose sus propias mentiras. Vivían muy rápido y nada cambiaba. Hablaban de gente que todos conocíamos y que de repente me pareció lejana e ignorante. Las conversaciones eran refritos de televisión. Conocía el final de todas las historias.

Cada vez que yo mencionaba lugares, nombres nuevos, imperios, calles, mis amigos me miraban como se mira un avión o una ecuación hecha de letras. Se hacía un silencio de unos segundos. Igual que si de repente recordaran que estábamos velando a un muerto. Y regresaban a sus miserables coloquios. A sus emboscadas. A frases que la risa no les dejaba terminar. Poco a poco veía a mis amigos más difusos. Perdían importancia. Yo solo quería irme a dormir a mi cuarto azul. Darme un paseo con mi pobre bici ferropénica. Mi abuelo se había muerto, y yo no entendía por qué había tenido que viajar tres mil kilómetros para poner una flor de plástico sobre el mármol de su tumba.

Cuando todos se marcharon mi madre se acercó. Me puso la mano en la mejilla. Qué suave era la ternura en la piel de mi madre. Sonrió. Muy triste. Sin enseñar los dientes. Su boca parecía dibujada por un niño. Le temblaban un poco los labios. Por un momento pensé que todo había vuelto a la normalidad. Me quedaré contigo si tú me lo pides, mamá, rumié. Si te olvidas de Marcos y me recuerdas. Si metes a Marcos bajo una losa de mármol junto al abuelo, me quedaré. Solo tienes que prometerme que todos volveréis a ser los mismos y ya no tendré ninguna razón para irme. Me puedo comprar aquí otra bicicleta. Me olvidaré de mi cuarto azul, de Gennaro y su pistola, de Pierre Spielmann, de H y su baile demencial. De Ella. A Ella la meteré bajo una losa de mármol también. La lloraré y todo pasará. El abuelo siempre decía que todo muere y desaparece. Igual que le ha pasado a él. Como Marcos. No sé. En realidad yo sé muy pocas cosas y cambio de opinión todos los días. Sí, todos los días opino distinto sobre lo que creí verdad el día anterior. Es horrible. Mamá, ¿no me oyes?

Agachó los ojos, vencidos por el peso de un recuerdo. Dio una calada. La brasa se encendió como el abdomen de una luciérnaga. Aplastó la colilla con la punta del zapato. Tienes comida en la nevera para un par de días, Nico. Tu padre y yo nos vamos mañana por la mañana después del entierro. En Lanzarote hay una familia que dice haber visto a un niño igual que Marcos acompañado de un señor con barba. La policía no da mucha credibilidad a la pista. No nos hacen caso. Ya no se qué pensar. Sigo sin entender cómo pudieron entrar en casa. Estaba todo cerrado con llave.

Al día siguiente, tras el entierro, mis padres y yo nos montamos en taxis distintos.

Mi casa estaba sorda como un espejo. El cuarto de Marcos ofrecía el vértigo que produce asomarse a un pozo de tiempo. Daba igual el mensaje que lanzaras. El eco lo ridiculizaba todo. El vacío de habitaciones ventiladas me recordó a los meses que vinieron tras la última desaparición de mi hermano. Todo estaba rodeado de puertas y paredes. En clausura. Todo menos la ventana de mi hermano. Siempre abierta, como para que viniera Peter Pan a devolvernos la traición de Marcos. A decirnos que finalmente había decidido crecer, como Wendy, como todos los niños. Pero yo no creo que Marcos vaya a volver así. Lo sé por la sencilla razón de que él es demasiado listo para no crecer si le dan la oportunidad.

Durante aquellos meses que se convirtieron en años, mi madre dejó su trabajo de maestra de inglés. Primero solicitó una baja, más adelante una excedencia. Luego ya no volvió más. Decía que todos los niños le recordaban a su hijo. Todos los niños del mundo le recordaban a Marcos. No podía soportarlo. Decía que entraba por las mañanas en clase y lo veía sentado en la última fila. Luego tenía que parar la clase y se ponía a llorar mirando por la ventana, para que los demás niños no la vieran. Se montaba un buen alboroto cuando la maestra se daba la vuelta. Voces, papeles sobrevolando las mesas, burlas, esas cosas. Poco a poco el jaleo se apagaba. Hasta que por fin quedaba ahogado en su propio rumor y solo subsistía el llanto de mi madre. Solo. Allí, de pie. En la ventana. Mi madre. Algunos niños lloraban también, de pena, supongo. Da mucha pena ver llorar a tu maestra cuando eres un niño. Al rato alguien salía al pasillo y avisaba a otro profesor, y este llamaba a mi padre, y mi padre dejaba todo lo que estuviera haciendo para irla a buscar. Así tres o cuatro veces. Después, como digo, ya no volvió más.

Desde entonces, llegaras a la hora que llegaras, mi madre siempre estaba en casa. Arreglada. A la manera en que se visten las madres para salir a pasear los domingos por la mañana. Esperaba un sonido. Una premonición. Por qué no vuelve. Pasaba largas horas en silencio. Parecía que escuchara una música de piano. La veo sentada en el sofá con un cigarrillo. Con la mirada fija en la pared o en la ventana. Ni siquiera se daba cuenta de que yo estaba allí, a su lado. Mirándola. Pero yo no podía salir al pasillo y pedir ayuda a otro profesor. Estábamos solos. Mi madre y yo. A veces el cigarrillo se consumía entero sin que ella se lo llevara a la boca. Luego encendía otro y repetía el proceso.

Mi padre comenzó a ausentarse. Volvía muy tarde. Descolorido. Amarillento. Parecía que hubiera pasado el día mimetizado en la tienda de un anticuario. Desayunaba solo. Un café y un trozo de pan calcinado. Mi padre, siempre tan meticuloso con su alimentación, ahora le daba igual comer cualquier cosa. O no comer. Y se iba a trabajar. Y después nadie sabe. Algunas noches, mientras esperaba en la cama su regreso, me lo imaginaba sentado sobre un taburete en un club de alterne, como en las películas americanas de detectives. O llorando a solas en pensiones baratas para que nadie lo molestara. Contaba su historia a mujeres que cobraban por escuchar. Tal vez había formado otra familia en la que los hijos pequeños no desaparecían y su nueva mujer recuperaba el habla, y su hijo mayor no era una sombra molesta. En otras ocasiones, lo imaginaba colaborando con la policía. Rastreaba redes de pederastas, de tráfico de órganos, de secuestradores de niños que te miraban mientras escribían poemas en su mente.

Cuando llegaba a casa, mi padre casi siempre estaba borracho.

En la sobremesa ya no se hablaba de mis exámenes. Nadie preguntaba a qué hora había llegado el sábado por la noche. Se acabaron las charlas de fútbol, las broncas por poner o quitar la mesa, o porque la música estaba demasiado alta. No hubo más películas con pipas de calabaza el domingo a mediodía. La vida en familia, en definitiva. Nadie se enfadaba por mis silencios o mis huidas a la habitación en cuanto terminaba de comer. El tiempo caía con estruendoso mutismo, como un tenedor sobre el plato vacío.

¿A Cambridge? ¿Cómo te puedes ir a Cambridge a estudiar? ¿Y si vuelve Marcos? Es mejor que te quedes aquí. Tienes que esperar con nosotros. Nada puede continuar si Marcos no está. Bueno, no dijeron eso, pero es lo que yo entendí. En realidad dijeron bien poco.

Así pasé los dos días que vinieron tras el entierro de mi abuelo. Rechazaba llamadas. Repetía lecciones aprendidas con la cadencia de una canción o de una lista de ríos memorizada en la escuela. Esas retahílas de nombres que se quedan en la cabeza sin motivo ni utilidad. Perseguía por la casa momentos cotidianos que antes carecían de importancia. Una fiesta de cumpleaños con besuqueos, monerías y patatas fritas. Mi primera bicicleta, roja y con ruedines, que una tarde se desintegró bajando por una cantera abandonada. Aquel juego de hipopótamos locos que tragaban canicas. Las guerras de bolas de nieve dejando zarpazos sobre el capó de los coches. Aquel día mamá se resbaló en el hielo. Mi padre al intentar levantarla se escurrió y cayó sobre ella. Se reían mucho. Muy cerca el uno del otro. Se reían fuerte, desencajados. Empezaron a besarse, allí, tirados sobre la nieve. Los vecinos los miraban desde sus ventanas arropados con un batín y una infusión caliente. No sé qué pensarían. Cogí a Marcos de la mano y nos fuimos a hacer un muñeco de nieve a otro sitio.

La mesa del salón estaba llena de recortes de noticias sobre médiums, abducciones, niños perdidos, secuestradores, redes organizadas, detenciones. Cogí todas aquellas revistas y alegatos sobrenaturales y les prendí fuego en la pila de la cocina.

En mi habitación encontré un paquete sin abrir con una nota que ponía: *para mi nieto Nicolás*. Era el tablero de ajedrez de mi abuelo. Pensé en colocar las piezas y jugar una última partida. Tenía la muda esperanza de que se movieran solas.

Intenté llorar. Sin éxito. Había tan poca realidad en aquello que no podía sentirme lo triste que me hubiera gustado. Me daba miedo salir de casa por si todo seguía igual. Por si descubría que me había ido con la esperanza de que todo cambiara y al cruzar la puerta de la calle averiguaba que solo yo había cambiado. Me senté a oscuras en un rincón de la casa. Oculté la identidad de mi teléfono y llamé. No quería hablar. Tan solo escuchar tu voz. A la manera de un acosador, de un depredador sexual. Una voz grabada me informó que tu número de teléfono ya no existía.

Nada encontrarás más triste que la victoria. Eso lo descubre cualquiera a poco que se dedique un poco a pensarlo. La victoria te pone frente al espejo de las certezas y te vacía. No hay nada más allá.

Ganar es en cierta manera morir un poco.

La derrota, el fracaso sin escapatorias, deja a menudo una lección, un dolor que en todo caso será pasajero. Después del descalabro vuelve la locura. La exaltación más primitiva. Ese algo por el que mantenerse en pie y vivir. No sé decirte exactamente lo que es. Una búsqueda de nuevos caminos, tal vez. O la terca necesidad de existir, de hacer de ti alguien superior. En cualquier caso, lo mejor de la derrota llega con la ilusión por volver a empezar. Eso es impagable. Extraordinario.

Una victoria no regala nada. Solo deja tras de sí un sedimento de confirmaciones. Eso es: ganar es tener razón. Y no puedo pensar en nada más triste que tener razón.

Te pondré un ejemplo.

Recordarás que siempre te ha gustado que hablara de cine y de mitos muertos. Creo que era el único momento en que de verdad me prestabas atención. Has visto *Carros de Fuego*, te pregunté una vez en el Jardín de Luxemburgo mientras observabas a los niños jugar con barquitos de madera en el estanque. Recuerdo el poso de melancolía que me dejó la carrera de cien metros de Harold Abrahams. Cuatro años de frustraciones y esfuerzo para llegar a los Juegos Olímpicos de París de 1924. Ganó la medalla de oro. Poco después en los vestuarios guardó su medalla en la maleta de madera. Salió sin hacer caso a sus compañeros que trataban de animarlo y se fue a emborrachar y a llorar. Dejadlo, dice un camarada que bebe champán alegremente —había sido plata en los cuatrocientos metros vallas—, no veis que está abatido. Pero si ha ganado, responde otro compañero que también había sido derrotado en su especialidad. Exactamente, uno de estos días tú también ganarás, le responde el primero, y entenderás que es difícil acostumbrarse.

Londres. Primavera del año 2003. Fue la mejor regata Oxford-Cambridge de la historia. Así se pudo escuchar por todas las radios y cadenas de televisión. Nadie había visto algo parecido. Un cuarto de millón de personas a orillas del Támesis. Los puentes y ambos márgenes del río abarrotados de personas. Desde el embarcadero de Putley hasta Mortlake, justo antes de penetrar en los ojos del puente de Chiswick, junto a un pequeño monolito que define la meta en la orilla sur. Hasta allí hay que llegar remando. 4 millas y 374 yardas. Ocho remeros y un capitán. La diferencia entre embarcaciones fue de un pie, unos treinta centímetros. Nada. Demasiado. La distancia más corta en 149 ediciones de la *Boat-Race*. Hasta los historiadores con hábitos de elefante tuvieron que desempolvar anécdotas. La carrera de 1877, claro, cómo no, aquella carrera del 1877. Todavía se discute sobre ella en tabernas de toda la Commonwealth. Hasta llegar a las puños. Puro divertimento británico. Todo para tener una excusa por la que perdonar y pedir otra ronda. En 1877 todo quedó en un empate, eso es imposible, el empate no existe, en nada, siempre hay uno que pierde y otro que gana, lo queramos reconocer o no, fue un empate, te repito, y yo te repito que de eso nada, todos sabemos que la victoria fue del equipo de Oxford, los *dark blue*, lo dirás tú qué estabas allí, mi bisabuelo estaba, tonterías, lo dijo la prensa y el juez, pero luego se retractó, eso no fue así, lo único que importa es lo que diga la historia, la historia que te cuentan es la de los soberbios, la otra, la de verdad, se olvida.

La emoción del final de esa carrera de 2003 fue la justificación perfecta para resucitar al juez John Phelps, conocido como el Honesto, quien aquella mañana de 1877, según cuentan las efemérides, se quedó dormido a la deriva en su pequeño esquife. El resultado que decretó entre protestas y algaradas de ambas aficiones: empate para Oxford por cinco pies. Una joya literaria.

La regata Oxford-Cambridge es la competición deportiva más antigua del mundo, me había dicho Pierre mil veces, como si a fuerza de repetirlo le sacara lustre a sus remos. Lo que no es antiguo en Inglaterra no existe. Y lo antiguo allí se lleva puesto con el orgullo que los tontos llevan lo nuevo. Vaya eso por delante. La carrera se ha celebrado en el Támesis desde 1829 exceptuando los años que duraron las dos Grandes Guerras. Aunque también se corrieron regatas extraoficiales entonces, entre el 40 y el 45. Y aquella carrera de 2003 fue la mejor de los tres siglos.

La última vez que vi a Pierre antes de la regata ya no era él. Lo normal es que uno no pueda separarse de sí mismo, pero hay gente así, con la capacidad de dejar de serlo. Fue mientras posaba para la fotografía oficial del equipo, unos días antes de remar. No lo dijo, pero era imposible no ver lo que sucedía. Le faltaba aquella mirada tan predispuesta a revestir sus palabras de razón. Parecía recién salido de una tormenta. Con gabardina y manos arrugadas. Cualquiera que lo conociera como yo lo conocía podría contagiarse de su extenuación. La forma en que reconcilió la armonía de sus puños almidonados. La mendicidad de ajustarse los gemelos, la pajarita, el pañuelo del bolsillo. Aquella tristeza tan honda con que deslizaba la palma de la mano por su cabellera apretada a base de colonia. Había algo en esa carrera que iba más allá del mero reto para él. Su intuitiva agudeza se volvía lánguida y despaciosa cuando hablaba de la importancia que tenía formar parte del primer equipo. Nunca supe por qué. Bueno, en realidad sí lo sabía, pero me costaba entenderlo. Mi labor consistía en respeto y apoyo. Así he entendido yo la amistad, otro modo no hay. Su padre había sido un gran remero, es cierto, historia viva de la universidad de Cambridge. Mala herencia. Las herencias siempre son injustas.

Mi amigo se había impuesto la tarea de repetir sus hazañas. No remaba contra Oxford, remaba para demostrar a su padre que tenía razón. Y Pierre, aunque era el más cabal de todos los hombres que he conocido, aún ignoraba el lastre que esto acarrea: tener razón.

Pierre solo quería decirle a su padre que no lo necesitaba. Que había tomado una decisión sobre su futuro. A su manera. ¿Cuándo y cómo se le dice a un padre eso? Ya no te necesito. Ya no necesito que veles por mí, lo único que puedes hacer es aceptarme. ¿Cuándo y cómo hacérselo ver? Eso no lo sabe nadie.

Pierre Spielmann iba a competir. Iba a ser un *light blue*. Sí. Pero no en el gran evento. Saldría antes en la embarcación *Goldie*, los remeros reservas, que competían contra *Isis*, los reservas de Oxford, y cuya carrera hacía de teloneros para la mítica lucha entre las universidades más antiguas del país. Bien sabes que jugar en segunda división no era para Pierre Spielmann. Fue un golpe muy duro para nuestro amigo justo cuando había recuperado la confianza del entrenador. Correr con los reservas no le serviría a sus propósitos.

Tengo que demostrarle que tomando mis propias decisiones también sé ganar, me dijo una noche al borde de las lágrimas cuando se enteró de que no remaría en el primer equipo. Necesito un argumento, Nico, una razón para irme de cooperante a África y mandar a la mierda el futuro que mi padre ha construido para mí. Habíamos bebido demasiado y Pierre quizá pensaba que yo no me acordaba de todo lo que me contó. Pero yo no podía olvidarme. Así que Pierre actuaba como si nadie conociera su secreto. Y yo debía de actuar como si así fuera.

No se quejó. Desde que conoció que era relegado al segundo equipo mantuvo la dignidad. Nadie diría que algo se le había roto en el orgullo. El orgullo, qué ente tan gelatinoso. Siguió entrenando. No podemos olvidar que hablamos de Pierre Spielmann. Ni siquiera bajó los brazos cuando Claire llamó para decirle que no vendría y que lo mejor sería terminar la relación. ¿Lo mejor para quién, Nico? No sé, Pierre, eso tampoco lo sabe nadie.

Entrenó si cabe con más pujanza durante las semanas previas

a la carrera. Con la fuerza desmedida que solo da el fracaso. El giro lunar que traen los traspiés inconcebibles. Espoleado por esa tontería que nos hace creer que si nos esforzamos justo después de haber perdido, el destino se apiadará de nosotros. Nunca funciona, por supuesto. A la gente le cuesta verlo, pero en realidad las reglas del éxito son demasiado evidentes y demasiado estáticas.

Pero ese día funcionó.

Nico, coge el tren a Londres, el sábado remo para Cambridge en la gran carrera. Y así fue. Pierre no mentía. Mi amigo Pierre Spielmann iba a remar con el primer equipo.

Dos días antes de la carrera, la embarcación de Cambridge había sufrido un golpe entrenando en el Támesis. Wayne Pommen, un canadiense duro y con una determinación inquebrantable del que se decía que jamás había perdido una carrera, se rompió la muñeca al chocar su remo contra otro barco. Pierre Spielmann, en su condición de remero técnico, fue el elegido para ocupar su asiento en el puesto 2 de la embarcación *light blue* con la misión de dar estabilidad al *outrigger*.

El equipo de Cambridge era más pesado. Era el favorito. O al menos eso decía la prensa especializada. Venían con ganas de revancha después de la dolorosa derrota de la primavera pasada. Pero la baja de Wayne Pommen dejaba todo en el aire.

Llamar a tu casa de Roma era la única forma que tenía de contactar contigo. Hablarte del logro de Pierre era la excusa perfecta para escuchar tu voz de nuevo. No contestó nadie. Lo intenté varias veces. Me hubiera gustado tanto que hubieras visto la carrera conmigo.

A duras penas logré situarme a escasos metros del puente de Chiswick. Eso me daba una visión magnífica desde la última curva del recorrido hasta la meta. Aproximadamente quinientos metros.

La gente llevaba sudaderas, paraguas, gafas divertidas, banderines y gorras de ambas universidades. Era un día de fiesta. El cielo amenazaba lluvia, pero a nadie le importaba. Llegaba la primavera, o al menos la superstición decía que la carrera abría las puertas al buen tiempo. Aunque eso nadie que haya vivido el tiempo suficiente en

Londres puede creérselo. Luego ya sí, luego llega una primavera hermosa, de días largos y parques verdes llenos de gente, pero esa es otra historia.

Las terrazas estaban llenas. Los puestos de comida rápida y refrescos se sucedían a lo largo de las plazas y calles peatonales. Había música por todas partes y se bebía cerveza en grandes vasos de plástico.

Desde la salida Oxford tomó la delantera. Eso era lo que se escuchaba a mi alrededor. Apenas podía ver lo que sucedía. Una vez empezada la carrera, cientos de miles de personas se agolpaban sobre los puentes y junto a los márgenes del Támesis para tener la mejor visión de los remeros. Todo apuntaba a que sería un trabajo fácil para el equipo azul marino. La ventaja de Oxford en The Crabtree se decía que era de medio bote. En el puente de Hammersmith, cerca de la mitad del recorrido, parecía haber aumentado aún más. A mi lado un tipo sonrosado que llevaba un vaso de pinta colgado del cuello y un sombrero de algodón con una fotografía estampada de la reina de Inglaterra dijo que quien llegaba primero a ese punto del río rara vez se veía superado. Así es, el agua que desalojan los que van delante te golpea en la nuca, no eres más que una barcaza de madera luchando contra una tempestad, añadió otro tipo toscamente vestido de época victoriana. Les sonreí a ambos.

Poco después llegaron al puente Barnes y ya no hizo falta que siguiera la carrera por las pantallas. La realidad me impresionó. El tipo sonrosado certificó que la carrera podía darse por terminada: nadie había sido capaz de remontar desde ese punto. El otro le dio la razón y brindaron. Habían apostado fuerte por Oxford. La distancia era ya de más de medio *outrigger*. Ganarían un buen dinero.

Apenas podía escuchar al locutor entre tanta algarabía. La gente apuraba sus cervezas y gritaban sin saber muy bien a quién. Ya se celebraba la victoria de Oxford. Los aficionados de Cambridge comentaban decepcionados las consecuencias de la mala salida de su equipo. Ni siquiera miraban a los remeros.

De repente un grito. Algo estaba pasando. Todos volvimos los ojos a la carrera. Un pelotón de soñadores se apiñó aun más cerca del borde del Támesis. La multitud me llevaba de un sitio a otro.

Las paladas de Cambridge comenzaron a ser más profundas. Movían más agua. Dejaban la estela de un barco vikingo. Oxford avanzaba, pero cada vez que Cambridge empujaba con sus ocho remos parecía que doblaba la velocidad. Metían a Oxford en su remolino de agua. Van a cogerlos, dijo un anciano con la tranquilidad de esos granjeros que huelen el aire y vaticinan tormenta. Van a cogerlos. En la radio el locutor se había quedado afónico. El mejor final de todos los tiempos. Era lo único que se le podía entender. El mejor de los finales jamás vistos. Remontada imposible, añadía, gritando ya sus roncos susurros. Si Cambridge gana esta carrera, Oxford jamás podrá olvidarlo.

Cruzaron la línea de meta.

Bajo mi perspectiva Cambridge había ganado. Volví a llamar a tu casa sin pensarlo. Esta vez cogió el teléfono H. No me importó. Solo quería hablar contigo y contarte la hazaña de Pierre.

Miles de personas contuvieron la respiración y al momento ambas hinchadas gritaron como vencedoras. Londres se había vuelto loco. Todos locos. Todos menos los remeros. Ellos estaban atónitos. Sin animarse a celebrar una posible derrota. Buscaban resuello. Se miraban en busca de respuestas, esperando un gesto en el equipo rival que desvelara el destino de un año de sacrificios y sueños.

Había ganado Cambridge. Yo había visto cómo había ganado Cambridge.

No, no está, quién eres. Soy Nico, quería decirle que Pierre remó con los *light blue* en la gran carrera. Acaba de terminar. Silencio. Mira… Nico… Ella… Espera, no te oigo bien.

Ninguno de los dieciséis remeros quería levantar los brazos. Los timoneles se encogían de hombros. Semejaban efigies de popa. Pasada ya la línea de meta y con el último impulso la embarcación de Cambridge había quedado por delante de la de Oxford. Las proas de los dos *outrigger* se buscaban. A la deriva. Parecía que quisieran felicitarse por el gran espectáculo ofrecido.

Alguien habló por megafonía. No pude entender nada.

Nico, ¿estás ahí? Sí, un segundo, creo que van a dar el ganador.

Una palabra: Oxford. Y ahora sí levantaron los brazos. Busqué a Pierre en su asiento. Estuvo mucho rato con la cabeza escondida entre las rodillas. Buscaba llenar unos pulmones que ya nunca volverían a encontrar consuelo. La oportunidad había pasado. La universidad de Cambridge caía derrotada de la forma más cruel por segundo año consecutivo. La heroica remontada carecía de valor. A Pierre solo le importaba una promesa que nunca podría entregar. Entregar una promesa, así es como se dice en inglés. Como si fueras un cartero que lleva un paquete a casa. Qué hermoso. Aquí tiene: su promesa.

Pierre Spielmann jamás volvió a coger un remo para competir. Al año siguiente, como manda el ritual, Cambridge, en su condición de perdedor de la pasada edición, retó a Oxford. Wayne Pommen regresó al equipo, como capitán y con la muñeca en perfecta forma después de seis meses de dura rehabilitación. Cambridge ganó a Oxford por seis cuerpos. Una verdadera paliza. Pierre se enteraría del resultado en África.

Su padre estuvo dos años sin hablarle.

Nico, ¿estás ahí? Sí, te escucho. Mira, no sé cómo decirte esto. Ella, ¿me oyes? Se ha ido de Roma, hace una semana. No, no sé adónde.

Ámsterdam

Cuando horas después, ya tumbado en la cama, pensé en ello, caí en la cuenta de que no lo hubiese reconocido tan pronto de no ser por aquel olor a alcohol mentolado que siempre quedaba suspendido en el baño cuando se afeitaba. Una fragancia táctil. Infantil. Que envolvía igual que una manta. Ahora sus barbas de profeta, desordenadas como un nido de ave zancuda, solo acentuaban la impresión de vagabundo que pasa las tardes de invierno dormido en cines de sesión continua.

Era mi padre.

Me sorprendió que llevara el pelo cortado al ras. Se le marcaban las sienes y los accidentes del cráneo. Montañas, ríos de sangre verde y valles. Eso le daba un aspecto entre envenenado y ligeramente peligroso. Más viejo, también. Él, que siempre había mimado hasta el último detalle de su rostro. Él, al que parecía solo importarle lo que se muestra por encima del cuello de la camisa. Por sus desarreglos en la coronilla y la nuca deduje que se pasaba la máquina de rasurar él mismo, sin espejo, para evitar la alegre tarea de peinarse cada mañana. Cuando se está triste uno no quiere entregarse a tareas alegres, eso lo sabe cualquiera.

Mis preguntas estaban llenas de perplejidades. De incómodas sorpresas para las que él no venía preparado a pesar de conocer su carácter inevitable. Solo respondía que un padre necesita ver de vez en cuando a su hijo, comprobar que es feliz y esos lastres emocionales que lleva implícita la paternidad distante. No lo puse en duda. Por algún motivo siempre creemos a nuestros padres aunque se advierta de lejos la traición. Es algo que se medita poco, pero es cierto. Cuesta mucho convencerse de que un padre o una madre te mienten. Y sin embargo nadie miente tanto como los padres, eso también lo sabe cualquiera.

Su palidez, aquel color de queso en la piel, constituía un signo de repentina debilidad. Mi abuelo me dijo un día que una de las grandes diferencias entre los hombres y las mujeres es que los primeros un día se levantan y de golpe se hacen viejos. Así, sin más. Las mujeres tienen más dignidad para sobrellevar el camino de los años, menguan entre lentas caladas de humo. Pero mi padre aún era demasiado joven para una derrota tan fulminante. Y yo era demasiado niño para ver a mi padre arrastrarse como un anciano. Para verlo pidiéndome consejo. Eso sí que no.

¿Cuántos años tienes, papá? ¿46? ¿47? Si has vivido más del doble que yo.

Tenía en la cara el sudor aceitoso y azucarado que dejan las esperas en taxis y en aeropuertos. Ni siquiera se quitó la gabardina que parecía estar húmeda a pesar del día claro y lleno de luz que había amanecido en Ámsterdam. Con la excusa de preparar un café me encerré en la cocina unos minutos para buscar explicaciones a su inesperada visita. Cuando salí con la bandeja mi padre estaba de pie. Observaba la calle. Su silueta gris y marrón absorbía la fosforescencia que entraba por los grandes ventanales que daban a un pequeño canal escasamente transitado donde los vagabundos se tienden a beber y a fumar marihuana. Es curioso el modo en que cada país moldea a sus mendigos. En Ámsterdam hasta los más holgazanes discuten sobre novelas descatalogadas y formas de vida. Siempre hay alternativas.

Estuvimos mucho rato en silencio. Contemplábamos el peregrinar de las bicicletas. Circulaban sin prisa. Livianamente sonámbulas. Yo no sabía qué decir y él no quería decir nada.

Aunque solo había un reloj en la habitación, sus agujas sonaban con más fuerza que las decenas de relojes que una vez habitaron el salón de Gennaro en Cambridge. La casa de Ámsterdam estaba recién restaurada, pero mi padre miraba las paredes y el techo como si se le fueran a caer encima de un momento a otro. Se sirvió tres cucharadas de azúcar y no probó el café. De vez en cuando preguntaba algo sin interés, como el precio que pagaba en renta, los metros cuadrados del dormitorio o dónde estaba situado el calentador de agua. Si pasaba frío o si mis compañeros de piso eran ordenados. Una vez tuve un compañero de piso que nunca iba al baño, te he hablado de él, verdad, Nicolás. Sí, papá, creo que sí, era griego. ¿Y de los dos finlandeses con los que compartí piso un año y nunca llegué a ver? Ajá. Y vuelta a remover el café en silencio. Con estos techos tan altos seguro que se escapa el calor, repitió varias veces. Buscaba desperfectos en mi vida que él pudiera arreglar para volver a ser padre. Después se reía sin motivo, de una broma pretérita. De una evocación a la que se le quitan las telarañas. Asaltado por la melancolía del catedrático sin lección. Fue esa risa la que me sacó de la vacuidad. Era una carcajada interior, de claustro. No la explosión demoníaca y divertida que hacía girar la cabeza de los comensales de un restaurante en busca del origen del seísmo. O cuando mi hermano y yo luchábamos en la playa a muerte contra él. Esa risa que tienen los reyes en sus castillos de piedra. Bueno, seguro que me entiendes. Ahora sonaba algo más bien nasal, recordando a un constipado de perro.

Miró la taza de café. El platillo parecía un poco inclinado. Está coja, dijo, cómo podéis tener así la mesa, deberías llamar al casero, bueno, si me dices dónde están las herramientas te la arreglo. Suspiré aliviado. Si no fuera por ese gesto habría echado a patadas a aquel hombre que decía ser mi padre por impostor.

Mientras calzaba la pata de la mesa, le pregunté por mamá. Aquello desembocó en una confesión después de unas cuantas evasivas. No muchas. Él quería hablar, pero no sin una velada resistencia. Desde hacía varias semanas no vivían juntos. Más de dos meses, deduje por sus barbas como quien lee los años y las enfermedades en los anillos de un tocón. Los primeros días mi padre no se lo dijo a nadie. Se mudó a un hotel cerca de casa a la espera de que mi madre recapacitara. Pero mi madre nadaba entre apagones y la fragilidad de los ayunos encadenados. La pena juega con el tiempo de un modo casi astrológico, como esas estrellas de las que todavía recibimos luz muchos años después de que se hayan consumido. Precisamente eso es la pena: sufrir por algo que ya no existe.

Es fascinante. El espacio tiempo, y el dolor humano. Estarás de acuerdo conmigo.

El tiempo pasó y la factura del hotel se hizo insostenible. Mi padre se mudó entonces a un pequeño apartamento. Ya sabes, en invierno puedes vivir en un palacio junto al mar por dos perras gordas, el verano ya es otro cantar, te gustará, Nicolás, seguro, está en primera línea de playa. Desayuno todos los días en la terraza, dijo como si yo fuera el padre que tiene que aprobar las decisiones atolondradas de su hijo adolescente. Siempre quise vivir cerca del mar, pero tu madre decía que quedaba muy lejos del trabajo, pásame ese destornillador anda, ya sabes esa manía suya de no perder ni un minuto, no da tiempo a disfrutar de la playa en días laborables, cariño, podemos ir todos los fines de semana a pasear por la arena. Pero nunca íbamos. En invierno a tu madre no le gustaba comer en restaurantes vacíos, se creía que molestaba a los camareros, y en verano había demasiada gente, ya ves. No queda otra que engañarse para elegir un camino u otro, continuó. Hemos vivido de espaldas al mar. Y mira que tu madre se empeñó en irse allí. Decía que estaba cansada de esos inviernos tan largos del interior, que se comen media primavera y medio otoño. Ahora lo niega, como me niega a mí. Pero fíjate, hoy en día vivo allí, decía mi padre señalando a la ventana de un modo instintivo, como si al final de su dedo colgara su triunfo.

Luego se encerraba en un recuerdo, en un tiempo en el que yo ni siquiera existía todavía. Su actitud era indecente.

¿Qué espera allí sentada? El tiempo de esperar ya terminó, Nicolás. Tu madre pierde todos los minutos del día en invocar a tu hermano con su silencio, no lo entiendo, es igual que tener a una desconocida dentro de tu casa. Mi padre enmudeció entonces, con dos clavos en la boca, sentado en la postura de los indios. Doy de comer a las gaviotas, dijo alisándose unos cabellos que no tenía, y camino horas y horas. Hasta el puerto y vuelta. Luego leo el periódico en un banco. Bien, esto ya está, como nueva.

No era la primera vez que mis padres se habían planteado el divorcio. Ellos creen que no lo sé. Creen que los niños olvidamos esas medias verdades, esa austeridad de caricias. Nada de eso. Se creen que nos olvidamos de todo porque cuando nos preguntan nunca recordamos las cosas alegres de la primera infancia. Ya sabes, esos regalos que los padres se hacen a sí mismos, como el primer día que te llevan al zoológico, o cuando te ven montado en el triciclo. Pero, aquella tarde, la recuerdo muy bien.

Unos años antes de que naciera Marcos, hubo una discusión muy fuerte en mi casa. Creo que era sábado o domingo porque sucedió después de comer y yo no tenía escuela. Durante la comida nadie habló. Un silencio críptico. Yo intuía que aquello no era un juego de resistencia, ni una apuesta en la que el primero en hablar tuviera que fregar los platos. Nunca he entendido cómo, pero desde niño se nace con una especie de mecanismo en la cabeza para interpretar silencios. Después, cuando se recogió la mesa y se guardó el mantel, llegaron los conjuros y las maldiciones susurradas. Los portazos de armario en habitaciones distantes. A mí me mandaron a jugar a la calle. Nunca me dejaban bajar solo, pero ese día mi madre me dio el balón y me sacó de allí con un beso. Le temblaban los labios y me miró de un modo que parecía que no fuera a verme nunca más. Yo no tenía ganas de jugar: si tu madre está triste lo último que quiere hacer un niño es bajar a jugar a la calle. Hay poco más que decir.

Me quedé sentado en las escaleras del portal sobre la pelota. Media hora después entró mi abuelo materno. Se llamaba Julián, y siempre me dio mucho miedo. Era un hombre serio, aunque cuando se reía su voz lo ahogaba todo, igual que un aullido en la noche de un bosque. Hablaba muy poco y cuando lo hacía sus frases siempre sonaban a órdenes. Parecía que tuviera un uniforme puesto bajo la piel. Recuerdo pocas cosas de él aparte del trueno de su voz. Simplezas. Llevaba un bigote en herradura. Igual que un pistolero cabreado. Tenía las puntas de los dedos torcidas, así, formando un abanico de letras ele o de llaves Allen, y las manos duras como la arcilla seca. Murió semanas después. De un ataque al corazón. Mientras cortaba la rama de un árbol. Tan solo sé que era un hombre de pueblo y que fumaba unos puros interminables cuyo olor le precedía y se te quedaba metido en la nariz mucho tiempo después de irse. Todo te sabía a puro durante horas. Poco más. En mi casa nunca se habló de los muertos. Por eso no me gustó que se dejara de hablar de Marcos cuando desapareció. Igual que si que no fuera a volver. Como el abuelo.

El abuelo Julián estuvo en casa unos minutos. Después volvió a salir a la calle, muy rojo. Con los puños cerrados dentro de las bocamangas. Ni siquiera me saludó cuando fui a darle un beso. Los demás niños se rieron de mí. Más tarde regresó con un sobre muy grande y una maleta. Pero para entonces mi padre ya se había metido en el coche con su mochila de campista y una percha con varias camisas. Me dijo que tenía que irse unos días por trabajo. Se fue sin mirarme a los ojos. Los niños entonces dejaron de reírse. Al poco me invitaron a jugar con ellos. Muy tristes todos. Como el día que un coche atropelló al perro de mi amigo Luis y ya no se levantó. Entonces Luis estuvo toda la tarde sorbiéndose los mocos. Después cogió el balón con las manos y de una patada lo lanzó a un patio antes de irse a casa.

Esa tarde en que mi padre se marchó a dormir fuera por primera vez, estuvimos horas golpeando la pelota contra la chapa de una cochera. Canasta. Mi amigo Luis dijo al cabo de un rato que mis padres se iban a divorciar. Así, como quien da la hora. Tus padres se van a divorciar. Los demás se apartaron de él lo mismo que si estuviera enfermo o hubiera dicho una palabrota muy fea. Los padres de Luis se habían divorciado el verano pasado, poco después de que atropellaran a su perro, porque su madre se había arrejuntado con otro hombre. Aunque hubo otros que decían que su padre era un bruto, que ni siquiera era su padre de verdad y que se le iba la mano. Así que todos le creímos: Luis era el experto de algo que daba demasiado miedo para atreverse a discutir.

Lo peor fue que todos guardaron silencio. Parecía que se hubieran confabulado en un misterio que nadie quería desvelarme. Llegué a creer que mi madre se había arrejuntado con otro hombre y que a mi padre también se le iba la mano. No había más opciones. Aunque por aquel entonces no sabía lo que significaban ninguna de las dos cosas y me daba más vergüenza que miedo preguntarlo. Un chico mayor que había repetido tres cursos y se pasaba el día interpretando el vocabulario de los adultos me explicó muy serio lo que significa arrejuntarse e irse la mano porque a su padre también le pasó una vez. Habló de ello con la tranquilidad de quien sufre una aparición mariana. Mi madre se rompió la nariz al caer y todo, eso dijo. Vaya hostia se dio, y se descojonó de la risa el tío. Ahora mi padre no puede venir a vernos más, concluyó casi esperando una ovación de asombro. Lo ha dicho un juez. Halaaa, un juez. Entonces respiré aliviado: mis padres no iban a divorciarse. Mis padres no hacían esas cosas.

Nadie conocía a mis padres mejor que yo. Ni ellos mismos.

No tuve tiempo de serenarme. De repente el chico mayor dijo algo que se me quedó grabado en las pesadillas hasta bien pasado el instituto. Igual te llevan a un hospicio, Nico, dijo con su asquerosa boca de roedor, todavía eres muy pequeño, cuántos años tienes, siete, ocho, ya verás ya. Y se marchó a casa con sus andares de gordo crónico.

A ese chico mayor, desocupado de entrañas y vuelto a rellenar de desasosiegos febriles, se lo llevó del barrio su madre a las pocas semanas. Yo me alegré mucho. Como si con él se fueran todas las amenazas del mundo a vivir a otro lado. Después pasó a un centro de jóvenes con capacidades especiales donde le enseñaron a cortar tablones de madera muy rectos. Le perdí la pista varios años. Ahora vende churros en un camión y un señor más gordo todavía le da capones cuando se equivoca con las cuentas. No creo que me recuerde, pero yo a él sí.

Siempre se me ha tenido por un chico callado. No es que yo me lo considere, callado, digo, es que me lo han dicho demasiadas veces como para negarlo. Tú también. No estoy seguro, pero si hubiera que buscar un origen a esta condición taciturna yo creo que estaría en ese día en que aprendí el daño que pueden hacer las palabras. Desde entonces sé que son un artefacto mortífero. Y me da miedo usarlas sin pensar. Detonarlas. Por eso hablo poco, supongo. Una vez fuera de la boca ni a base de perdones se deshacen. Se quedan ahí plantadas entre las personas, como si fueran monolitos prehistóricos. Las palabras. No hay quien las mueva. Las palabras dan mucho miedo. Tanto como algunos silencios. Eso es muy cierto. Así que hay veces que uno no sabe qué hacer. Si lo menciono es porque uno de esos silencios fue el que quedó en mi casa durante el tiempo que mi padre estuvo ausente.

Los padres creen que es imposible. Pero tú sabes que no es tan difícil acordarse de todo esto cuando se tienen siete años. Tú, que tenías tan buena memoria y hablabas tanto de cuando eras niña y tus padres aún estaban juntos y tu hermano todavía no era especial. Así que supongo que puedes entenderme. Estoy seguro que en tu casa también quedó un silencio parecido. Un silencio de los que no te deja dormir por las noches porque tienes la presión de una cafetera sin válvula metida dentro del pecho.

Mi padre regresó a la semana. En casa seguimos hablando muy bajito durante más de dos días. Al menos ahora no había puertas de por medio entre mis padres y yo. Mi madre lloraba sin hacer ruido, igual que los caimanes, aguantando las lágrimas en el precipicio de un párpado. Así lloran todas las mujeres cuando se hacen madres. Sin emitir más que un leve resuello. Mi padre miraba mucho por la ventana. A los pocos días se fueron de viaje. Los dos solos. Mi abuelo Martín vino a casa a cuidarme. Fue entonces cuando me enseñó a jugar al ajedrez. Pensé que él iba a explicarme lo que estaba ocurriendo. En lugar de eso, apareció con un tablero muy viejo. Me dijo siéntate, tú jugarás con las blancas y estate atento porque no voy a repetirte las reglas más que una vez. En realidad me las explicó más de cien. Pero de mis padres ni una palabra. Bueno, sí, me dijo que se habían ido a por un hermano, pero yo no lo entendí. Era todavía un niño, claro, pero hasta los niños saben que los hermanos no se compran en un supermercado.

¿Por qué no me lo habíais dicho antes? Siempre soy el último en enterarme de todo. Mi padre me miraba como si le hablara en otro idioma. Entre ausente y descerebrado. De nuevo un intruso. Daba vueltas a sus argumentos, convencido de que yo no era más que un enemigo al que no hay que dar detalles que puedan dejarte en una posición de debilidad. La familia es un enemigo peligroso le oí decir una vez a un vagabundo en el metro de Barcelona mientras hacía sonar una lata. La familia es un enemigo peligroso, repetía su mantra entre el tintinear de su única moneda. Nada más cierto.

Mi padre removía el café con la cucharilla, fascinado por la mecánica de fluidos. Era un ectoplasma con olor a guiso de repollo. Pensaba que serían solo unos días, dijo al cabo apartando la taza. Tu madre no deja de pensar en Marcos. A nadie le duele lo de Marcos más que a mí, Nicolás. A veces hasta se me va la cabeza y pienso en hacer alguna estupidez. Pero recapacito y vuelvo al mundo real. Ha pasado mucho tiempo. Sin embargo, a tu madre se le ha metido su ausencia dentro. Parece, no sé, a veces parece que camina por los corredores de un presidio abandonado. No sé si sabes a lo que me refiero. O por un museo. Me pone enfermo ese caminar de museo. ¿Me entiendes, hijo? ¿Me entiendes?

De repente mi padre parecía necesitar aprobación para todo.

De nuevo dudé que aquel hombre apergaminado y húmedo fuese el mismo con el que capturaba grillos y que me subía a hombros en la playa. El mismo que solo tenía que manifestar sus designios una vez para que sus propósitos se cumplieran al momento. Mi padre era un hombre de números y no soportaba jugar con las palabras. Pero allí estaba, tratando de ponerle letras a un sentimiento. Como si eso fuera posible. No escucha, Nicolás. Tu madre no oye, no ve. A veces hasta parece que se le olvida respirar durante minutos enteros. Se queda en apnea, en lo más profundo y oscuro del océano. Así la veo yo. Después tiene que coger aire muy fuerte para no ahogarse. Pero ni siquiera entonces parece que esté viva. Ya ha pasado mucho tiempo, Nicolás. Marcos debe tener ya, cuántos, nueve, casi diez años. Pero tu madre sigue esperando a que un bebé entre por la ventana. Y eso ya no va a ocurrir. Por mucho que lo desee, eso no va a ocurrir.

Imaginé a mi madre en una casa antigua, alfombrada, caminando en círculos entre muebles barnizados en polvo, con la poca luz que se filtraba a través de las cortinas. Llevaba un vestido gris plata, muy ceñido. El pelo recogido en esa trenza francesa que se crinaba los sábados para salir a cenar. Tarareaba una canción. Fonemas del mar. Qué hermosa estaba. La única luz posible salía de su piel. Y se estaba consumiendo al igual que hacen las estrellas.

Joder, Nicolás. A mi padre le tembló la voz como si tuviera los pulmones encharcados. Si yo ni siquiera quería tener más hijos, fue tu madre la que se empeñó. Se detuvo, recuperó su voz grave de liturgia, tratando así de enmendar con esa solemnidad su error. No, no pienses mal. Tu hermano y tú sois lo mejor que nos ha pasado en la vida. Te voy a contar una cosa que nunca le he dicho a nadie.

Mierda, papá, pensé, eso, eso justamente es lo que pretendía evitar. Yo no quería ser el custodio de sus confidencias. No quería que mi padre fuese una persona más, un hombre lleno de derrotas como cualquier otro.

Mi padre siempre tenía todas las respuestas, maldita sea. Él, quién si no, era la persona a la que recurrir cuando había problemas. Ese era su trabajo, ser un intérprete de descubrimientos. Héroe, científico, deportista, letrado de todas las causas. Casi un oráculo. No tiene ni que decirse. Y ahora sabía que estaba más lleno de dudas que yo. Qué indecencia. Eso no se le hace a un hijo. Ni aunque la vejez le ande ya comiendo a uno.

Mira, hijo, yo, en fin, antes de teneros a Marcos y a ti, era un egoísta que solo pensaba en mí y en mi bienestar. En mi carrera, en viajar con tu madre y en salir con amigos. Eso, aunque no lo creas, es agotador. Pensar solo en ti mismo, quiero decir, en tu trabajo y en tus metas. Es un pozo del que para salir cavas más hondo, no sé si me entiendes. Luego, después de que nacieras, me olvidé de todo eso, de mis problemas. Incluso dormía mejor. Tu felicidad, tu absoluta protección se convirtió en lo único importante. Y eso me alivió mucho. Mucho. Me quitó un gran peso de encima. Más que cualquier éxito profesional. Porque en la vida no se puede ganar siempre, pero contigo en casa, no sé, la sensación de triunfo era una constante. Incluso tengo que reconocer que la paternidad me hizo mejor persona. Es como si de repente me hubieran quitado una mascarilla y pudiera respirar sin problemas. Igual que pasa cuando se abre una ventana y te das cuenta de que llevas horas respirando aire viciado, algo así. Las cosas más sencillas pasaron a ser especiales. Era bonito comprobar que las decisiones que tu madre y yo tomábamos eran siempre las correctas, las mejores para ti.

Quise decirle que yo solo era su hijo. Que se callara. Que no eran mías las respuestas. Yo no merecía ese castigo. Se miraba las manos. Asténico. Sorprendido de tener dedos, y uñas, y piel. Y vida. Mi padre, un viejo.

Solo quiero decir que antes de que vosotros existierais, tu madre y yo éramos felices. Eso es lo que le dije la primera vez que me pidió un segundo hijo. Tú te hacías mayor y ella quería un bebé. También se lo repetí cuando el médico le explicó que sería difícil volverse a quedar embarazada. Y cuando los tratamientos no funcionaban, o cuando me planté y le dije que nos estábamos arruinando sin obtener resultados y ella me echó de casa, no creo que te acuerdes. Fueron días muy difíciles.

De nuevo, la imagen de aquel niño gordo de facciones ratiformes que vaticinó mi ingreso en un orfanato comprimió mi memoria. Claro que me acuerdo, pensé, otra cosa es que me haga el despistado, a ver si os creéis que esa es una cualidad solo de los padres.

Eso mismo le he dicho ahora, Nicolás, que podemos ser felices juntos de nuevo, justo antes de que me pusiera la maleta en la puerta, otra vez. Y que ahora que, bueno, ninguno estáis ya en casa, no entiendo por qué no podemos serlo. Cuando murió tu abuelo me inventé la historia de que habían visto a Marcos en Lanzarote. Un amigo policía me ayudó con las llamadas. Eso fue cruel, lo sé. Pero tu abuelo acababa de morir. Tú te habías ido a Inglaterra. Necesitaba salir de casa. Respirar. Irme con tu madre unos días, lejos. Como aquella vez que nos fuimos de viaje y tu abuelo se quedó contigo, y volvimos más enamorados que nunca. No sé si eso me hace ser mala gente. Últimamente pienso mucho en si soy mala persona por todo lo que he hecho. Claro que lo soy.

Mi padre quería que yo le dijera que no, que era un gran hombre y que había hecho todo lo que estaba en su mano. Pero me callé. No era ese mi trabajo. Un hijo solo ha de centrarse en los reproches.

Nunca me habían mirado con tanto odio como lo hizo tu madre en ese momento en que le confesé todo lo que te estoy diciendo, Nicolás. Le dije que tal vez aquella vieja del pueblo, la santera esa, tenía razón, que no dependía de nosotros que Marcos volviera, que de nada servía llorar y esperar. Yo qué sé, hijo, hay gente así, que ve en lo oculto, o eso dicen. ¿Sabes lo que pasa cuando uno espera, Nicolás? Nada. Eso es lo que pasa cuando se espera. Nada de nada.

Sentí un escalofrío al recordar una frase que había leído la noche pasada en una novela y que se me había quedado atascada en alguna parte de la conciencia: ninguna cosa ejerce tanta presión sobre el alma humana como la nada.

Y mi padre estaba dentro de esa nada. Por un momento sentí lástima por él. Y eso es muy doloroso, sentir lástima por un padre, quiero decir.

Enseguida cambié de idea. Me levanté para recoger las tazas de café. Molesto. Mi padre solo había venido a Ámsterdam a darme otra lección. Pensé que todo era mentira. Que mi madre no lo había echado de casa. Que se había disfrazado con aquellos atuendos de menesteroso y aquel *look* de perro enloquecido para hacerme sentir mal por mis decisiones. Para que regresara a casa. No se puede confiar jamás en los padres. Siempre serán padres. Siempre querrán hacer de ti lo que ellos quieren. Ahí radica su legítima naturaleza. Su enfermedad.

No quería seguir escuchando. Un hijo no tiene necesidad de saber que sus padres fueron jóvenes. No quiere saberlo porque también tiene derecho a odiarlos por sus errores. Saber que fueron igual de jóvenes que tú, que tuvieron miedo y solo tenían su amor incondicional les exime de todo pecado. Les redime. Eso no es justo para un hijo. Un hijo precisa de unos padres todopoderosos a los que poder culpar. De los que renegar de vez en cuando. ¿Cómo vamos a crecer si no?

Mi padre pasó el resto de la tarde mirando por la ventana. Aborregado. Como aquellos dos días que vinieron tras su regreso. Yo ordenaba y desordenaba cajones y platos. Doblaba sábanas y ponía lavadoras de ropa limpia. Cada vez había más luz en Ámsterdam. Un azul casi líquido hacía refulgir la habitación en un esmalte de ostras. Al cabo se dio la vuelta, rejuvenecido, como si le hubiera crecido un hombre dentro y saliera a través del caparazón viejo, del mismo modo que hacen las chicharras y las serpientes. ¿Te gusta Ámsterdam? Sí, contesté al momento, es una ciudad estupenda. Así parece, añadió aún más risueño con las arrugas de los ojos acentuadas por su estrenada delgadez de náufrago. ¿Cuánto me costaría una de esas bicicletas antiguas que todos llevan aquí? Tranquilo, papá, puedes usar una de las nuestras, mis compañeros estarán fuera el resto del mes. Están atadas ahí abajo, te daré las llaves de los candados. ¿Por qué no deshaces la maleta y te quedas unos días? Te vendrá bien cambiar de aires.

Dos horas después mi padre estaba afeitado y toda la casa olía a alcohol mentolado. Olía a infancia. Pero ya nada era como antes.

¿Qué por qué he venido a Ámsterdam, papá? A trabajar, ya sabes. Me busqué unas prácticas en el extranjero. Un programa de esos de becas. La universidad me pagaba un sueldo y la seguridad social. La empresa conseguía un trabajador gratis. Luego, no sé, me quedé. Ya sabes, allí las cosas no pintan bien. Además, siempre hay tiempo para volver. No, claro que no necesito dinero, ahora me pagan muy bien.

Me tocaba a mí atacar. Hacerle ver que no lo necesitaba, que me importaba bien poco su veredicto, a pesar de echar tanto de menos sus consejos disfrazados de órdenes, sus repentinos ataques de alegría, las lecciones de leer, mi mamá me mima, papá fuma la pipa, coger se escribe con g, como todos los verbos menos tejer y crujir. Todo eso.

La razón oficial para quedarme fue un contrato en prácticas en Rotterdam. Poco después un puesto en Ámsterdam. Y así, tic, habían pasado dos años, tac.

¿La verdadera razón? Bueno, la verdadera razón la guardo para mí, si no te importa. Tampoco sabría darte una explicación lógica. En realidad el trabajo era una tapadera más. Yo solo quería seguir lejos de todo y de todos. Y el caso es que ni yo mismo sé por qué fui a Holanda. Hay muchas respuestas que vienen sin pregunta. Los motivos para tomar un camino u otro casi nunca se conocen, nos pongamos como nos pongamos. Si se supieran la vida tendría coherencia, y todo el mundo sabe que no es así.

Ámsterdam no era Cambridge, pero casi. Otra de las muchas Venecias del norte. Además allí no tenía recuerdos. La verdadera razón para cambiar de ciudad siempre fue buscar un sitio sin recuerdos. No entiendo cómo la gente puede pasarse la vida en un cubículo sin volverse loco.

Todo eso me lo enseñaste tú.

Confieso que en una ocasión, al poco de llegar de Rotterdam, me pareció verte sentada en un tranvía. Nunca te lo he dicho. Llevabas un sombrero homburg y el pelo tan castaño que parecía pintado con acuarelas. Mirabas por la ventana entre una cortina mechuda y salvaje. Tenías la mirada triste de los que llevan mucho rato observando vidas a través de un cristal. Me pasé semanas tomando aquel tranvía a la misma hora. Una medicina parsimoniosa. Esperaba y esperaba a que te hicieras paso entre la marabunta de bicicletas. Con una veneración obsesiva por las leyes de la casualidad. De nada sirvió.

Meses después me pareció verte de nuevo paseando, ya en Ámsterdam, cerca la plaza Dam. Un solo golpe de cabeza en el hormiguero de la ciudad. Eras tú. Me bajé en la siguiente parada y deshice el camino a la carrera. En Holanda a nadie le importa que corras como un loco. Y menos si vas detrás de una mujer. Aunque supongo que eso no debería importarle a nadie en ningún lugar del mundo. A ti no te encontré, claro. Pero sí que encontré una razón para quedarme.

Pasaron los días. Pasó un año entero, y comencé a dudar de mis ojos, de mi memoria visual. Con la incertidumbre y la culpa atravesadas en la garganta. Hasta que una tarde, solo tres días después de que mi padre llegara a Ámsterdam, descubrí algo que cambió todo. Cerca de la entrada norte del Voldenpark, junto a un árbol donde la gente depositaba objetos perdidos y encontrados, vi tu bicicleta. La bicicleta holandesa que te regaló tu padre. No había duda. Era la misma bicicleta sin frenos que usabas en Cambridge. La misma que yo miraba durante horas desde el ventanal de una librería esperando a que salieras de tu ensayo de teatro. La misma con la que viniste a recogernos a Pierre y a mí a la estación de Roma. Allí terminaron mis dudas. Era verdad, pues, que estabas en Ámsterdam. Pasé ocho horas en una cafetería con todos los sentidos puestos en esa bicicleta. Recordando libros, sueños de mis primeros días en Cambridge, construyendo futuros y siendo feliz. Así gasté la tarde. Muerto de miedo. Escondido por si aquel hierro camaleónico pudiera reconocerme. Traduciendo mi vida a un idioma que alguien pudiera comprender. Qué nervios.

Atardecía cuando alguien recogió tu bicicleta. Hubiera reconocido aquel cuerpo de contorsionista enfermo en cualquier momento, bajo cualquier disfraz. H apagó su cigarrillo. Por un momento pensé que me miraba mientras soltaba el humo de la última calada que guardaba en sus pulmones. Una idea absurda, por supuesto. Para él yo solo era un punto en una terraza lejana. Me miraba como se mira un paisaje, sin más. Llevaba una especie de pequeño sombrero tejano de color negro, barba ajada con una pequeña trenza y camisa blanca remangada por encima de los codos para mostrar sus tatuajes y su piel lechosa, casi lunar. Se amarró la guitarra a la espalda, se subió los tirantes que le colgaban a ambos lados de la cadera y salió del Voldenpark sobre tu bicicleta.

Fui tras él. Tampoco sabría decir los motivos, ni antes ni ahora. Solo quise observar desde la distancia su parsimonioso deambular. Aprovecharme del anonimato para conocer todo aquello que la vida me negaba mientras estaba quieto. ¿Nunca has tenido esa terrible sensación de que los demás siempre tienen adónde ir? A mí me pasa. Rumiamos que la vida de nuestros semejantes es mejor, más aprovechada diría. Nos pasamos las tardes de domingo enfrascados en la tarea de enumerar todo lo que nos perdemos. Y mientras, uno vive acelerado, hasta cuando no hay nada por lo que correr. Por eso seguí a H. Quería saber todo aquello que me había perdido desde el día que te marchaste. Confirmar por qué a él le habías dejado un caminito de migas de pan para que siguiera tu rastro. Y a mí no. No te parece injusto.

Franqueada la puerta del parque ya le había perdido de vista entre la aglomeración de ciclistas, tranvías y coches. Como todo el mundo sabe, Ámsterdam es el paradigma de urbe ciclista, pero solo aquellos que han visitado la ciudad sabrán que en Ámsterdam, lejos de ser una herramienta para pasear, la bicicleta es un método de transporte vertiginoso. Pregunté a un señor que esperaba la luz verde del semáforo para cruzar si había visto a un joven de barba con una guitarra atada a la espalda. Me señaló una calle peatonal llena de luminosos de franquicias con gente de todo tipo bebiendo en sus terrazas. Cerré los ojos y crucé la carretera cercado por frenos chirriantes e injurias políglotas.

No tardé en dar con H. Ahora su pedaleo era más despreocupado. Culebreaba en su transitar de pájaro ocioso. Pero una vez en el carril para bicis y motocicletas cambió el ritmo. Se lanzó a una carrera apresurada. Suicida. Cualquiera pensaría que se sentía perseguido por el zigzag de sus direcciones, pero es que en Ámsterdam, como en la vida, no se puede ir en línea recta. Muchas veces no te queda más remedio que retroceder para avanzar. Hay que acostumbrarse a los caprichos del laberinto. Los puentes parecen cambiar de lugar cada día. Sus canales concéntricos giran a diferentes velocidades y direcciones en una suerte de mecanismo satelitario. Ámsterdam es el dédalo y tú el Minotauro.

H llegó hasta una explanada aledaña a la plaza Rembrandt donde había muchas terrazas y *coffeeshops*. Apoyó la bicicleta contra una fachada y entró en uno de ellos. A los pocos minutos salió con una bolsa y se sentó en un banco. Liaba cigarrillos con calma. Su modo de trabajo era distinto al de los demás fumadores. Frotaba el contenido de un cigarrillo convencional hasta vaciarlo en una cajita de madera. Los dejaba huecos, con el filtro y el papel intactos. Después mezclaba el tabaco con lo que fuera que había comprado en el *coffeshop* y con una especie de punzón lo prensaba todo de nuevo dentro del cigarrillo previamente vaciado. A continuación, los volvía a colocar dentro de su cajetilla original. Con mucho cuidado, tal que si manipulara cartuchos de dinamita. A esta vacua tarea dedicó cerca de una hora.

De repente sentí que yo era el vigilado. Que de algún modo H hacía todo aquello para despistarme, o para agotar mi paciencia. Miraba hacia las fachadas inclinadas en busca de un francotirador con la misión de trocearme los sesos desde una azotea. Dos chicas se acercaron a H. Con gestos le pidieron un cigarrillo. H se lo dio y, si tenía alguna duda de que H era H, su risa cacareada, inequívoca, me sirvió de certeza. Comenzaron una charla animada sobre su guitarra. H tocó algo que no pude escuchar y rieron juntos. Después señalaban una calle y luego otra, girando las manos, muñecas y codos como si bailaran una danza moderna. Seguían riendo. Al reírse H se llevaba la mano al pecho y después se inclinaba. Recordaba a un sauce azotado por el viento. Fumaba con ademanes de señorita bien educada. Intercambiaron papeles, direcciones, versos quizá. La conversación duró lo que tardaron en agotarse los cigarrillos. H les entregó otro y ellas se lo guardaron. Se despidieron como si fueran amigos íntimos. Desde mi posición parecía que H besara a una de ellas en la boca al despedirse. No dije ya que la vida de los demás siempre es más excitante. Hubiera dado cualquier cosa por hablar con dos chicas en un banco de Ámsterdam y despedirme de aquel modo. Convendrás conmigo en que de las pasiones humanas la envidia es la más inútil, no hay duda.

H miró el reloj. Se incorporó como si fuera el primer sobresalto que recibiera en la vida. No sabía qué dirección tomar. Corrió hacia una parada de tranvía hasta que se dio cuenta que había llegado en bicicleta. Resultó de lo más gracioso asistir a ese ir y venir a lo Groucho Marx. Se le caían los pantalones, el cigarrillo, el sombrero, olvidaba la guitarra y se tropezaba al empezar a pedalear. Emprendió la fuga en dirección a la estación de trenes.

Una vez allí, en lugar de aparcar la bicicleta, se apeó y rodeó el edificio. Salí tras él. Poco después subimos a un ferri arrastrados por una multitud de turistas, hombres de negocios y estudiantes de regreso a sus casas. En pocos minutos cruzamos el río hasta el distrito norte. La plataforma del ferri tocó tierra y H descendió a toda velocidad.

Así llegamos a un amplio aparcamiento al aire libre perteneciente a un gran complejo edificado entre árboles. Era un hospital. Tuve que acercarme más a H para no perderle de vista entre la arboleda. Con sorprendente facilidad accedimos al edificio. H saludó a las empleadas de recepción. Una de ellas sacó todo su mal mirar y me preguntó algo en holandés. Me encogí de hombros y señalé a H. La maniobra funcionó. Emprendí la persecución a través de pasillos sinuosos como los intestinos de un monstruo gigantesco.

H entró en una habitación vagamente iluminada. En la puerta había una pequeña ventana reticulada que ofrecía una imagen distorsionada del interior. Me asomé. Acomodé los ojos con esfuerzo a la nueva intensidad de luz y al efecto vidrioso. Sabía lo que había allí dentro. Estabas tú. Claro que estabas tú. Dormida. Rodeada de instrumentos que parecían comunicarse en un lenguaje de luces y zumbidos. Me senté en una silla de plástico y esperé. En ocasiones he escuchado decir que es imposible dejar la mente en blanco por completo, que lo queramos o no siempre queda un halo de conciencia rebotando en las paredes de la memoria. Bien, no es cierto, durante más de diez minutos mi mente fue un agujero negro. Antimateria, si puede emplearse aquí la metáfora.

Escribí un mensaje a mi padre y le dije que no podría cenar con él. Hay pollo en la nevera, solo tienes que calentarlo, también tienes vino en la despensa. Me contestó con un OK y una cara sonriente hecha de signos de puntuación.

Todos los días vemos a personas que no volveremos a ver. Es una cuestión de matemática y probabilidad, supongo, aunque de eso no entiendo. Es decir, no entiendo que siempre exista una probabilidad de que ocurra algo: de que nos caiga un meteorito o de que la tierra se abra bajo nuestros pies. Lo que sea. Pero es así, no voy a ponerlo en duda. Es probable, decía Henry Fonda en *Doce hombres sin piedad*, uno de los mejores guiones de la historia del cine que descubrí gracias a ti, no digo que sea inocente, solo digo que es probable, repetía en su magistral interpretación.

Y al final te quedas sin saber si es inocente o no, por eso es tan buena, me decías, Nico, piénsalo, el personaje de Henry Fonda solo demuestra que todo es probable. Hay un número para todo.

Si te recuerdo esto es porque yo creo que H todavía no se había despedido de mí, como si en alguna parte de su desamueblado cerebro supiera de ese porcentaje infinitesimal en el que por muy absurdo que parezca el reencuentro es posible y estuviera listo para una última conversación conmigo. Esa es mi teoría. Solo así puedo entender la falta de asombro al verme allí en el pasillo del hospital. Ni siquiera preguntó las razones a mi presencia. La última vez que supimos el uno del otro fue lejos, en Roma. Hacía ya… ¿Dos, tres años? H me miró unos segundos con aquellos ojos de sacamuelas. Con su perfil judío. Después apoyó la cabeza contra la pared y comenzó a jugar con un mechero. Me miraba. Muy cerca. Con esa mirada que ponen los curas cuando están a punto de darte la absolución o de mandarte al infierno. Entre doliente e intimidatoria.

Qué le ocurre, pregunté. Ya no había razón para fórmulas de cortesía. H se giró por completo. Te miró a través de la pequeña ventanilla de la puerta, como si quisiera cerciorarse de que hablábamos de ti. Volvió a encararme. Con mucha serenidad. La cabeza ligeramente inclinada, consumida, de una caquexia aún más acentuada por la barba de pordiosero. Tenía los labios ajados. Los dientes ya le amarilleaban.

Qué le ocurre, insistí, ¿se muere? Bueno, amigo, todos nos morimos, unos más rápido que otros, lo curioso es que no todos los que mueren han vivido. Eso me dijo H, con una serenidad que me estremeció más que el propio mensaje. Después me puso la mano en el hombro: vayamos a dar un paseo, el horario de visitas ha terminado por hoy.

¿Morir? Qué cosa tan tremenda y a la vez tan cotidiana.

Tenía razón H, son los vivos los que tienen la suerte de morirse. Unos más y otros menos. No, no ibas a morirte. Al menos todavía. Lo harías pronto, eso decían los expertos. Bueno, pronto dependiendo del punto de vista. Todo depende del punto de vista, Nico, hasta la muerte. Una mosca apenas vive dos días, qué puede aprenderse en dos días, se encogía de hombros H. Poca cosa, creo yo. Somos tan grotescos en nuestras percepciones que ni las decisiones más nimias de la naturaleza alcanzamos a comprender. Qué diferencia puede haber entre dos días y cien años para el universo. Ninguna. Es lo mismo. Así comenzaban los entreverados mensajes de H.

Oye, tío, no me toques los cojones, ahora era yo el que le amenazaba con la mirada. Me conoces, sabes que nunca he amenazado a nadie. Sencillamente no sé hacerlo. En cualquier caso, H recompuso su discurso.

Fueron una serie de pequeñas alarmas, Nico. Sensaciones, al principio, nada más. La alucinación peregrina de los preámbulos de una gripe. Ese malestar en el que uno se sabe enfermo pero no hay modo de demostrarlo hasta el día siguiente, cuando te pones enfermo de verdad. Todo a la vez. Flashes, pequeños mareos, revelaciones. Una vez se quedó ciega durante varias horas. Lo peor eran los dolores de cabeza. Terribles. Un volcán sin chimenea. Tal que si usaran tu cráneo de yunque en la forja de metales. Uno o dos desmayos en la ducha. Así que vuelta al hospital de Addenbrook, en Cambridge. Conocisteis a Gennaro en esas visitas, le pregunté a H. No pareció entender el motivo de mi consulta. Gennaro, sí, insistí, Gennaro Piscopo, un hombre con una sonrisa ni triste ni alegre. Qué tonterías digo, disculpa. Continúa. Y H me lo contó todo.

Tras varios análisis y estudios te dieron la noticia. Luego las esperanzas. Siempre hacen lo mismo. Los médicos. Cómo son. Te ponen en la peor de las disposiciones, en el fondo de un pozo oscuro, infectado de oscuridad y ruidos y babosas que chapotean en la humedad y te gritan muerte. Muerte. Para que reverbere por las paredes. Muerte. Cuánta barbarie. Luego te tiran un hilo inservible. Inservible del todo. Pero ellos te lo tiran. Y te hablan de los milagros de la ciencia, de perspectivas, cartomancias, métodos cruzados, investigaciones en roedores, de todo el tiempo que ellos te van a regalar con su dogmatismo y sus estudios. Deberías darnos las gracias, si no fuera por nosotros, por nuestro esfuerzo en la facultad y nuestros exámenes dificilísimos de anatomía, fisiología y farmacognosia, no durabas ni dos días, parecen insinuar. Que se vayan a la mierda. ¿Alguien los entiende? Tratamientos, precios, patrones de pacientes que en tu caso habían alcanzado un alto grado de dignidad a base de recetas, procedimientos, sistemas novedosísimos y vómitos recurrentes. Los médicos.

Te dijeron que avisarían a tu familia. No tengo familia, dijiste. No quiero tratamientos, dijiste. No quiero saber nada de nada, dijiste. Soy mayor de edad y no tengo familia, y punto. Fue tal tu energía que nadie se atrevió a quebrar esa decisión por el momento. ¿Pero, qué hay del tratamiento? ¿Cuándo quiere empezar con el tratamiento? No será barato. Señorita, esto no es un juego. Ya les llamaré, respondiste.

Así nació y creció tu secreto.

Era difícil seguir su ritmo kamikaze sobre la bici. Salimos de la estación a lo largo del Oosterdok. H me llevó hasta el museo de ciencias. Todo el mundo en Ámsterdam lo llama Nemo. El edificio simula un barco inclinado que emerge del puerto. En la cubierta hay una cafetería y un amplio espacio para tumbarse y contemplar la ciudad. A la derecha una carabela, a la izquierda una especie de pagoda flotante. Sobre la terraza inclinada los niños juegan con un ajedrez enorme, al tres en raya sobre un panel o chapotean en algunas de las pequeñas fuentes situadas a ras de suelo. H salió de la cafetería con varias latas de cerveza y continuó hablando. Hablaba mucho. Mezclaba historias, idiomas, religiones. Se olvidó de ti y cambió hacia él. Un rodeo de buen cronista. Bucles narrativos para regresar a ti, a mí, a todos nosotros.

No me caía del todo mal. H. Tampoco del todo bien, no voy a engañarme por la indulgencia que regala todo recuerdo. Se veía claro que mientras lo tuvieras cerca, atado con la correa del presente, podías contar con él para cualquier contingencia. Pero si soltabas un poco de carrete, si le dejabas alejarse, H no perdería la ocasión de irse con viento fresco a donde quiera que le llevara precisamente eso, el viento. Me pregunté cuántas veces te había abandonado del modo en que tú lo habías hecho conmigo.

¿Te vengabas de H a través de mí?

No sabía si era un genio o estaba loco. O si se hacía el loco porque era un genio. Tanto da. En cualquier caso su despreocupación por los cánones vitales era innegable y hasta cierto punto contagiosa. Me atraía su indiferencia, su apatía visceral por la existencia y el doble rasero de sus normas incoherentes. Hasta cierto punto me excitaba escuchar que era posible rebelarse contra tanta sinrazón cotidiana.

H había probado todas las drogas conocidas, jugado a la ruleta rusa con el sexo —con los sexos—, saltado de un tren en marcha y dormido con vagabundos en ciudades de las que salía humo de las alcantarillas. Así era H. Y de todo se cansaba rápido. No había dónde ir y por eso iba a todas partes, escribió Kerouac en su novela más célebre. Como si la vida fuera un juguete. ¿No lo es acaso? Te dan solo una, ¿qué esperan? Menuda broma.

H asolaba sus alrededores y se iba. Una catástrofe estacional. Pero yo no era tan fuerte como él. Y me daba miedo que si prestaba oídos a sus delirios y conquistas físicas y fisiológicas me arrastraría hacia una espiral de condenación de la que no podría salir. H, sin embargo, escapaba sin mayor problema. Sus tentáculos eran más fuertes.

El caso es que H era un genio, y no tenía reparos en reconocerlo. Desde los cinco años sus destrezas fueron indudables.

H dio un trago a su cerveza y se rio sin motivo aparente. La risa del protagonista de la película *Amadeus*, de nuevo. Se llevó la cerveza otra vez a la boca. Daba sorbos pequeños y constantes. Tenía los dedos tatuados con letras góticas tapadas por anillos de calaveras y dragones. Las uñas pintadas de negro. Tamborileaba sobre la lata. Componía un cuarteto de cuerda, me dijo después: perdona, no encontraba la manera de terminar con el violín, el violín a veces no me deja descansar, ya me centro. Uno de los más jóvenes directores de orquesta de Europa, me dijo Pierre aquella noche en Cambridge cuando después de nuestra cita te olvidaste de mí.

H tenía puesta su negra mirada en el baño de luz que se daba Ámsterdam antes de anochecer. El sol olía a naranjas.

Lleno de una audacia inspiradora, H comenzó a explicarme sus razones. Sin entrar en detalles. Recitaba una lección mal aprendida. Para que yo mismo rellenara los huecos que él me concedía en un ejercicio de docencia eficaz. La magia de lo que no se dice. Las palabras de H eran como el arte abstracto: él te daba unas pautas y tú mismo debías recomponer el mensaje. En esto me recordaba a ti. Resultaba evidente que habíais pasado mucho tiempo el uno con el otro. Era fácil apreciarlo en su deje cantarín al final de cada frase, o en la extravagancia de preguntar dos veces algo que ya había entendido a la primera.

En resumen, contó sus excusas. Cada uno tiene las suyas. Estas son las de H:

Un tipo, un poli de paisano, estaba en la puerta de un bar. Borracho o no, nunca lo supe. Daba voces. Yo salía de ensayar con la filarmónica. Éramos diez, tal vez doce. El tipo, el poli de paisano, sacó una pistola y comenzó a disparar. Llamaba a una mujer. Es todo lo que recuerdo. Un nombre de mujer. H convirtió su dedo índice en una pistola y apuntó a la cúpula de una iglesia. Pam, Pam. Así, a todas partes, ni te lo imaginas. H mató uno por uno a los niños que jugaban a nuestro alrededor. Pam, pam, pam. Uno de ellos se llevó la mano al pecho y se dejó caer sobre el tablero de ajedrez gigante. H aplaudió su gran actuación. Se partía de risa.

Después de rebotar contra algo, continuó H, una bala me entró aquí, justo entre dos costillas. Al principio fue solo un picotazo. H se levantó la camiseta y me enseñó en su costado una especie de estigma redondo que recordaba a la traqueotomía de Gennaro. Parecía que le hubieran torturado con uno de esos encendedores que traen los coches. Cualquiera sabe. Desperté meses después, añadió. O sea, desperté yo. El que ves. E hizo gestos en círculo sobre su cara antes de continuar. El otro, al que le entró la bala en el pecho murió aquel día. Sus miedos, su buena educación de colegio de pago y uniforme, su orquesta sinfónica y todo lo que podría llegar a ser. ¿Has visto *Sin Perdón*, de Clint Eastwood? Allí quedaron, dentro del charco de sangre, su prudencia y su filosofía de vida. Sus hábitos. Qué queda de una persona sin sus hábitos. Nada, un trozo de carne con necesidades fisiológicas. Igual que Johnny, el de Dalton Trumbo. Todo se lo llevó aquel poli. ¿Cuánto vale la vida? La vida no vale nada, amigo, y en un hospital menos aún.

Ahí tuve que callarme. Yo tampoco sabía cuánto vale la vida.

Recordé a un vecino, amigo de mi padre, al que una mala mañana le dijeron que tenía cáncer. No sé si ya te he contado la historia. El caso es que le dieron dos años de vida. Vaya usted arreglando sus asuntos. Así se lo dijeron. Tal cual. Gracias a los cuidados en el hospital sufrió lo indecible durante tres años. Tres años que no quiero ni imaginar. De aquello me enteré por mi padre. Hay que joderse, se quejaba con desesperación, creo que para no llorar, o por el miedo a que la ruleta le pudiera haber señalado a él en lugar de a su amigo. Hay que echarle cojones, repetía mi padre, te dan tres años pero no te dicen que van a ser asquerosos. No pueden dejarlo en casa tranquilo, si se va a morir igual, joder, que le dejen en casa con su familia. Y mi madre le metía la cabeza bajo su melena para que llorara a oscuras sobre su pecho. Le conté esto mismo a H. Asintió como el maestro que ha logrado inculcar su enseñanza y puede así pasar a la siguiente lección.

Ella tampoco quiere terminar sus días así. H dejó caer la colilla dentro de la lata de cerveza y de inmediato encendió otro de los cigarrillos que horas antes le había visto empaquetar. Siempre fumaba mirando al cielo. Al expulsar el humo me recordaba a los chimpancés que fuman en las películas antiguas.

Sabedor de que en cualquier momento otro cornudo borracho podría salir de un bar para rematarme, empecé a vivir con otros biorritmos. Los míos. No pretendo que me entiendas, certificaba H, me limito a contar mi historia. Viví angustiado porque se me escapara mi única oportunidad de ser yo de aquel modo tan vertiginoso. A veces encadenaba tres o cuatro días sin dormir y sin pasar por casa. Deliraba. La mitad de las veces era un policía el que me llevaba hasta casa. Drogado o borracho hasta el *delirium tremens*. Veía arañas por todas partes y me moría de risa, te lo juro. Me detuvieron decenas de veces por posesión de sustancias prohibidas. Mi padre me encerró entonces en mi habitación, como si con una llave y un trozo de madera fuera a matar a mis demonios. Payaso. En cuanto pude me escapé. Más de ocho meses. A recorrer Europa haciendo autostop. Sacaba un buen dinero con la guitarra, no creas. Solo llamé a casa una vez, para escuchar la voz de mi madre. Le dije: mamá, estoy tumbado en una playa virgen y estoy viendo delfines, es el animal más hermoso del mundo. Y colgué. Cuando me encontraron, mis padres se gastaron una fortuna en terapias y clínicas donde me resultaba más fácil drogarme que en la calle. Allí dentro sufrí una sobredosis y fue cuando me di cuenta de que el poli cornudo ahora lo llevaba yo dentro.

Bueno, a lo que iba, continuó H, el caso es que pocos meses después, con veinte años, volvieron a detenerme en una redada de un bar. Llevaba limpio varias semanas. Pero mi padre no me creyó. No voy a entrar en detalles. Me dijo que me marchara de su casa. Lo recuerdo muy bien, no he estado más sobrio en mi vida. Es curioso, H sonrió y cerró los ojos para aguantar un suspiro, justo cuando no era culpable de nada, cuando ya estaba recuperado y había superado lo peor, mi honorable padre dice que no tiene hijo, que me aleje de sus vidas, que demasiado daño les he hecho ya, y blablablá… Yo le escupí en la cara, remató H con su carcajada infantil. Aquella tarde me llevé la guitarra y no he vuelto a casa. De eso hace ya muchos años.

H aplastó la lata de cerveza y se estiró como un gato.

Y dime, ahora tú. Cuéntame tu historia. Qué haces aquí en Ámsterdam, amigo. Con la cabeza inclinada hacia arriba y los ojos somnolientos, H me miró por primera vez. Me sentí radiografiado, lleno de un pudor desconocido. No lo sé, respondí, aplazar decisiones, supongo, me paso la vida aplazando decisiones. Mi respuesta pareció complacerle pues recuperó su aire contemplativo colmado de estupor. Ahora sé por qué te tiene tanto cariño. ¿Quién? Quién va a ser. Mi hermana. Cons-tan-te-men-te en busca de almas confundidas que poder enderezar. A mí siempre me ha defendido. Decía que era especial.

Especial, dijo, sí, especial. Especial, dijiste tú muchas veces, especial, especial, y yo quería besarte las brasas candentes con las que me mirabas.

¿Tu hermana?

H me miró con los ojos espantados de los toxicómanos acuchillados por el síndrome de abstinencia. Solo entonces pude distinguir una realidad insospechada entre el maquillaje negro de sus ojos. Unos ojos inconfundibles, entre iluminados y trágicos. Dos cerezas perfectas con una línea amarilla, igual que si hubieran sido picoteadas por un meticuloso frugívoro. Aquellos ojos con los que tanto había soñado, ahora estaban en el rostro de H.

Una última cosa, dije antes de que se marchara, ¿quién es Fabio Babare? H se detuvo. Se quedó así unos segundos. Muy quieto. Ni siquiera se giró para responderme. Aléjate de Ella, amigo. H recolocó la guitarra en su espalda, encendió un cigarrillo y se marchó. Aléjate de Ella.

¿Quién me había advertido esto antes?

Llegué a mi apartamento bien entrada la noche. Las calles se habían vaciado de turistas. En las casas flotantes las luces comenzaban a apagarse entre los cortinajes. Había pasado cerca de dos horas deambulando por los canales y los parques. Caminaba con mi bicicleta a un lado, como hacías tú muchas veces en Cambridge. Se había terminado la prisa en el mundo. Pensaba en tu misteriosa enfermedad. En la historia de tu hermano. De tu familia. Tu intento de suicidio. Aléjate de ella, solo quiere morir en paz, me había dicho H. Morir a solas. Como los pájaros. Qué importa vivir tres años en un hospital, tú lo has dicho antes, amigo. Dentro de esas paredes blancas y llenas de agonía. Ella solo quiere ser libre el tiempo que le quede. Irse sin frustraciones. No pienso dejar que la llenen de tubos y de drogas. No quiere llevarse a nada ni a nadie. El último ataque ha sido muy fuerte. Tú no estabas allí, Nico. Me pedía que la matara. No pienso volver a pasar por algo así. Me gritaba, mátame, acaba con esto. Y yo iba a matarla, amigo, no sé cómo, pero iba a matarla, a mi propia hermana, te lo juro. Los vecinos la oyeron y la llevaron al hospital. En cuanto se recupere nos marcharemos. ¿Iros? ¿Adónde? Eso no puedo decírtelo.

Yo no sé si todo eso era suficiente para redimirte.

Las palabras de H seguían allí conmigo. Su rostro bovino. Las pupilas dilatadas. Su mirada se me escapaba entre las luces amarillas que flotaban alrededor de los camareros que recogían las mesas al borde de los canales. Otra noche comenzaba en el extremo opuesto de la ciudad del pecado y de la tolerancia. Ámsterdam no sabía descansar.

Mi padre me esperaba con la cena puesta y una botella de vino blanco a medio beber. Se había quedado dormido en el sofá con el vaso en equilibrio sobre el pecho. Hola, hijo, bostezó mientras miraba con un ojo cerrado la esfera del reloj, qué tal fue tu día. La habitación olía a aceite refrito. He preparado algo de cena por si venías con hambre, pero como puedes ver no se me da muy bien. Mi padre hizo amago de levantarse de nuevo, pero cayó vencido en el sofá como si una cuerda elástica tirara de él a modo de burla. La copa de vino se le derramó por la camisa. Déjame que te ayude, papá. Al acercarme tropecé con otras botellas vacías que reposaban a sus pies.

No era la primera vez que mi padre terminaba en semejante estado de embriaguez. Desde la última desaparición de Marcos, era habitual escuchar a lo largo del pasillo sus pisotones de marinero en medio de una tormenta. Se chocaba con todo, casi diría que con rabia. Las noches que salía, regresaba muy tarde. Siempre cuando mi madre ya se había ido a su habitación arrastrando su sombra. Mi padre ni siquiera hacía amago de entrar en el cuarto con ella. Por contra, se dejaba caer en el sofá, todavía con los zapatos puestos y la ropa apestando a vodka, y allí pasaba el resto del tifón. Cuando mi madre y yo nos levantábamos, él ya estaba duchado, se había puesto cualquier camisa arrugada, y había salido a la calle.

Creo que no bebía todos los días. Ni tampoco tenía una hora especial para ahogar demonios. Cualquier momento era peligroso y apropiado. En cuanto el alcohol tocaba sus labios, abrevaba con un furor pernicioso. Al menos así lo veía yo. Me lo imaginaba haciendo anillos olímpicos sobre una barra con la condensación de la peana circular de las copas. La fragilidad del ser humano es abrumadora.

Cogí el teléfono.

Descolgó un hombre. ¿Tú madre? Dijo. Mi madre, dije, sí, quiero hablar con mi madre, ¿quién es usted y qué hace en mi casa a estas horas? Entonces, una voz nerviosa, casi diría que distinta preguntó: ¿Eres Marcos? Oiga, no sé qué clase de broma es esta, declaré, o se pone ahora mismo mi madre o…

Hola, Nicolás. Ahora sí era mi madre. ¿Cómo llamas tan tarde, hijo? Por un momento sentí un flujo de calor que me recorrió la espalda. Parecía que aquella voz me llegara desde un tiempo muy lejano. Cuánto hacía que no veía a mi madre. No lo recordaba. Mamá, ¿quién es ese hombre que ha cogido el teléfono? No es nadie, cariño, solo es una persona que me está ayudando. Mamá, ha venido papá a casa, sí, aquí a Ámsterdam, lleva unos días conmigo y me ha contado cosas muy raras, ¿qué está pasando?

Hubo un largo silencio. Los silencios por teléfono siempre lo son, largos e incómodos. Un par de cuchicheos y reproches al otro lado. Por un instante pensé que me estaba metiendo en un terreno que no era mío. Una tierra de cultivo estéril. Yerta. A mí nadie me había adiestrado en el significado de la familia y por lo tanto nadie me había enseñado a quererla como un ente único, más allá del amor individual por cada uno de sus miembros.

Una vez me preguntaste si recordaba la última vez que mi madre me había dado un beso. Después de largo rato pensando te dije que no. Ahora, sin embargo, lo recuerdo muy bien. Te lo voy a contar. Fue también el único día que me pegó. De esas efemérides un niño no se olvida nunca. Los padres creen que sí, pero es de las pocas razones que sabemos disimular los hijos.

Me golpeó con mucha fuerza, igual que si abofeteara a un árbol. Y con eso no quiero decir que no me lo mereciera, o fuese cruel, o que mi madre no quisiera a su hijo. Por supuesto que no, y no creo que haga falta explicarlo. En todo caso, si me golpeó con la mano abierta hasta hacerme saltar la sangre de la nariz era por lo mucho que me quería. Ahora lo sé. Uno tarda muchos años en darse cuenta de esas cosas. Y cuando lo hace ya es demasiado mayor para reconocerlo. Es lo único que he aprendido de las familias: sus miembros nunca llegan al mismo tiempo a ningún sitio.

Hasta que cumplí los diez años siempre pasábamos el mes de

agosto en el pueblo de mis abuelos maternos. Mi abuela vivía allí sola y se empeñaba en decir que no necesitaba ayuda. Bien mirado, ahora creo que sí la necesitaba. Pero menuda era mi abuela. Un día el cura le dijo que ya estaba mayor para las humedades del invierno y que lo mejor sería que se fuera a vivir con su hija, cerca del mar y el buen tiempo. Antes muerta, dijo ella con toda su malquerencia. Y no volvió más a misa. Ningún dios podría con tanto orgullo.

Yo la temía. Y no porque fuera mala conmigo. Lo que pasa es que me daba mucho asco su gesto de ensalivarse los dedos y pasármelos por el pelo. Siempre andas hecho una zarria, gruñía mientras me sujetaba el flequillo con sus babas de vieja.

Cuando yo tenía diez u once años murió, y ya no volvimos más al pueblo hasta que fuimos a ver a la Lechuza por la desaparición de Marcos.

En cualquier caso esas semanas eran las mejores del año. La amenaza de la escuela crecía con la misma velocidad con la que menguaban los días y había que devorar la vida hasta las últimas consecuencias. Todos los niños deberían tener un pueblo. De lo contrario se pierde algo, no sé el qué, pero es algo importante que nunca se rescata una vez se es adulto. Supongo que te queda algo así como una especie de duda permanente, no sé si me explico.

Como te iba diciendo, para mí el mes de agosto era la mayor aventura del mundo. La mejor alegría posible. Y lo curioso es que lo que recuerdo son detalles a priori irrelevantes. Me gustaban muchas cosas. Me gustaba recoger los huevos del nidal de gallinas y colocarlos en una cesta hasta construir una pirámide. Me gustaba tirarle mondas de patata al último garrapo que le quedaba a mi abuela en el redil. Verlo hozar al fresco del lodazal. Qué sencillez. Me gustaba espantar a la vaca Catalina y verla comer tábanos a dentelladas mansas. Era muy vieja, Catalina, y ya no daba leche, pero allí estaba, moviendo el rabo y saludando con su cencerro cada vez que alguien se acercaba. Me gustaba ir a recoger moras en una cesta de mimbre y regresar a casa con la cara roja como si hubiera masticado pámpanos de vino. Y me gustaban los días de tormenta, cuando el cielo se aborregaba y olía a pirotecnia y a azufre y luego queda una luz entre las nubes como de libro de religión. Todo eso me gustaba del pueblo y del mes de agosto.

Había una niña de mi edad en el pueblo. Quizá un año mayor. Fue mi primer amor, claro. De lo contrario creo que no le hubiera hecho ni caso, como hacía con las demás niñas. No era ni guapa ni fea, pero su recuerdo todavía es un enjambre de avispas persistentes. El caso es que una noche, después de que descubriera su escondite, me dio un beso. Me dijo que si no decía nada y la dejaba ganar, al día siguiente nos fugaríamos juntos. Adónde, pregunté aún con su saliva fresca en mis labios. Nos iremos a Australia, dijo ella, y a mí Australia me sonó al lugar más hermoso del mundo. Australia, qué palabra tan rara y misteriosa, verdad.

Me pasé el día siguiente tumbado en la cama. Cimbreado como si me doliera el estómago. Avergonzado por mi inexcusable falta de valor frente a aquellos labios que ya insinuaban obscenidades. Ignorante aún del veneno que escondían sus pechos pubescentes y el deseo de sus formas. Australia.

La esperé toda la noche junto al castaño donde jugábamos a verdad o atrevimiento. Ella me ganaba siempre. No vino. Cualquiera se lo habría imaginado. Yo no. Yo esperé convencido de que esa misma noche dormiría en Australia con ella. Horas después, la evidencia de la traición me hizo ir a su casa a lanzar piedritas a su contraventana. Su padre, apimplado y contumaz, azuzó a los perros para que me devoraran. Lo recuerdo muy bien. Corrí tanto que las piernas me ardían como si tuviera plomo candente en las venas.

Estuve perdido hasta la noche siguiente. No pasé casi miedo. Lo juro. El bosque no es un lugar tan terrorífico como la gente piensa. Además, los animales son como las personas y por la noche solo merodean los más tímidos. Al día siguiente, ya cuando atardecía, me encontraron dos hombres. Me dieron de comer embutido y leche y me pusieron una manta de lana. En el camino de vuelta se turnaron para llevarme hasta casa aunque yo les aseguraba que podía caminar sin problemas.

Yo esperaba el beso de mi madre como el premio merecido a

mi heroicidad. Como la justa expiación a la vileza amorosa que había sufrido con solo diez años. Pero en lugar de rescatarme de mi sentimental naufragio me golpeó con la mano abierta delante de todo el mundo. Y de Claudia. Ella también estaba allí. Riéndose dos veces de mi vergüenza. Al igual que todo el pueblo.

Después de cenar me metí en la cama. No tenía hambre. Me ardía la cara y tenía ganas de llorar. Mi padre me dijo que si no me terminaba la cena se quitaría el cinturón y sabría lo que es bueno. No lo hizo, ni ese día ni ninguno.

Aunque estaba muy cansado, no podía dormir. Pensaba en desiertos con canguros, aborígenes con la cara pintada, koalas dormilones y medusas gigantes y asesinas. Todo eso lo había leído en una revista de viajes que estaba junto a la chimenea para hacer lumbre. Alguien entró al poco en mi cuarto. Reconocería los pasos de mi madre en cualquier lugar del mundo. Incluso en Australia. Es un regalo evolutivo de los hijos. Me hice el dormido. Ella venía con una vela. Me anduvo caricias por la mejilla abofeteada. Me atusó el flequillo como mi abuela, pero sin saliva. Y por último, justo después de coger aire hasta el límite de su costillar y soltarlo a trompicones, mi madre me floreció un beso en medio de la frente.

Me hice el molesto, como si el beso me hubiera despertado. Mamá, dije con los ojos cerrados, mamá, lo siento. Ella seguía peinándome. Mamá, me perdonas. Hijo, no vuelvas a hacer algo así, ya eres mayor para ser tan irresponsable. Además, pronto tendrás un hermano pequeño y tendrás que cuidar de él. Abrí los ojos todo lo que pude. Mi madre sonreía. Lloraba y sonreía. Pregunté cuándo. Pronto. Pregunté su nombre. Marcos. Pregunté cuándo otra vez. Mi madre me dio otro beso y se fue a llorar sobre la silueta negra y aureolada de mi padre que reposaba en el umbral de la puerta.

Aquella noche soñé con Australia.

Pero… ¿Por dónde íbamos? Ah, sí. Estaba al teléfono con mi madre.

¿Mamá, que está pasando? ¿Qué hace papá aquí en Ámsterdam? Mi madre no respondió y se remitió a las posibles explicaciones que mi padre quisiera darme. Tu padre ya es mayorcito, es todo lo que dijo. Comenzó entonces mi habitual retahíla de indignaciones. Reproches. Iras y rabias sin cimientos. Ese modo tan banal de decirle a mi madre cuánto la quería a base de arrebatos de tristeza o de cólera. Mi madre colgó el teléfono entre lágrimas. Una bofetada violenta.

Mi padre estaba en pie. Apoyado en el marco de la puerta. Se le movía la cabeza como a un bebé. Quién ha respondido, Nicolás. ¿Cómo? Sí, quién ha respondido al teléfono, has llamado a casa, verdad. No sé, un hombre. Lo conoces, papá. Claaaaro, hijo, puf, es un imbécil que le está sacando el dinero a tu madre con la pamplina de que él sabe dónde está Marcos. El otro día le pegué un puñetazo y me ha denunciado. Así están las cosas. Mi padre se incorporó fuera de la seguridad de la puerta, y al hacer un gesto despreciativo con la mano derecha se fue al suelo de bruces.

Aunque era imposible no escuchar el escándalo de sus vaivenes y sus tropiezos con el paragüero o los picaportes, mi padre jamás dejó que ni mi madre ni yo lo viéramos bajo el hechizo de la bebida. No quería que lo observáramos con la lástima con que uno bendice a los viejos alcoholizados de la calle. Vete a saber la importancia de todo aquello. El amor propio es algo muy complicado de explicar.

Aquella noche en Ámsterdam fue la primera y única vez que he visto a mi padre menguado por el alcohol. Derrotado. Tenía una borrachera lagrimosa y abatida. Nada de cánticos o algaradas. Únicamente sollozos de cachorro. Cada cual tiene su modo de pelearse con la bebida, decía siempre mi amigo Chivu. Y era verdad. A él, a Chivu, por ejemplo, le daba por rogar a una chica del instituto como si la propia vida dependiera de ser correspondido. El lunes, Chivu siempre lo negaba, y llegaba incluso hasta el juramento para asegurar que nunca había visto una mujer más fea en España desde las aberraciones genéticas de los primeros monarcas Borbones. Era muy ocurrente, mi amigo Chivu. Lo dicho: el orgullo, qué extraño cóctel de sueños rotos.

Nunca en mi vida fui tan consciente, tan estúpidamente culpable de las hemorragias internas que abrasaban el interior de mi padre. Le ayudé a levantarse del suelo. Tratábamos en vano de aguantar la vertical. Se vencía. Oscilaba igual que las boyas en alta mar. Indeciso acerca del lugar donde abatirse. Sobre mí caía todo el peso de sus años y sus penas. La vida pasa, Nicolás, la aproveches o no. No esperes que sienta lástima por ti, la vida. Es todo lo que dijo, o al menos todo lo que yo pude entender de sus balbuceos.

Entonces uno recuerda. Sí. Uno recuerda imágenes que no había olvidado sino que había decidido esconder. Seguro que alguna razón habría para ello, pero ya no importa. Recordé la vida de mi padre hace solo unos años. Me puse en su pellejo de cuarentón, esa edad en la que uno mira para atrás y le da por hacer recuento, imagino yo. Con su hermosa mujer que todos admiraban por la calle, vampirizados por sus curvas duras y finas a un tiempo. Sin sospechar siquiera que la bondad que encerraba en el pecho era mil veces mayor a su belleza. Con sus hijos, tan sanos y tan bien criados, los dos, míralos qué guapos y qué estudiosos, serán lo que ellos quieran ser. Y la hipoteca casi casi pagada, falta ya solo un último arreón. Y el reconocimiento laboral. Y el nexo de unión de los pocos amigos que iban quedando, esos dos o tres que habían soportado las trampas que la amistad pone a partir de los treinta años. Y las vacaciones en invierno con el coche lleno de maletas. Qué me dices de aquellos viajes los cuatro juntos, pendientes de la ilusión de Marcos por ver las montañas con nieve. Todo, papá, lo conseguiste todo. Tú solo.

Me sentí culpable. Por haberme ido. Por haberlos dejado allí, a los dos. En aquella casa grande donde entra poca luz y retumba el bullicio del tráfico y los jóvenes indolentes. Solos. A mi padre y a mi madre. No me criaron para eso. O sí. Un hijo tiene que irse de casa algún día. Nadie puede condenarme por ello. Solo yo. Y es ahora cuando me acuso. Los dejé en un estado constante de velatorio donde exclusivamente cabían los horrores que los separaban. Era por mis errores que ya no vivieran juntos. Que hablaran dialectos distintos. Solo por mí. Llegaron al punto en el que mi madre aborrecía la sola presencia de mi padre. Y mi padre, pues mi padre ahí, muerto de amor, con su imperio haciendo aguas. Conmigo en casa, nada de eso hubiera ocurrido. Pero, papá, le dije al tiempo que le quitaba los zapatos, qué podía hacer yo, dime. Os olvidasteis de mí. Me dejasteis en medio. Un náufrago de vuestras vidas. Y no os importó. Le conté muchas cosas mientras le desabotonaba la camisa húmeda y le ponía el pijama. A mi padre. El único que tendría. En algún momento incluso le hablé de ti. Pero eso son cosas que han de quedar entre un padre y un hijo. Nada más. Aunque él no pudiera escucharme.

Al día siguiente hice lo posible por levantarme antes que él. Preparé café y bajé a comprar bollos calientes en la panadería de la esquina. Cuando regresé a casa mi padre ya estaba afeitado y volvía a ser dueño de toda su honra. La diferencia es que ahora no se comportaba como si nada hubiera ocurrido. Sentía su vergüenza y sus ganas de redención. Había hecho el equipaje para marcharse. Me hice el despistado y le propuse que pasáramos juntos el día. Hoy no tengo que trabajar, mentí, y él supo que mentía. Podríamos hacer algo de turismo, quizá visitar un museo y el Barrio Rojo y, si hace bueno, incluso podemos hacer una barbacoa en el parque.

Mi padre solo se limitó a sonreír.

Creo que fue un día que los dos necesitábamos desde hacía años. Creo, solo lo creo, que son los días con los que un padre sueña cuando decide tener hijos. Otro motivo no puede haber. Aunque yo de esas cosas no entiendo. El día, quizá, que tú muchas veces soñaste en disfrutar con tu hija también, cuando fueras ya viejita, y ella, tu hija, viniera a visitarte con los nietos, o a llorar en tu regazo porque su marido era un canalla. Qué cosas se me ocurren.

Fue un día inolvidable.

No hablamos de nada en particular. Mi padre y yo. O por lo menos, no hablamos de nosotros, ni de mi madre, ni de Marcos. Ni de ningún pasado en común. Sí que hablamos de cada uno de nosotros. Por separado, quiero decir. Como si nada nos uniera. Visitamos el Museo van Gogh y así descubrí que mi padre había sido aficionado de joven a la pintura. Pensé muchas veces en estudiar Bellas Artes pero tu abuela se opuso, me dijo mientras me explicaba los trazos de *Los comedores de patatas*. No recuerdo cuándo dejé de pintar. Luego he pensado muchas veces en retomarlo, quizá cuando me jubile, decía colmado de una ilusión perruna. Cuesta creer que los padres tengan pasiones fuera de la disciplina horaria y las declaraciones de la renta. Será una buena forma de pasar la jubilación, eh, Nicolás, pintando en una playa. Y allí se perdía mi padre, en los mil azules de *La noche estrellada*.

Después de almorzar, recorrimos el Jordaan y el barrio judío en bicicleta. Descubrí que a los dos nos gustaba el mismo tipo de mujer. Y que ambos teníamos cierta propensión a la melancolía y a los encierros en solitario. Yo pensaba hablarle de nazis y de las represiones étnicas que había sufrido la ciudad. De nuevo él me sorprendió con sus extensos conocimientos en la materia. Había visto todas las películas y todos los documentales existentes sobre la Segunda Guerra Mundial. Me habló de horrores en los campos de concentración y de exterminios demasiado recientes como para no sentir aún la voz entumecida de los torturados. Incluso mi bisabuelo fue uno de los miles de republicanos españoles presos en Mauthausen. Murió de hipotermia por una ducha helada cuando las fuerzas le fallaron en las conocidas como escaleras de la muerte. Pero eso a nadie le importa ya. Una vez tu abuelo nos llevó a Austria, dijo mi padre, cerca de Salzburgo, al campo de concentración donde encerraron a su padre. Tu abuelo estuvo durante horas con las mandíbulas apretadas y no dijo una sola palabra, envuelto en un silencio reverencial. Paseaba entre el callejón de barracones muy despacio, como si fuera a comulgar. Tu abuelo. Pobre hombre. Pensaba que Martín nunca había viajado, papá, siempre me decía que él no tuvo vacaciones. Mi padre se encogió de hombros, ya ves, hijo, ya ves.

Mi padre sabía tantas cosas sobre la guerra que quedé fascinado. Y al final, para total humillación de mis paupérrimos conocimientos, tomamos un café y con un lapicero remató la faena explicándome los errores de las estrategias bélicas, las falsas leyendas en torno a los protagonistas y las casualidades que decantaron la balanza. Las casualidades, siempre las casualidades imponiendo sus designios.

Por qué, papá, pensaba mientras lo escuchaba hablar lleno de entusiasmo histórico, por qué has tenido que esperar tantos años para contarme que tú también eras un hombre. Que tú también piensas que tiene que haber algo más, lejos de este circo de borregos. La muda sospecha de que todo esto es una estafa. Por qué han tenido que suceder tantas desgracias para que hables conmigo fuera de las reprimendas y los miedos que te ocasionaba mi inmadurez.

Terminamos el día en el mercado de las flores. Compramos quesos y salsa de mostaza con miel. Comimos todo sentados en un canal, con dos latas grandes de cerveza. El sol anaranjado iluminaba las fachadas y el agua, y poco a poco desaparecía al otro extremo de los diques. Me contó un par de chistes que me hicieron sacar la cerveza por la nariz. Yo le hablé de Gennaro y él me escuchó con un embrujo sosegado. Vaya tipo ese Gennaro, por qué nunca me hablaste de él. Ahora fui yo el que se encogió de hombros. Yo qué sé, papá, yo qué sé. Aunque los dos sabíamos el porqué.

Regresamos a casa a pie. Hacía una noche perfecta. En todo ese rato no hablamos más. Al llegar a casa salimos a la terraza que daba al canal. Abrimos otro par de cervezas y mi padre me preguntó si mi abuelo me había enseñado a jugar al ajedrez. Claro, contesté entusiasmado, aunque siempre me ganaba él. Normal, me dijo con la mirada perdida en el agua, de joven ganó varias veces el campeonato de la mina. Tendrías que haberlo visto cuando Kasparov se enfrentó al ordenador ese, el *Deep Blue*, creo que así se llamaba. Tu abuelo se pasaba las tardes con las anotaciones de las partidas reproduciendo los movimientos. En una especie de catalepsia. De vez en cuando se llevaba las manos a la cabeza y decía: esa máquina piensa, joder, ya lo creo que ese puto ordenador piensa, este es el fin del ser humano tal y como lo conocemos.

Vamos a ver qué es lo que te ha enseñado, añadió mi padre golpeando con la palma de la mano en la barandilla. Colocó la mesa para jugar una partida y yo fui a por el tablero que mi abuelo me había dejado en herencia. No he jugado con él desde que Martín murió, papá, espero que estén todas las figuras. Vaya, dijo mi padre desbordado de una nostálgica alegría, mira que he buscado este tablero por todas partes. Siempre pensé que lo había robado algún viejo de la residencia. Habré jugado cientos de partidas en él. Tu abuelo no me dejaba hacer los deberes hasta que le aguantaba un movimiento más que el día anterior. ¿De dónde lo has sacado?

Me disponía a explicárselo mientras colocaba las piezas. De pronto vi una hoja de papel en el fondo de la caja. Mi padre y yo nos miramos. Era una carta de mi abuelo. Qué momento tan mágico, pensé, mi padre, mi abuelo y yo, allí juntos, en mi casa de Ámsterdam. Unidos por ese tablero de ajedrez.

Saqué el sobre con cuidado de no romperlo. La carta llevaba mi nombre. La leí atropelladamente. Después la leí más despacio a fin de cerciorarme de que no me había equivocado. Mi padre colocaba cada figura en su escaque, ajeno a mis reacciones. Me levanté enfurecido y por un momento, solo un momento, pensé en golpearle con todas mis fuerzas. A mi propio padre. En darle un puñetazo en la mandíbula y ponerle las maletas en la puerta. No sé cómo habría reaccionado si hubiera visto esa carta el día en que mi abuelo murió. O cualquier otro día a lo largo de esos años de aislamiento. Yo había cargado con aquel tablero de ajedrez como si llevara las cenizas de mi abuelo y jamás se me había ocurrido abrir la caja de madera con las fichas. Poco importa hacer cábalas. El caso es que leí su nota esa noche. Tras largas horas de muda reconciliación. Con mi padre allí sentado sobre una silla de plástico de la terraza. Y no hizo falta que me diera explicaciones. Ya le había perdonado antes de que empezara a hablar. Lo había entendido todo.

Qué pasa Nicolás, ¿es una nota de tu abuelo? ¿Qué dice? Se la entregué. Imaginé cuál iba a ser su reacción y no me equivoqué. Mi padre bajó la mirada. Suspiró. Y poco a poco comenzó a mascullar su alegato de disculpa. No queríamos… Bueno, tu madre no quería… no sé, hijo, pensábamos que era lo mejor. Nicolás. Tu madre… Tu madre no podía tener más hijos. Nos gastamos una fortuna, pero no hubo manera. Durante más de dos años. Un dineral. Todo empezó por ahí. Tú sabes lo que significaba para ella, ser madre… A mí me costó entenderlo, pero nunca me arrepentí. Lo hice por ella, por tu madre. Se pidió una excedencia en el colegio. No se lo dijimos a nadie y nadie se enteró. Solo conocían la verdad tus abuelos. No sabíamos qué hacer contigo o qué haríamos con Marcos cuando fuera mayor. Lo mejor era que todo se desarrollara del modo más natural posible… Erais hermanos. Marcos era nuestro hijo. Daba igual todo lo demás… ¿No es cierto?… No queríamos que nunca nadie, en fin, que nadie pensara… Yo qué sé, Nicolás… Pensábamos decírtelo, cuando fueras mayor, cuando ya no hubiera peligro de que se lo largaras a cualquier desconocido, ya sabes… Pero luego, en fin, luego vimos que daba igual. Tú me entiendes, verdad. Qué importaba, hijo, me entiendes. Qué importaba… La madre de Marcos había muerto en el parto. No tenía familia. Del padre, bueno, del padre nunca se supo nada. Qué más daba si era biológico o no. Era nuestro hijo, y era tu hermano, verdad. Y luego… Ya sabes… Luego todo dejó de tener importancia.

Regresé a la mesa. Frente a mi padre. Saqué una moneda del bolsillo y la lancé al aire. Mi padre me miraba como quien espera una detonación. Un veredicto. Cara. Te toca jugar con las negras, papá. Moví un peón blanco dos escaques. Me levanté y puse mi mano en su hombro. Voy a la nevera a por otra cerveza, ¿quieres algo? Mi padre tragó saliva para que no se le quebrara la voz. Sonrió. Claro, hijo, lo que sea.

Te visité a diario. Siempre por la mañana, cuando sabía que H no aparecería. ¿El trabajo? Bueno, el trabajo lo dejé. Eso ahora no tiene importancia. Te dije que estaba escribiendo un guion por las noches. Seguía en busca de esa historia, sí. Buscaba y a veces incluso creía haber encontrado un sedal del que tirar para rescatar la gran obra del lugar donde se esconden. Luego la realidad sacaba músculo, y con ese aire de matón a sueldo que tiene me decía: qué te habías creído, chaval. La realidad, siempre tan miserable.

Los primeros días estabas dormida. Pasaba mucho rato mirándote. A sorbos lentos. A la caza de una profecía. En esa quietud con que se mide el tiempo en las plantas de hospital. Tenías la piel pálida y suave de una uva. La expresión aniñada de los rostros sin conciencia. Las pecas bajo los ojos te daban un aspecto tierno e inofensivo. El pelo corto, como siempre. Llevabas el flequillo peinado como Julie Christie en la adaptación de *Fahrenheit 451*. De un color entre caoba y castaño. Ámbar, eso es, ámbar. Todos los días al verte me preguntaba si eras tú la chica que vi sentada en el tranvía o la misma que se perdió entre el gentío de la plaza Dam. Nunca te lo he preguntando.

Ahora sí eras tú.

Despertaste a los tres días. Mientras te leía una novelucha romántica que había encontrado en un revistero. Estábamos solos en la habitación. Había una brújula en tus ojos. Me reconociste enseguida. Ni un gesto de sorpresa. Te cogí de la mano y tú la apretaste con las pocas fuerzas que tenías. Estabas de vuelta. Pronto te encontrarías bien.

Mi padre se marchó el mismo día que abriste los ojos. Fui a despedirlo al aeropuerto. Estaba tan feliz de haberte visto despierta que le di un abrazo. Por un momento, arrebatado de fe en la vida, pensé en decirle algo así como no te preocupes, papá, ella volverá, algún día, mamá volverá y recordará. Pero no lo hice. La magia había terminado y volvíamos a ser padre e hijo. Esos consuelos manidos sobre el amor no se le lanzan a un padre, y menos si estás hablando de tu madre. Son leyes que no hace falta poner por escrito.

Desde entonces tu recuperación fue muy rápida. Más de lo que el optimismo podría dictar. A los pocos días eras capaz de dar varios pasos por el corredor. A la semana los médicos ya te dejaban salir al jardín. La primera vez que pusiste un pie fuera del edificio del hospital permaneciste un buen rato absorbida por el deleite de respirar. Una gran sonrisa asomaba en tus ojos. Así sonreías tú, primero con los ojos.

Pronto buscarías de nuevo la intemperie y el exilio.

Una de esas mañanas, cuando llegué a tu habitación, estabas aún dormida. No quise despertarte. Sobre la mesilla reposaba un cuaderno abierto. Puedo tratar de explicarte que mis motivos no eran entrometerme en asuntos ajenos. De nada serviría. El caso es que lo vi. No era tu letra. Supuse que se lo habría dejado olvidado tu hermano la tarde pasada. Aquel nombre: Fabio Babare. Repetido muchas veces. A veces solo las iniciales. A veces el nombre completo. Flechas. Direcciones. Números. Siglas subrayadas. Tachaduras, muchas tachaduras. Mapas. Más nombres borrados. Todo un compendio de investigaciones a lo largo de los años. ¿Quién se escondía detrás de aquel nombre? Y por encima de todo, ¿por qué seguía obsesionándote después de tanto tiempo?

Salí de la habitación a por un vaso de agua. Cuando regresé te hacías aún la dormida. Lo sé porque el cuaderno ya no estaba sobre la mesilla. Al momento abriste los ojos. Sonreíste con esa boca tan trabajada frente a un espejo.

Los médicos decían que la recuperación sería lenta. Debías seguir los plazos. Tener paciencia. Dejar tu ímpetu en barbecho. No era bueno forzar ya que no descartaban una recaída. Pero tú te encontrabas cada vez mejor y no veías el momento de salir de allí. Te habías vuelto a negar a ser medicada o a recibir tratamientos invasivos. Incluso firmaste una declaración por la que renunciabas a cualquier tipo de intervención si volvías a quedar inconsciente. Los médicos, de momento, habían decidido no insistir. Era mejor que descansaras unos días antes de reincidir en el tema. Estaban seguros de quebrar tu determinación llegado el momento. No conocían la audacia de tus silencios y no me molesté en tratar de explicárselo.

Me hice amigo de las enfermeras. Yo, ya ves, que para dirigirme a un desconocido tengo que encontrarme en una situación de vida o muerte. Las convencí para que te dejaran pasar una mañana fuera. Tendríamos cuidado. El médico ya había pasado consulta y estarías de vuelta para la visita de la tarde. Aquello no era una cárcel, claro, y firmaste los papeles que te pusieron delante asumiendo tu responsabilidad.

Cuando llegué estabas ya en la puerta. Qué puedo decirte. Quise que un hombre me creciera dentro para entender algo. Llevabas un vestido de gasa de colores claros. Te habías puesto el mismo sombrero cloché de nuestra primera cita en Cambridge. Un chal de los años cincuenta en la mano. De tu abuela, la actriz, la apátrida que envenenó tu sangre de desdén. Y aquellos pendientes que te regalé en Roma. El recuerdo, en lugar de doloroso, me hizo sentir la satisfacción de los ancianos por lo vivido. La calma de la lejanía. No te habías maquillado. Mejor. Apenas una línea negra bajo los ojos y un leve brillo transparente en los labios. Diste una vuelta como las bailarinas de las cajas de música. Me llegó tu perfume. Sentí la necesidad de ayunar, de convertirme a otra religión más austera y justa, de echar raíces y alimentarme de minerales. De nuevo tú y yo. Tan lejos. Mi lugar en el mundo.

Como aún estabas débil para caminar mucho y no tenías ganas de introducirte en el gentío de los canales y las plazas, tomamos un autobús que nos llevó a un pueblo al norte de la ciudad. Era un lugar muy verde, de molinos antiguos también muy verdes. Paseamos un rato. Te pregunté qué pensabas hacer cuando estuvieras bien. Por animarte. Por hablar de esperanzas renovadas. Yo conocía la gravedad de tu estado. Fue un error. Desde luego. Siempre fui muy torpe con las contrariedades ajenas. Tú no hablabas del futuro, nunca. Así que nos quedamos en silencio mirando un riachuelo cantarín, como si quisiéramos leer algo escrito en las arenas del fondo. Luego me esforcé por hacerte reír. Lo conseguí. No recuerdo cómo. Lo he olvidado. Qué ganas de partirme las manos contra la pared cuando ocurre eso, el olvido.

A continuación fuimos hasta un pueblecito costero que estaba en fiestas. Había una música de lo más ridícula, de acordeones y extrañas trompetas. Tú te pusiste a bailar con un lugareño tal como hiciste con los mendigos de Roma. Tuve que abrir la boca y reírme para no estallar de felicidad. Te agotaste enseguida. Nos sentamos en un banco cerca del agua. Comimos un bocadillo de marisco que bautizaste como el mejor sándwich del mundo. Estabas tan contenta que me daba mucha pena tener que regresar al hospital. Hablamos de cosas pasadas. De pequeños signos que nos dejamos por el camino. Lanzadas en el pecho y horas de soledad. Quizá no debimos hacerlo, la soledad es algo muy íntimo.

Habías dejado de fumar. Qué pena y qué alegría. Aunque no fumes, expuse, podrías llevar un cigarrillo en las manos, te da un aspecto de mujer inaccesible. Qué cosas dices.

Una brisa suave y constante jugaba con un mechón de tu flequillo. Iba a llover. Era el último día del verano. No puedo pensar en nada más triste que un último día de verano. Solo hay que haber sido niño para saberlo. Las nubes se tiñen de violeta. Los pájaros se van. Adónde, no sé, se van. Levantan el vuelo en grandes manchas de tinta negra y no los vuelves a ver. Mientras, todo permanece suspendido de esa calma asfixiante que queda tras la lluvia. Esa lluvia que sabes que es una frontera.

¿Qué voy a hacer cuando me encuentre mejor? Te brillaban los ojos, fríos, como si llevaras mucho tiempo sin pestañear. Seguir buscando, eso haré.

Te dejé hablar. Dichoso. Ya había aprendido que contar siempre es un regalo.

Tu hija. Ahora sí me hablaste de ella. Pero algo había cambiado. Al nombrarla, tu voz ya no era el crujir de una bolsa de papel. Tampoco hablabas desde el resentimiento. Ni siquiera te expresabas en pasado. Ni atravesabas ciudades invisibles. Habías perdido peso. La carne de las sienes y los pómulos estirada, como si fuera de noche y te enfocaran desde abajo con una linterna. Parecía que tuvieras los labios más grandes, realzados con refinada coquetería. No sé con quién hablabas. Con el mar. Conmigo no. Llevo muchos años buscándola, dijiste.

H y tú buscabais al matrimonio que la adoptó, allá en el sur de África. En Botsuana. Volvieron a Europa al poco tiempo. Eso fue lo primero que supisteis y os llevó varios meses descubrirlo. Casi por casualidad. Tú solo habías visto a aquel hombre una vez, a través de una puerta entreabierta, ya con tu hija recién nacida en sus brazos. Todavía con tu sangre y la suya confundidas. Pero lo reconociste enseguida en una fotografía publicada en *The Times* en la que se distinguía al padre adoptivo de Alena a la salida de una reunión de líderes mundiales. Sí, ya conocías su nombre: Alena. Al principio no te gustó, pero con el tiempo, a base de pensar en ella, tú misma habías terminado por llamarla así. Alena. Alena, repetías en un tono invocador. Es bonito, verdad. Mucho.

Tu primera alegría se vio pronto truncada por la realidad. La realidad, otra vez. Cómo encontrar a un hombre en el mundo. Somos tantos que solo contarlos nos llevaría una vida entera. Fabio Babare resultó, además, ser un hombre casi sin identidad. Una especie de agente secreto. Un trabajador del servicio de inteligencia. Un espía de diplomáticos y tecnología extranjera. Cualquiera sabe. El caso es que el matrimonio vivía al margen de todo. Adoptando diferentes apellidos, nacionalidades, cambiando de domicilio cada poco tiempo. Roma, Lisboa, Praga, Helsinki, Atenas, Ámsterdam…

La pausa concienzuda que te tomabas para elegir cada palabra me decía que mentías. O que, al menos, te esforzabas por velarme parte de la información. Como si hablar más de la cuenta diera al traste con muchos años de tesón. Eso te lo digo ahora. Entonces no me di cuenta de nada. Demasiado tenía con asimilar tu mensaje con el esfuerzo que ponen los sordomudos por entenderse.

Alena tiene tres años y medio. Y nunca la he visto.

Si es cierto que está en Holanda podríamos buscarla, dije a la vez que me sentía el ente más inútil de la creación. Así es, todo ser en la biosfera tiene su cometido. Eso dicen. Su muesca en el engranaje. Menos yo, que en ese momento era inservible. Giraste la cabeza, con los ojos vidriosos de los gatos somnolientos. Se han ido y les hemos perdido la pista. Fabio Babare, su mujer Francesca y Alena. Y, mírame ahora, Nico, enferma. Jamás conoceré a mi hija.

Te levantaste y caminamos un rato descalzos por la arena. Me cogías del brazo y apoyabas la cabeza en mi hombro. A mí me faltaban palabras y días y vida.

Me recordabas tanto a la mujer que había querido olvidar.

En el autobús de vuelta al hospital estabas exhausta y te quedaste dormida gran parte del trayecto.

Fabio Babare. Ahora yo tampoco podía arrancarme su nombre. Tenía que tomar tu relevo y encontrarlo. Quizá ahí estaba también mi historia. Necesitaba hacerme con el cuaderno de tu mesilla para ayudarte. Tracé todo el plan en ese viaje. Sin orden ni concierto. Sin caer en la cuenta de mi limitado talento para la mentira. Quizá las enfermeras se prestaran a ayudarme si lograba convencerlas de que así yo conseguiría que escucharas a los médicos.

No debí hacerlo, lo sé. Engañarte a ti y jugar con la buena fe de ellas.

Oye, Nico. Tu voz acunada en mi hombro me sacó del trance. Se me había olvidado preguntártelo, dijiste antes de caer dormida, ¿sabes algo de Pierre?

Pierre, ¿qué había sido de mi amigo desde aquella maldita carrera de remos que perdió por unos centímetros? ¿Qué había sido del gran Pierre Spielmann durante mi exilio en Holanda?

Pasé casi dos años sin ver a Pierre. Aunque en todo ese tiempo no perdimos el contacto. Primero lo destinaron a la frontera del Chad con Sudán, en la región de Darfur. No sabría describírtelo, Nico, es un lugar de fuego y arena. De muerte y demonios a caballo que queman y violan y roban y reniegan de su humanidad. Yo no sé si existe Dios, pero aquí no está. Nunca vi un lugar más hermoso y más absurdo. Así eran sus mensajes.

El trabajo no era lo que él esperaba. Supongo que nunca lo es. Pierre quería estar en primera línea de fuego. Que se le tostara la piel. Que se le olvidara el color del agua. No lo sé. Quería moler mijo. Ser uno de ellos. Raza negra. Hambriento. Un ángel despeñado. Nunca usó estas palabras, pero en cierto modo sí lo hizo. Pierre quería salvar el mundo desde su condición más miserable.

Para su frustración, apenas tenía contacto con los desplazados. Lejos de ese dolor ajeno que fue buscando para mitigar su culpa de burgués errante. *À la recherche* de un indulto para su condición de europeo con tres vidas más que un africano. Solo quería alejarse del que nace con una pala de enterrador ciego de todos los pobres del mundo. Esa era su condena. En realidad es la de todos, pero solo unos pocos se dan cuenta.

¿Y si todo fuera verdad? ¿Y si toda esa gente estuviera muriendo de verdad por nuestra ceguera y egoísmo? Cuánta vergüenza pasaríamos al final del cuento. Ya se nos pasará la factura. De un modo u otro. No tengo dudas.

Pierre invertía la mayor parte del tiempo en un trabajo de oficina absurdo. Incoherente. Papeles y tablas con números. Siempre faltaban cosas. A veces incluso sobraban, como aquella vez que tuvieron que comprar un coche de alta gama a final de año para justificar gastos y que no bajaran las donaciones económicas. Me lo explicó, pero no lo entendí.

Era muy difícil llegar hasta los más necesitados. Y Pierre era un príncipe escondido mientras su ejército sangra en el campo de batalla. Vivía en un complejo prefabricado donde con suerte el termómetro no subía de los cuarenta y cinco grados. La gente moría y lloraba el genocidio a pocos kilómetros de su confortable oficina del primer mundo. Campamentos de toldos blancos, invernaderos que podían cocer a una persona a fuego lento. Los Janjaweed, los demonios a caballo, arrasaban el país, exterminaban a los negros en un genocidio orquestado. Hace unos años convivían cristianos y musulmanes, se casaban entre ellos, negros y árabes, Nico, y ahora no hay agua, y se matan unos a otros, y el gobierno aniquila a los negros. Los quiere borrar de sus tierras. Y Pierre con su máquina de café, con su ventilador, con su agua transparente embotellada en los Alpes. Ahí sentado, todo el día, respirando las ráfagas pestilentes de muertos por el hambre y el fuego. No hay quien lo entienda. ¿Entender, Nico? Hace mucho que dejé de intentarlo.

Por las noches, el personal de varias ONG y de organismos de Naciones Unidas se tomaban unas cervezas, y en algunas ocasiones hasta organizaban fiestas con música y risotadas. Es la única manera de no suicidarse. No nos juzgues, decía, hay que estar aquí para tener la imperiosa necesidad de huir. Claro, cómo voy yo a juzgarte, Pierre, le escribía en mis mensajes. Y le preguntaba más cosas, porque hablar de mí resultaba demasiado insignificante. Una broma terrible. Cualquier problema que yo tuviera resultaba obsceno. Una traición ingenua e imperdonable. Cada uno con lo suyo, Nico, esta gente no tiene la exclusiva del sufrimiento. Pero yo sabía que sí, y él también, por eso estaba al sur del Sáhara. Esa barrera que puso el dios de los blancos para protegernos del peligro de la bondad. Aquí, aunque no lo creas, vive la gente más feliz que he conocido, Nico. Eso lo repetía en cada mensaje, como si se le olvidara que ya me lo había dicho cien veces. La gente canta por las noches, y se acercan a un baobab para escuchar a viejas centenarias contar historias de sangre y arena. Las mujeres llevan velos de colores que no imaginarías, y te juro que hay un viejo Zaghawa que cuando canta hace vibrar a las piedras. Eso lo he visto yo con mis propios ojos. Lo que más les gusta a los niños es que les saquen fotografías y verse en ellas. Parece que fuera la primera vez que se ven. Algunos incluso se niegan a reconocerse y piensan que todo es un truco de magia blanca. Y a mí se me partía el costillar de culpa y envidia. Porque yo también quería sentarme junto al baobab, y escuchar aquella voz de negro montuno capaz de vivificar lo inanimado, y tomar fotografías a niños que no conocían más horizonte que las dunas y los *uadis* resecos.

Las historias. Las historias son lo único que importa.

Tras ocho meses en la frontera de Darfur, el gobierno sudanés expulsó a todas las ONG del país. Pierre fue destinado entonces a la República Centroafricana. Un cargo superior para llevar la logística de varios hospitales de campaña. Al poco de instalarse estalló un golpe de estado. Pierre y sus compañeros estaban en medio de todo aquello. Peleas callejeras, fuego cruzado, amenazas. Pierre siempre hablaba de lo interesante que era vivir en primera persona la historia de África. El día que se den cuenta de que no necesitan al primer mundo, los blancos nos podemos dar por jodidos, Nico, esta gente piensa que somos nosotros quienes los sacaremos de la miseria, cuando toda la culpa es nuestra. Tienen el mundo en sus manos y no se dan cuenta.

El trabajo de Pierre esta vez consistía en la organización de construcciones, el reparto de víveres, medicinas y personal, y en negociar con los grupos de seguridad de sus compañeros para evitar traiciones y secuestros. Tampoco era lo que él había ido a buscar, pero ya se sentía parte de una misión inevitable.

Creo que aquellos meses en África Central fueron muy exigentes para él. A nivel mental, agotadores. Y aunque era la prueba estrepitosa y suprema con la que Pierre buscaba voltear los cimientos de su alma, algo se le metió dentro. Algo, no sé el qué, pero algo. La mirada de un niño muerto. Con sus ojos de muerto. Con su cuerpo frío de muerto. Ese frío que solo tiene la carne muerta. Qué se yo. Un gusano. Un nematelminto que fue capaz de horadarle su seductor júbilo. Nunca me habló de ello. Pero lo sé. Lo sé porque a los siete meses volví a verlo a través de una video-conferencia. Pude comprobar entonces los estragos que causa el sufrimiento ajeno en la propia piel. Pierre llevaba todos aquellos rostros en la mirada. Yo los veía. Los tenía metidos entre las manos, en su chaqueta, en su olor de negro curtido al sol de África. Nada hay más devastador que mirar a los ojos a lo que es capaz de hacer un hombre, un hombre, un solo hombre, Nico, no lo imaginarías, me dijo a través de la pantalla con el desaliento del dios de África metido en sus ojeras. Y yo no lo he olvidado.

Al poco de aquello un mosquito le picó. Uno más. No, aquel era distinto. Aquel era una hembra. Una hembra de mosquito que solo quería cuidar sus huevos. Sus hijos. Nada más noble. Pero esa hembra tenía un demonio dentro. Un demonio celular que viajó hasta su hígado para reproducirse. Para crecer y falsificarse. Una vez rearmado, el demonio lanzó un ataque masivo contra sus células sanguíneas. Devastador. Traicionero. Ahora la guerra, la muerte y las dudas estaban dentro y fuera de Pierre. La malaria lo invadió como una torrentera de barro que cae sobre el valle tras una tormenta. Fiebres bíblicas, sudores de aceite. Mialgias como hachazos. Delirios en los que África se hacía carne, herida y cataclismo. La enfermedad se abría en su cabeza en forma de cefaleas inauditas. El demonio crecía y crecía.

África ya no eras tú. Esa imagen que se me había quedado en la cabeza la primera vez que me hablaste de selvas y oasis. Recuerdas. Cuando me describías a los domadores de monos, los fumaderos de hachís, los zocos atestados de miseria y los mercados larguísimos donde se vendía todo. Me lo contaste en Cambridge. Tan lejos de los misteriosos tuaregs y los llameantes crepúsculos sobre cúpulas de oro. Tan lejos también de aquel safari que hiciste con tus padres de niña y donde viste a un elefante morir en soledad. En un lago salado en Tanzania donde el color de las aguas y el carbonato sódico lo teñían del mismo color rojizo que tenían los géiseres de tu pelo. De tus ojos. Qué tristeza. África era hermosa dentro de tus ojos aguijoneados. Pero ahora, África lloraba dentro de Pierre. Millones de niños morían de paludismo. Se hablaba del ébola como de un espíritu maligno todavía desconocido, mientras los más viejos gemían por lo viejos que eran y enterraban a los jóvenes que iban a la guerra. Joder, qué injusto todo. Ese no era el cuento del que me hablaste en Cambridge y en Roma. Otra mentira más.

No había forma de hacerle comer. Su cuerpo rechazaba cualquier ayuda. La enfermedad se complicó. Fallo renal. Afecciones al sistema nervioso. La ictericia se extendía por su piel igual que un delta corrompido. El jefe de campo decidió entonces enviarlo de vuelta a Europa para que se recuperara, de lo contrario corría el riesgo de sufrir graves hemorragias y morir. A los dos días ya estaba en un hospital de París. De inmediato cogí un tren.

Los médicos me dijeron que una segunda infección de malaria podría ser letal. Malaria es un nombre muy bonito, me dijo Pierre en la cama de la clínica. Sonreía como los gorilas. Fue una gran alegría volverlo a ver y comprobar que no había perdido la cualidad de insuflar vida a los que tenía cerca. En pocas semanas el pelo se le había encanecido en las sienes, adoptando un matiz de oro blanco que realzaba aún más su condición de héroe. Los médicos le pedían que para salvar la vida dejara de ser quien era. Qué sabrán ellos. Nico, si no hubiera médicos habría menos enfermedades en el primer mundo. Deberían irse todos allá abajo y ver hasta dónde llega la ingenuidad de su juramento hipocrático.

Yo guardaba silencio. Hubiera sido injusto decirle que no regresara. No podía pedirle aquello que no podía dar. Exigirle una promesa que no podría entregar. ¿Adónde van todas las promesas que no se entregan? Prometo serte fiel en la salud y en la enfermedad. Prometo al pueblo cumplir fielmente la constitución. Prometo no traicionar a mis sueños de niño. ¿Adónde van? ¿Dónde se guardan las promesas perdidas que no encontraron destinatario? ¿Tú lo sabes?

Pierre me pidió que llamara a sus padres. Él no se atrevía. Su padre me colgó dos veces el teléfono. Su madre vino una tarde y estuvo todo el rato llorando. Parecía que suplicara algo con los ojos sin atreverse a ponerlo en palabras. Allí sentada, con los dedos trabados como raíces.

Cuando Pierre se recuperó pasamos unos días estupendos en París. Me preguntó por ti. Le dije que había dejado de buscarte. Pierre supo que mentía. Paseamos mucho y bebimos mucho más. En ningún momento me habló de África. Así era Pierre, no quería hacer sentir de menos a nadie. No hacía falta. Cualquiera que pasara un rato con él, descubría el brillo de su condición, y su condición atronaba con tal fuerza que no era necesario que Pierre dijera nada.

Me despedí con un abrazo y la duda de si volvería a verlo pronto. Me dijo que haría lo posible por ir a visitarme a Rotterdam. Nunca lo hizo.

A las dos semanas estaba de vuelta en África. Se jugó la vida al capricho de un mosquito. No podía ser de otro modo.

Su destino fue el Congo. Una especie de ascenso según me dijo. Esta vez lo enviaron lejos de cualquier ciudad. Desconectado. Sin Internet o cobertura de teléfono. Al parecer llevaba la logística de un hospital y de cinco pequeñas estructuras médicas a las que solo se podía llegar en motocicleta. El contacto se hizo difícil y mucho más espaciado. No había modo de moverse por carreteras y los grupos rebeldes estaban por todas partes.

En aquella burbuja del mundo, conoció a Habiba, una chica libanesa de ojos árabes color esmeralda y de pelo ensortijado en caracoles cerradísimos. Habiba había estado en cerca de diez conflictos armados desde Sierra Leona a Somalia, y había sufrido dos ataques terroristas y un disparo sin consecuencias. Era una mujer muy dulce. Me escribió y me dijo que se moría de ganas por presentármela. Me envió una foto con ellos dos juntos. La fotografía es muy hermosa. La tengo aquí delante. Están en la sabana. Al atardecer. El sol tiene un color desigual, verdoso y tenue —los niños de la librería de Cambridge no estaban tan desencaminados al pintar sus paisajes—. Detrás de ellos hay una acacia de la que levantan el vuelo un puñado de pájaros negros. Se ríen, Pierre y Habiba. No de los pájaros. Se ríen de algo que el espectador no puede ver y que te corroe las entrañas. De qué se ríen. Pierre apoya su barbilla levemente sobre la frente de Habiba. Ella alza los ojos todo lo que la risa se lo permite. En medio del horror son las personas más dichosas del mundo en el lugar más hermoso del mundo.

La fotografía está tomada el día de su boda.

Creo que esos meses fueron los más felices de su vida. Una vida de entrega reducida a seis asquerosos meses en el Congo. Estarás de acuerdo conmigo en que ya es más de lo que la mayoría de la gente puede decir.

En menos de cuarenta y ocho horas ya tenía toda la información de aquel cuaderno que guardabas en tu mesilla. La enfermera renunció a toda su ciencia y me facilitó una carpeta llena de fotocopias como si dentro de ella hubiera un milagro desconocido. Me entregaba tu vida.

Fabio Babare. Me preguntaba si una vez diera con él, accedería a reembolsarte todo el tiempo que te robó, si es que puede hacerse tal cosa. Quizá dejaría que vieras a tu hija. Quizá. Tal vez consentiría una custodia compartida de fines de semana. Aunque de esas cosas yo no entiendo. Es decir, no entiendo cómo se puede compartir algo que no se puede poseer. Yo solo quería borrarte la pena con la que me dijiste que jamás volverías a ver a tu hija. Que nunca serías madre de Alena. Sacarme del pecho las quemaduras de tu dolor. Y, egoístamente, ser yo el responsable de tu alegría.

¿Es posible mover un dedo sin esperar una recompensa a cambio?

Aunque en el fondo, también lo hacía por Marcos. Sentía que si éramos capaces de encontrar a Alena, sería más fácil dar con mi hermano pequeño. Quizá todo formara parte de la misma confabulación del azar. Insobornable. Extravagante. De sus actuaciones clandestinas en las que la vida juega por su cuenta con la falta de imaginación de los hombres.

Hay tanta locura en lo que uno cree racional.

A los dos nos habían robado una parte de nosotros sin pedirnos permiso.

Según pude descifrar de la horrenda caligrafía de H, el tipo aparecía y desaparecía mejor que los magos con sus bombas de humo. Durante los años 90, Fabio Babare trabajó para el SISMI, el servicio de inteligencia militar italiano, aunque había rumores de que la inteligencia militar y la civil de la República iban a ser reunificadas en una sola agencia que a su vez se subdividiría en asuntos internos y externos. Ahora mismo, Fabio Babare era un fantasma sin destino conocido ni misión asignada hasta que todo se resolviera. O al menos esa era vuestra teoría.

El matrimonio normalmente residía en hoteles en los que se registraba con nombres y pasaportes falsos. Aunque no siempre. Otras veces, cuando necesitaban permanecer en un lugar durante un tiempo prolongado, se mudaban a las embajadas italianas del país en cuestión. De hecho su verdadero nombre no era Fabio Babare, sino que ese era el nombre que había adoptado en la clandestinidad. Poco más podía sacar yo de aquellas notas, tan poco versado como soy en asuntos de espionaje internacional.

Las últimas páginas, sin embargo, eran de lo más interesantes. H había dejado una serie de notas apuntadas en las que parecía no haber puesto demasiado interés por su escasa redacción. Según pude deducir, a nuestro amigo Fabio Babare, anteriormente conocido como Enrico Babbaro, le habían tomado las medidas para sentarlo en la silla de director de una de las principales células de la agencia de inteligencia. Méritos no le faltaban. Sin embargo, una serie de circunstancias habían truncado su ascenso. En el año 97, Enrico Babbaro fue investigado por tener relación con un conjunto de asesinatos y sobornos relacionados con la mafia siciliana. La conocidísima y literaria Cosa Nostra. Al parecer su nombre y su número de teléfono habían sido encontrados en la agenda de uno de los capos y en varias escuchas telefónicas del submundo del hampa. Finalmente, no fue condenado. Imagino que sabía demasiado como para encerrarlo o degradarlo sin más. O puede que solo fuera cabeza de turco de algo más comprometido. Las razones no venían en vuestros apuntes. Recordé entonces una frase de *El buscavidas*, la película en la que George C. Scott hace de un adinerado sin escrúpulos y le explica al personaje de Paul Newman que el poder es mucho más importante que el dinero. Quizá ahí se explicaba todo. El poder y el dinero no siempre son lo mismo.

Enrico Babbaro fue relevado de su rincón y puesto en barbecho durante una temporada. Cuando todo se calmó, Enrico Babbaro recibió el premio a su silencio. Volvió al mundo convertido ya en Fabio Babare. Desde entonces viaja de embajada en embajada por medio mundo al servicio de la República.

Pero toda esta información no aportaba nada sobre su paradero actual. Ni tampoco me hubiera llevado a tomar la decisión que tomé. El desencadenante fue la que en principio parecía la más insignificante de las notas. Unos trazos que habían servido para un pequeño bosquejo de flores y flechas de los que se hacen en una libreta mientras se habla por teléfono o se piensa en otras cosas. El origen de este jardín de tinta era una fecha y un lugar apuntados en una esquina con indudable desinterés:

F. Babare. Nombre de soltera: Francesca Cadelo. Nápoles 13/2/1971.

Justo debajo aparecía pegada una fotografía minúscula, como sacada de una hemeroteca antigua. En ella se veía una joven de pelo largo y rostro algo abstracto. Llevaba una medalla colgada al cuello y en el pie de foto lo siguiente: F. Cadelo, campeona junior de Campania en la distancia de 800 metros.

Las cuentas fueron rápidas. Conocía esa fecha. El bar de Ely, años atrás. La mujer de nuestro hombre había nacido el mismo día y en la misma ciudad que Gennaro. Por si fuera poco, ambos habían sido atletas. Unas palabras de aquel híbrido de vísceras volvieron a mi memoria como un golpe en los oídos: Lo que mejor se nos daba era buscar personas.

No tenía nada que perder.

Gennaro me reconoció al momento. Me insultó durante casi un minuto en italiano y en inglés. Nos reímos mucho. Era su modo de mostrarme cariño. Cómo estás, Padrino, da gusto hablar de nuevo contigo. No quiso hablar de su salud. Ni de su situación legal. Ni de nada que llevara su nombre. Solo de relojes antiguos y de su querida Nápoles. Después de ponerle al día y prometer en varias ocasiones que en cuanto pudiera iría a visitarlo, me contó que el sudafricano había tratado de suicidarse con su pistola. El año pasado. Ni siquiera supo dispararse, me dijo, se levantó media sesera y la bala no tocó ni el hueso. Menuda sangría preparó el muy burro. Tuve que pintar el salón entero y cambiar la moqueta. A su mujer le dio pena del gilipollas y están viviendo juntos otra vez. Esperan un hijo. Yo te juro que cada vez entiendo menos este mundo, Nico. Y se partía de la risa el bueno de Gennaro. Sí, tengo a otros inquilinos. Una chica belga que hace unos pasteles de muerte. Y otro bobito español como tú que solo piensa en acostarse con chicas, pero ya le he dicho que como toque a la belga le corto el cuello. Tranquilo, le dije, estoy seguro que la chica estará a salvo.

Escucha, Gennaro. Le expuse el tema. Al menos la parte que a mí me interesaba. No le hablé de ti, ni de Fabio Babare, ni de tu hija. Ni siquiera de tu hermano H. Una de las mejores cosas que tiene la amistad frente a las relaciones de pareja es que no hace falta dar muchos detalles. Cuando terminé, guardó silencio. Espera, dijo. Más silencio. Gennaro barajaba el mazo de sus recuerdos. Creo que nació el mismo día que tú, añadí.

Comenzó a reírse. *L'anatra*. Cómo. *L'anatra*, repitió, *The duck*, el pato, remató en español. Corría como los patos, a zancadas muy pequeñas y meneando el trasero. Esa belleza estudió conmigo en la escuela primaria y también coincidimos en el equipo de atletismo. Una estirada. Fue novia de un primo mío durante un par de años. Vaya, silbó, cuánto tiempo. Mi primo estaba loquito por ella. Después se casó con un pez muy gordo, creo. A mi primo le rompió el corazón. Gennaro, lo interrumpí asaltado por la emoción, me harías el favor más grande que puedas imaginar. Nico, me estás pidiendo algo muy difícil. Lo sé, Padrino, lo sé. Veré qué puedo hacer.

Gennaro tardó un solo día en volverme a llamar.

¿Recuerdas la ilusión con la que aparecí en el hospital?

Están en París. Hasta finales de mes. ¿Te acuerdas de Gennaro, mi casero en Inglaterra? Te puse al día sobre mis avances en la investigación. Todo muy rápido, para que a través de mi entusiasmo no encontraras hueco para odiarme por haber atropellado tu intimidad. Pues Francesca, sí, la mujer… Compañera de la escuela…. Su primo, sí… Ha sido difícil pero los han encontrado… No, fue la enfermera, lo siento… Se lo pedí yo… Sé que obré mal… Pues una llamada, de cortesía, para interesarse por esto y por aquello. No dije vuestros nombres, claro que no… Están en París, sí. Tengo su dirección… Sí, son ellos, no hay duda. Gennaro me ha dado su palabra.

Te levantaste de la cama. Llegaste hasta la ventana y allí permaneciste un rato. Llorabas. Te abracé por la espalda. Luego sacaste una maleta de un armario. Despacio, muy despacio, colocaste en ella cada una de tus cosas, como si tuvieras miedo de estropear algo de aquel momento. Nico, ¿vendrás conmigo? Pero… No puedes dejar el hospital. Estás aún muy débil. Lo mejor será que vaya yo a París en tren y averigüe más cosas. Hay tiempo.

Me cogiste de la mano y me tumbaste en la cama contigo.

Entonces, hablaste de tu enfermedad.

Lo recuerdo muy bien. Hablaste de cómo crecía dentro de ti con la cobardía de los malvados. Y luego de una tía tuya que murió cuando tú eras aún pequeña. La querías mucho. Tenía un solo pulmón de tanto fumar y varias enfermedades derivadas de su necesidad vital de beber. Así lo llamaste, necesidad vital, aunque eso fue lo que la mató. Bueno, la vida es lo que mata, verdad, dijiste con tu cabeza en mi hombro. Yo te acariciaba la mejilla. No sé, la verdad que no lo sé. Era un milagro que se mantuviera viva. Los médicos le habían prohibido fumar y beber, pero tú le llevabas al hospital ginebra y cigarrillos. Nadie sabía de dónde salían y nadie sospechaba que fuera una niña la responsable. Así durante casi un año. Sin mí tal vez hubiera vivido algo más, dijiste sin ninguna culpa en tu voz, pero a día de hoy también estaría muerta después de haber sufrido mucho más. No me arrepiento, repetiste. Cada vez que encendía un cigarrillo o echaba un trago, mi tía recuperaba algo de alegría. Me da igual que fuera mentira, que su consuelo estuviera causado por el alcohol o la nicotina. La alegría es alegría.

Para ella todo era tarde. Todo era ya una espera enmohecida. Pero cuando bebía o fumaba, por un momento, yo pensaba que se iba a curar. Era tal el alivio de su rostro que no me arrepiento. No quiero morir en un hospital, Nico. Que me alarguen la vida como si eso fuera vida. ¿Sabes lo que me dijo mi tía unos días antes de morir? Me dijo que lo peor de su enfermedad había sido ver todo lo que habían sufrido las personas que ella más quería. Sus hijas, sobre todo sus hijas. Y su marido y sus hermanos. Todos. Verlos desbordados por la angustia, día tras día. Por lo que ella llevaba dentro. No podía hacer nada por evitarlo. Por sacárselo de las entrañas. Fue la única vez que la vi llorar. Se le puso cara de cadáver y empezó a escupir sangre. Yo no quiero ser la responsable de algo así, Nico, de verdad que no. Cuando me vaya quiero hacerlo tranquila. Sin avisar a nadie ni causar dolor. Y, sobre todo, lejos de un hospital.

Qué más da si pueden mantener mi cuerpo funcionando unos meses más a base de brujerías o experimentos. Dentro de cien años, Nico, dentro de cien años todos seremos polvo igualmente. Lo importante es lo que hagamos mientras estamos aquí. Qué es el futuro, tú lo sabes acaso. Dime solo una persona que haya encontrado en el futuro lo que imaginó tal y como lo imaginó. Yo no quiero ver todos los días los azulejos de una habitación como esta. Las caras de los que están a mi alrededor. No quiero ser responsable de sus caras.

Todo eso me contaste para convencerme. Tampoco habría hecho falta: nunca supe negarte nada. Nunca quise negarte nada.

París

Llegamos a París el primero de octubre. Se dice que hay que visitar la ciudad al menos una vez en cada estación del año para poder decir que en verdad se ha estado en París. Aunque sospecho que ni una vida es suficiente para advertir todos sus cambios de aire y color. De nuevo me pareció un lugar ajeno a la monotonía y al letargo que lleva implícito el hábito de vivir. París siempre será una fiesta, aunque a ti te aburriera Hemingway.

Busqué unos pequeños apartamentos recién rehabilitados, cerca del canal de Saint-Martin. Entre los distritos X y XI. Conocía el barrio de los días que pasé en París visitando a Pierre durante su convalecencia de malaria. Me pareció una zona perfecta, tranquila y llena de luz. Sabía que te gustaría. Había un largo paseo a ambos lados del agua donde los parisinos caminaban o montaban en bicicleta bajo castaños y plátanos. En los pocos ratos que le iban quedando de fuerza al sol, los estudiantes y los bohemios aprovechaban para tumbarse en grupo junto al agua en grandes mantas de cuadros. Llevaban cestas de mimbre con vino, pan, quesos y embutidos. A veces, el mecanismo de esclusas se ponía en marcha, un barquito cruzaba el canal y la gente saludaba a los tripulantes con la mano, como si se fueran a la guerra.

Así cenamos tú y yo también una tarde. Haz memoria. Sentados como los indios, jugamos a los trabalenguas. De vez en cuando el aire traía la música de un violín que lloraba por ahí, abandonado en algún balcón. Más tarde te llevé hasta un puente de hierro sobre el que Amélie Poulain tiraba piedrecitas para hacerlas saltar sobre el agua. El agua tenía el color de un uniforme militar. La primera vez que vi la película me pareció aburrida y la actriz una ñoña, dijiste mientras tratabas de emularla, luego la he visto montones de veces más, el personaje de Amélie es adorable y la historia cada vez es más hermosa. Ya no hacen películas así. Bueno, ya hay una, para qué más.

De vuelta a casa se te rompió un tacón. Quise llevarte a la espalda. Nos caímos y pasamos un buen rato riéndonos en el suelo. Uno de tus zapatos rebotó hasta caer al canal. Me quité una zapatilla y la arrojé al agua. Allí deben seguir, juntos. Los dos volvimos descalzos a casa.

Caminar a tu lado era otra forma de rezar.

Por las mañanas desayunábamos en un café de toldos burdeos. Allí leíamos durante varias horas, con el sol en la cara. Luego visitábamos las librerías y hojeábamos álbumes de fotos de los años veinte, o decidías entrar en las pequeñas tiendas de diseño que llegaban casi hasta la Villete. Te compraste dos pashminas, un gorrito de lana color pastel que te pusiste de inmediato y unas gafas de sol de segunda mano. Me burlé de tu atrevimiento, del regreso al mundo de los vivos, de tu coquetería. Ahora media Europa lleva ese mismo estilo de gafas.

De este modo tan pausado vivimos nuestros primeros días en el canal Saint-Martin de París. Lejos del turismo y la vulgaridad. En aquel oasis de placidez donde tal vez fui feliz. Y es que no podría asegurarlo. Porque sucede que cuando uno es feliz no le da por andar buscando lugares donde almacenar los recuerdos. Te sientes satisfecho con la certeza de que todo está donde debe estar. La alegría propia de un sibarita al que tras un banquete le espera en casa una despensa llena que cree inagotable.

Cada día te encontrabas con más fuerza. Ya no transmitías la constante sensación de agotamiento de los enfermos. Salir del hospital te había insuflado una vitalidad asombrosa. Apenas te detenías ya a descansar y tus mejillas habían recuperado su tonalidad jaspeada de rojos. De nuevo, querías abarcarlo todo. Pero tu renovado vigor no se correspondía con tus palabras. De hecho, escaseaban demasiado, tus palabras. De cuando en cuando caías en unos raptos de silencio que se me hacían eternos. Así te veía yo, raptada por el silencio. Y qué difícil me resultaba a mí repoblar esos silencios con palabras.

Había nuevas líneas de madurez en tu rostro y en tus manos. Lejos de hacerte parecer mayor, te aportaban un pequeño deje de autoridad. Uno aún podía intuir tu fuerza caprichosa de antaño, cuando ibas, venías y volvías a desaparecer sin más dirección que la que dictaban tu arrogancia y desplante. Cuando no tenías que convencer a nadie para hacer lo que te diera la gana. Eras consciente de ello.

Todos te querían porque sabían que no lo merecías.

No me quedaba otra salida pues que encontrarnos en la penumbra, rememorar sábanas, escondites y luces tenues. Pies desnudos que jugaban a reconocer formas y humedades. Huellas dactilares por todo tu cuerpo para asegurarme la condena. Y esos arrebatos de furia que culminaban en un desmayo jadeante y bellísimo. Así coronábamos las noches, como insectos agonizantes. Seguros de que, aunque de forma vaga e incompleta, era lo más cerca que estaríamos nunca de nuestra humanidad.

Tenía miedo a insinuar cualquier cosa que tuviera correspondencia con la razón de nuestro viaje a París. Incluso a ratos me olvidaba por completo, hasta el punto de que te envolvía dentro de mis fantasías. Según el ánimo, tú participabas de la farsa. Nos mudaríamos allí. Compraríamos un ático con una amplia terraza con vistas al canal y a la torre Eiffel. Tendríamos grandes macetas con hortensias, madreselva e incluso bonsáis. Lo que tú quisieras, es mi fantasía pero también la tuya. Y en el centro, una gran mesa de cristal para que cenen muchos amigos. Y un gato, también. Tendremos un gato. No, mejor dos. ¿Qué nombres te gustaría ponerles?

Esperaba a que el primer signo de impaciencia viniera de ti.

Estaba preparado. De pronto una mañana te levantaste y dijiste llena de determinación: ha llegado el momento. El momento. Tenía que llegar. Habías tomado la decisión de ver a tu hija. Te expuse entonces las líneas maestras de mi plan. Los discursos que tenía improvisados. Los detalles de la negociación. Lo que tenías que hacer y lo que no. Tal cual, como si tu vida fuera una vista judicial y yo tu abogado. Ni siquiera pude terminar de exponer mis ideas. Normal, a quién se le ocurre. Mucho antes ya te habías encerrado en la habitación a llorar. No saliste en todo el día.

Cómo podría disculparme. No estabas preparada para hablar con sus padres adoptivos. Comenzar una lucha que amenazaba ser larga y probablemente estéril. Preferías acechar a Alena en la distancia. Comprobar si era una niña sana y alegre. Eso es lo más importante para una madre, imbécil que soy un imbécil. Necesitabas calibrar primero la fuerza de su risa. Escudriñar a su madre para ver si era merecedora del cuidado de esa parte de ti que te arrancaron siendo aún demasiado joven para comprenderlo. No, disculpa otra vez, ya sé, ya sé, eso no se comprende nunca. Querías familiarizarte con su manera de caminar, de señalar las nubes, de arrancar las margaritas del parque. ¿Tan difícil era de entender? Comprobar, si es que eso era posible, si había heredado la mirada tierna e implacable de su madre. Cómo podía ser tan difícil recuperar algo tan tuyo. Sí, había que hacer todavía demasiadas cosas antes de revelar tu nombre.

Decidí salir por mi cuenta a evaluar el terreno. Entonces llegó el primer contratiempo. La dirección que me habían facilitado parecía no existir. Sentí que me abandonaba la vida al recordar las dificultades para leer y escribir que tenía Gennaro. Yo era quien le leía las cartas del ayuntamiento y los recibos de la luz. Yo era quien tenía que hablar con Guinea Ecuatorial y tomar notas sobre la burocracia que retenía a sus tres mujeres congoleñas. Por el amor de Dios, cómo pude confiar tu ilusión en manos de aquel mangante iletrado.

La dirección donde debía residir el matrimonio Babare en el boulevard Saint Germain era una tienda de suvenires llena de camisetas, ilustraciones de Toulouse Lautrec y cucharillas y mandiles con estampaciones del Sagrado Corazón y de Notre Dame. La dependienta corroboró que la dirección de mis notas coincidía con el lugar. Me sentí desfallecer. Aun con la evidencia delante comencé a caminar calle arriba y abajo en busca de un error. Esperaba a que un empleado del ayuntamiento llegara para cambiar los números de sitio. Yo, que en pocas semanas creía haber conseguido más resultados que el genio de H en varios años. Tan ufano por haber descifrado lo que él, en el seno de su siniestra locura, no había siquiera comprendido. Jamás encontraría el valor para decírtelo.

Anochecía ya cuando la empleada cerró la puerta de la tienda. Sigue aquí, inquirió. Asentí sin muchas ganas de conversación. Qué buscaba en esa dirección si no le importa decírmelo. Me costaba entender su inglés gutural y el modo en que colocaba las palabras. Pues, buscaba a unos amigos que están pasando aquí una temporada, me dieron esta dirección y no tengo su número de teléfono. ¿Turistas? Algo así. *Beaucoup d'argent?*, preguntó frotando los dedos. Me encogí de hombros. Espere un momento. La empleada entró de nuevo en la tienda y comenzó a explicarle a otra persona con su mismo uniforme lo que yo acababa de contarle. Por qué no pregunta ahí arriba, *monsieur*, dijo al tiempo que señalaba unas ventanas. El dueño de esta tienda alquila apartamentos de lujo, pero no se anuncia, usted ya me entiende, el portal está a la vuelta. Pregunte por Jean Philippe. Dígale que va de parte nuestra.

Subí hasta el primer piso y golpeé una gran puerta de madera labrada. Al instante abrió un hombre minúsculo, rancio y lampiño. Con cabeza de faraón. Parecía que me estaba esperando. El hombre hablaba muy poco inglés y nada de español. Tras varias idas y venidas lo poco que pude entenderle era que el matrimonio Babare había estado alojado allí, sí, pero ya no. El viejo había tenido problemas con las autoridades recientemente y se había visto obligado a desalojar su negocio ilícito hasta que lo regularizara. Estaba encorvado en una constante pantomima de frotarse las manos que recordaba a las moscas. De vez en cuando soltaba una parrafada en francés con un vozarrón propenso al taco que no armonizaba con semejante cuerpo de lagartija. Luego se relajaba y volvía a sus torpes esfuerzos por hacerse entender. No, no dijeron nada al irse. No, no sé adónde. A veces los veo, por ahí, a los Babare, sí, por ahí, concluyó el anciano llevándose el dedo índice a uno de sus ojos acuosos y moviendo el otro brazo como si delimitara un arco. Le di las gracias y me fui.

Por lo tanto seguían en París. No muy lejos de allí.

Cuando te conté los problemas que habían surgido no pareció importarte demasiado. Es más, hasta pude sentir que te quitaban un peso de encima para el que no estabas preparada. Ya sabes. Como a un alumno cuando le posponen la fecha de un examen para el que no había estudiado. Debió ser la primera señal, o quizá ya me habías mostrado alguna más, pero no me di cuenta. A toro pasado todos somos muy listos, solía decir mi abuelo. No sé si existe una expresión similar en tu idioma. Viene a significar que todos somos unos genios cuando nos dan el problema resuelto. Bueno, no es eso exactamente, pero puede valer.

Así fue como cambiamos nuestras tardes de café y sosiego de Saint-Martin, por los largos paseos en el jolgorio del Barrio Latino. Te negabas a preguntar en los registros de huéspedes de los hoteles, o a describir al matrimonio por los restaurantes y las tiendas de moda. Era frustrante. Deambular entre las personas en busca de un golpe de azar, de una fuerza mística que encauzara nuestro camino con el suyo. Y mientras, tu corazón se marchitaba igual que las manzanas de los bodegones. Pero yo no podía estar triste. No me salía de dentro. Cada día que pasáramos sin encontrar a Alena era un día más contigo en París.

Cuando nos cansábamos de caminar por las callejuelas que envolvían el boulevard du Montparnasse, la rue de L'Université y el boulevard Saint-Michel, nos sentábamos en algún café cerca del Pantheon o de la Sorbona. Y los días que el clima nos lo permitía, cruzábamos hasta el Jardín de Luxemburgo. Tu parque favorito en París. Allí pasábamos el resto de la tarde hasta que se metía el sol. Te gustaba disimular que leías los nombres de las estatuas de reinas francesas. O incluso que atendías a mis circunloquios sin sentido. Sé que no era el caso. Tu realidad más próxima era otra. Con disimulo, vigilabas a los niños que paseaban en ponis, a los niños que salían del guiñol, a los niños que reían en el tiovivo, y a los niños que empujaban barcos en miniatura en el estanque.

Fue allí. Junto al estanque. Oh, cómo es posible conservar una imagen tan nítida sin caer en la romántica elaboración de recuerdos. Un dibujo tan diáfano de algo pasado, de algo que no se tiene delante.

Te contaré mi recuerdo.

Yo hablaba acerca de una teoría de mi abuelo según la cual el ajedrez es el deporte más violento que se puede practicar. Un combate agresivo de puñetazos mentales. Dicen que el campeón ruso Anatoly Karpov llegó a perder doce kilos en pocos días tras una derrota. No hay deporte tan demoledor. Mi abuelo debería haber escrito todo eso, no crees. Aún continué un rato más con mi discurso irrelevante, hasta que me di cuenta de que estaba hablando solo. Dos niños se reían de mis excentricidades y hacían a su vez reír a una anciana que disimulaba con un pañuelo en la cara.

No estabas por ningún sitio. Hacía solo unos segundos estabas a mi lado y ahora no era capaz de distinguirte entre las parejas de enamorados, las madres con sus carritos de bebé, y los viejitos que caminaban con desgana arrastrando los pies como hacen los esquiadores cuesta arriba.

Al fin te vi. Qué alivio. La única figura inmóvil entre todos los paseantes. Una estatua de carne, porque dentro de ti no parecía haber más vida que la que te mantenía en pie. El rostro levemente encendido. Mirabas algo. En una dirección fija. ¿Al estanque? No. ¿Al palacio? No. ¿Qué mirabas? Llegué hasta ti. Muy despacio. No quería sacarte del trance, como si la recomendación de no despertar a los sonámbulos fuera extrapolable a tu estado catártico. Me coloqué justo detrás para tener acceso a tu campo visual. Mirabas a una mujer que nos daba la espalda. Tenía el pelo liso, suelto sobre una rebeca de color azul marino. Llevaba algo en los brazos. Al igual que tú, no tuve que verla para saber que era ella. En ese momento la mujer dejó a la niña en el suelo con una amorosa reprimenda.

Tengo que decírtelo una vez más, aunque ya lo sepas. Alena fue lo más hermoso que vi nunca.

Llevaba una piruleta de la mano, de esas que tienen forma de corazón y te dejan toda la lengua coloreada. Igualita a la que usaste aquel día en Cambridge para pintarte los labios y dejar mariposas rojas allá donde los posabas. Su pelo era tan naranja como el más brillante de los rojos. La piel, con más tonalidades que los melocotones maduros. Y los ojos. Qué hacían los ojos de un adulto en aquella muñeca celestial. Miraban igual que las aves nocturnas. No para registrar las cosas, sino para atraparlas. Tal y como hacía mi hermano pequeño Marcos. Recuerdas que ya te lo había dicho, lo de mi hermano, su manera de mirar y sus poemas. Qué hacían tus ojos en un rostro tan infantil. Eran grandes y los tenía muy abiertos. Tanto que se apreciaba por completo la circunferencia del iris. Dos constelaciones llenas de sangre y nebulosas.

Alena echó a correr. Su madre la siguió con una sonrisa. Venía hacia ti. Tu hija. Se detuvo a solo dos pasitos. Te ofrecía la piruleta. Estiraba mucho el brazo y se ponía de puntillas como si quisiera llegar a tu boca. Dijo algo en una extraña mezcla de inglés e italiano. Te agachaste para quedar a su altura. Muy cerca. Le dijiste algo en danés. Solo un susurro, nada más. Una especie de verso, de nana recitada. De conjuro. Te temblaba tanto la mano que parecía que fueras a perder su dominio. Le pasaste esa mano por el pelo hasta la mejilla. Casi con miedo. Solo querías comprobar si era de verdad.

Te contaré lo que pasó después, porque todos tus sentidos estaban puestos en Alena.

La mujer se acercó. Se disculpó con una mueca de cortesía. Parecía acostumbrada a aquellos descaros de su hija. Tú no la mirabas. Por un momento la mujer se detuvo sin saber qué pauta social esgrimir. Temerosa de estropear una reunión a la que no había sido invitada. Incapaz de entrar en un campo magnético cerrado y hostil.

Alena te miraba, muy tranquila, como las fieras hipnotizadas de los circos. Así pasasteis más rato del prudencial. Invocabais a la magia de la maternidad y de la sangre. La mujer, incómoda, tuvo que coger a Alena del brazo y tirar levemente de ella para sacaros del trance. Alzaste los ojos. Te miró. Por Dios si te miró. Apartaba la vista y volvía a mirarte. Luego miraba a su hija. Y a ti otra vez. Se alejaban y de nuevo ella se giraba para mirarte. Aquella mujer no te había visto nunca. Tal vez solo en pesadillas recurrentes. Pero una duda, ni siquiera una sospecha, se le había clavado en el lugar donde nacen los instintos. No podría precisarlo. Quizá fuera el hecho de ver a una mujer sin duda venida del futuro que representaba a su hija. Quizá la certeza de que cuando Alena creciera sería tan distinta a ella que no podría seguir ocultando su mentira. Alena no sería ella. Alena serías tú. Por muchas mentiras que se contara cada noche cuando la arropaba con un beso y la esperanza de que aquellos rizos naranjas se oscurecieran con los años.

Alena volvió a la vida. Se soltó del brazo de su madre y salió corriendo detrás de la pelota extraviada de otro niño.

Se fueron.

Qué se habría propuesto Dios cuando te inventó un destino tan absurdo.

Te puse la mano en el hombro. Estabas fría. La piel te temblaba, con una sutileza entrañable. Pequeños seísmos de pulsaciones. Te diste la vuelta y apoyaste la cara en mi pecho. Así permanecimos varios minutos. Ya había pasado. El relámpago que llevabas tantas noches esperando ya había pasado. Acertó quienquiera que dijese que hay momentos que valen una vida entera.

Lo que sigue no era tan fácil de imaginar.

Comenzó a llover con mucha fuerza. Antes de salir del Jardín de Luxemburgo ya estábamos empapados. Tardamos varios minutos en conseguir un taxi. Al llegar al apartamento te encontrabas mal. A las pocas horas caíste enferma. Pasaste la noche con mucha fiebre y temí que fuera una de las recaídas vaticinadas por los médicos. Me prohibiste llamar al hospital. Repetías que pronto estarías bien.

De esta manera comencé a buscar el modo de hacerme amigo de la enfermedad, de conocer sus aficiones. Vaya tontería. Ganarme su confianza para matarla. Las cosas no funcionan así, por supuesto que no. Durante el día conseguíamos mantener a raya la fiebre con medicinas. Pero al llegar la noche, los demonios parecían entrar por todas partes, libres para saquear a su antojo. La temperatura te llevaba hasta el delirio. Hablabas dentro de tus pesadillas. En danés, supongo. O tal vez en lenguas prohibidas. Parecía que más que un médico necesitaras un exorcista.

Así pasamos cuatro días sin salir del apartamento. Tan solo te dejaba para ir a la farmacia o subir algo de pan y comida. Los días eran largos y las noches indestructibles. Apenas dormía, velándote. La falta de sueño comenzó también a afectar a mi idea de la realidad. Haber visto a Alena había despertado en mí la quimera de mi hermano Marcos. Pensé en dirigir una investigación similar para dar con él. Me compré un cuaderno como el tuyo. En pocas noches anoté todas las pruebas e indicios, todos los detalles que recordaba de sus desapariciones. No era mucho, pero en el espejismo construido por mí, llegué a fantasear con una idea: con tu ayuda, quién sabe, tal vez en pocos meses, tendría a mi hermano en casa. Dónde estaría. Tú al menos sabías que Alena estaba en París. Dónde estaba Marcos. Te odié por todo el tiempo que me habías hecho perder.

A la mañana del quinto día no pude soportarlo más. Habías vuelto a perder peso. Tenías el mismo aspecto del primer día que te vi en la habitación de la clínica en Ámsterdam. En mi ofuscación, me convencí que aquello no era un simple resfriado. No podía seguir haciéndote caso. Dejarte al capricho de la enfermedad. Esperar su victoria con los brazos cruzados. Te obligué a levantarte para ir al hospital.

Y la ira se apoderó de ti.

Dijiste muchas cosas. Crueles la mayoría. Ciertas algunas. Otras, las más nocivas, en tu idioma. No las repetiré. Prefiero pensar que las has olvidado. Porque aquella no eras tú. Por supuesto que no eras tú. Pero todavía duelen. Las palabras. Usaste mucho dos de ellas: siempre y nunca. Mientras metías algo de ropa arrugada en una mochila. Siempre y nunca. En cada una de tus frases. Mientras recogías tus cosas del baño. Ya sabías de mi miedo por las palabras y esas dos eran las más temidas. No te importó. Siempre y nunca. Qué miedo dan las dos, juntas o por separado. A veces por tristes, a veces por ingenuas. Siempre y nunca. En la mayoría de los casos por cínicas. Deberían estar prohibidas.

Te fuiste. Tras un portazo. Me dejaste allí. Con el resto de tus cosas. Sentado en el sofá esperando un regreso. Sin palabras a las que temer, y con un miedo atroz al silencio. Ya ves. Desde la ventana pude comprobar que un taxi había venido a buscarte. Desapareciste sin mirar hacia arriba.

La sensación de abandono que vino después recordaba al momento justo en que sabes que no puedes resistir más tiempo bajo el agua. Esa sensación era una constante. Así torturan los que más saben de angustia: las mafias y los ejércitos en sus interrogatorios al enemigo. Ponte en mi lugar. Tu teléfono permanecía apagado. No tenía a nadie con quien contactar que pudiera saber de ti. Primero esperé. Un día. Dos. Tres. Con sus noches. Las noches. Las noches eran aún peores. Me las pasaba saltando de la cama a la ventana para tomar aire por la boca, lo mismo que los peces fuera del agua. Bebía mucho. Solo, siempre solo, para no tener frente a quien disimular. Más tarde llamé a todos los hospitales. Después comencé a pasar los días en los alrededores del Barrio Latino. Sabía que mientras que tu hija siguiera en París, no irías a ningún sitio. Eso me daba algo de ánimo. Una noche incluso me quedé dormido en un banco y la policía quiso detenerme.

Algunas tardes la veía. A Alena. La vigilaba entre los árboles, entre las hojas de un libro o un periódico. Podía sentir que estabas cerca. Esperaba durante varias horas, por si te daba por aparecer. Así fue como descubrí la devoción que su madre albergaba por Alena. La bañaba de besos. Jugaba con ella todo el rato y no le importaba mancharse sus vestidos de colores. Se preocupaba porque fuera libre y la quería libre: persiguiendo pájaros, buscando dinosaurios en las nubes. Reía mucho, tu hija, reía mucho. Su madre la sentaba en el regazo y le susurraba cosas al oído. Se llevaban las manos a la cabeza y reían juntas otra vez. Cuando algo le daba vergüenza, Alena se tapaba la boca y cerraba los ojos como los chinos, muy fuerte. Recurría a ese mismo puchero cuando lanzaba besos, con las dos manos, para que volaran como burbujas de jabón. Quién pudiera ser el destinatario de aquellas ternuras.

El amor que su madre sentía por Alena era más auténtico que todos los amores del mundo. Era el amor de una madre. Igual que el amor que mi madre sentía por Marcos. Aunque no hubiera estado en su vientre. Aunque la ciencia dijera que entre ellos no había más relación que entre dos ramas de distinto árbol. Quien no entienda eso es que no tiene hijos, es que no tiene ojos para distinguir lo que de verdad importa.

Una vez leí, o escuché, ya no recuerdo, el caso es que la idea no es mía, que nada cansa tanto como la pena. Sospecho que esa certeza le llega a todo el mundo tarde o temprano. Si digo esto es porque cinco días después, al despertar, descubrí frente al espejo la misma mirada de mi padre el día que llegó a Ámsterdam. Agarré la máquina de afeitar y me rasuré el pelo al uno. Y recordé. Recordé las cacerías de grillos, los juegos de peonza y nuestra primera cometa. Era roja y se quedó enganchada a un árbol como un murciélago con las alas abiertas. Tú no estabas allí, no puedes entenderlo, que te lo diga Gennaro, él entiende de esas cosas que la gente no entiende. También recordé a mi madre. Estaba allí dentro, en el espejo, conmigo. Me llevaba a los columpios del parque. Me recogía al final del tobogán para levantarme otra vez por los aires con un ruido de avión. Todo estaba allí. Mi casa, y la vida que dejé hacía ya tres años. Tampoco podías entender aquello. Qué vas a entender tú. Mis amigos. No los tuyos. ¿Acaso los conoces? Los partidos de fútbol, las tardes en los billares, las bromas repetidas una y mil veces que tú no entenderías ni aunque te las explicara otras mil veces. Mi vida, en definitiva. No la tuya, maldita sea.

Hice las maletas. Nadie podría culparme. Vivía una realidad ajena en la que no era bienvenido. Tu silencio resonaba más que cualquier argumento que pudiera encontrar para enfrentarme a esta idea. Recogí todas mis cosas, cerré las maletas y bajé al locutorio telefónico de la esquina para conectarme a Internet y comprar un billete de avión de vuelta a España.

Podrás creerme o no. Pero fue así como sucedió:

Al entrar en mi cuenta de correo electrónico, entre listas de propaganda y estúpidos mensajes con fotografías divertidas, tenía tres correos de Pierre Spielmann.

En el primero de ellos, muy breve, hablaba de su viaje de luna de miel por la isla de Madagascar. Adjuntaba fotografías de grandes baobabs, selvas, playas de arena muy blanca y lémures de cola anillada. Se los veía tan felices como a cualquier pareja de recién casados.

En el segundo, fechado solo una semana más tarde, me decía que regresaba a Europa por unos días. Voy a estar en París la semana que viene, Nico. Mi padre me ha pedido que hablemos en persona. Dice que quiere sentarse y conversar como adultos. Que se hace mayor y no quiere envejecer así. Aquí me necesitan, pero no quiero pasarme la vida enemistado con él. Es mi padre. Llevo mucho tiempo esperando su llamada. Estoy tratando de convencer a Habiba para que venga conmigo. Es importante que la familia se conozca.

El tercer correo electrónico era de hacía solo seis días. Pierre me decía que había llegado a París y me daba un número de teléfono donde podía encontrarlo. He perdido toda la agenda. Espero que leas este mensaje. Voy a estar en París unos diez días. Si sigues en Ámsterdam quizá podríamos vernos a medio camino, en Bruselas, por ejemplo. Tu amigo, Pierre.

Quedaban solo cuatro días para que Pierre regresara a África.

Pedí permiso para llamar por teléfono en una de las cabinas del locutorio. El número que Pierre me había facilitado comunicaba. Esperé unos minutos y lo intenté de nuevo. Esta vez hubo suerte.

En una ocasión el pintor Juan Gris visitó a Pablo Picasso en su estudio del boulevard Clichy, aquí, en París. Ambos se encontraban en pleno desarrollo de su periodo cubista y mantenían una estrecha amistad que venía desde que compartieron taller en el Bateau-Lavoir. Arrebatado, Juan Gris habló con Picasso durante horas. Tras la charla Juan Gris sintió especial devoción por una de las pinturas que Pablo tenía en su estudio. Picasso, amable y cortés convino en regalársela. No puedo aceptarlo, dijo Juan Gris, me estás entregando una de tus obras más logradas. Picasso insistió y Juan Gris se llevó el cuadro a condición de que Pablo Picasso accediera a visitar su estudio y allí eligiera aquella obra que fuera de su agrado. Así lo hizo Picasso y tiempo después devolvió la visita a su amigo. Cuando terminaron de ver el estudio, Juan Gris, que no había olvidado su promesa, le pidió que escogiera el lienzo que Picasso deseara puesto que él le había regalado una de sus mejores obras. Quiero ese, dijo Picasso sin asomo de duda. ¿Ese? Preguntó Juan Gris, del todo extrañado, pero si es un cuadro horrible, no más que un experimento fallido. No seas modesto, insistió Picasso, es una obra genial, absolutamente genial. Como prueba de lo que te digo, colgaré tu cuadro en mi estudio para que todo el que venga a mi casa pueda apreciarlo.

A partir de entonces, cuando la gente visitaba el estudio de Juan Gris, se les llenaba la boca de halagos. Aquellos colores, aquellas formas tan novedosas. Eres un verdadero maestro y tus obras son exquisitas, le decían. Tu talento perdurará, Juan. Sobre todo aquel lienzo que tienes allí colgado, es una verdadera obra maestra. En ese momento Juan Gris bajaba el rostro y adelgazaba la voz. Aquel cuadro al que os referís no es mío, es de Pablo Picasso.

Del mismo modo, cuando los marchantes, millonarios, colegas pintores o demás artistas de la época visitaban el estudio de Picasso alababan su obra. Sin embargo, Pablo, tenemos que ser sinceros contigo, como amigos que somos debemos decirte que en aquel cuadro que tienes allí no has estado muy inspirado. Ah, ese cuadro, es que ese cuadro no es mío, sino de Juan Gris.

No recuerdo quién me la contó, pero sin duda es una gran anécdota. Dudo mucho que sea del todo cierta, ya sabes cómo son estas cosas. Supongo que habría que alterar de algún modo el orden de los acontecimientos, los lugares o las palabras. Lo importante, Nico, es la enseñanza que nos deja. Demuestra que no puedes fiarte de la buena voluntad de las personas. Las personas mienten, asesinan y destruyen, yo lo he visto, Nico, yo lo he visto. Las personas y la vida decepcionan. Es la naturaleza, no creo que haya culpables. Los hombres se apuñalan entre hermanos por la más baja de las motivaciones. Ni siquiera puedes confiar en las personas que más quieres o en las que más admiras. Todo el mundo busca su único beneficio.

No te lo tomes como algo personal, Nico. Tú siempre has sido un amigo leal. De esas personas que regalan con una sonrisa aquello que más necesitan. No es nada fácil. Ese eres tú, Nico. Una buena persona. Aunque tengas esa maldita manía de andar siempre pidiendo perdón por todo.

Pensarás que digo estas palabras porque estoy borracho, pero había que decirlas. Qué día es hoy, doce, trece. Es hora de cenar o de desayunar. Llevo tres días bebiendo ginebra en este cuartucho de hotel. Que por qué no estoy en casa. Que por qué tengo puesta una gabardina dentro de la habitación. Yo qué sé. Mi padre, Nico. Me ha recibido con un abrazo, después de más de dos años de silencio. El hombre con el temperamento más riguroso que he conocido. De joven solo con oír la cerradura de la casa cuando él llegaba ya me ponía tieso, así, como un palo. Y ahora llega y me da un abrazo, no me digas que no es emocionante.

El muy gordinflón me ha dicho que se jubila. Que ya es hora de dejarlo y vivir. Pues claro, le he dicho yo, te lo mereces, padre, son muchos años trabajando duro, todo el mundo necesita descansar en algún momento. Me alegro de que hayas decidido tomar esa decisión. Madre estará contenta. Y qué me ha dicho él, Nico. Sabes lo que me ha dicho mi padre después de la conversación más normal que he tenido con él en la vida. ¿No? Yo te lo diré. Espera que me sirva otra copa.

Hijo mío. Jaja. Claro, tú no te ríes porque no sabes qué voz tiene mi padre, pero lo imito de maravilla. Pierre, hijo mío, está muy bien todo lo que has venido haciendo en esos países de por ahí. «De por ahí». Te lo puedes creer, Nico. Espera, que sigue: Te honra como persona y estoy seguro que te habrá curtido y hecho apreciar las cosas importantes de la vida. Estamos orgullosos. Pero, Pierre, pensamos que ya eres mayorcito para ir de salvamundos. De meterte en guerras que no son tuyas. Todos hemos hecho tonterías de joven. Ahora, sin embargo, deberías pensar en tu familia, en devolver los sacrificios que tu madre y yo hemos hecho por ti. Ya es hora de que dejes esos juegos que te traes y asumas tus responsabilidades. En cualquier caso, Pierre, quiero que sepas que es mi deber ser el gran hombre aquí. Es mi deber como padre y como cabeza de familia. Así que quiero que sepas, hijo, que te perdono por todo el daño que nos has hecho a tu madre y a mí. Jaja. Qué me perdona, dijo el panzudo, pero espera, espera, Nico, que no termina ahí su perorata. Quiero que sepas, hijo, que puedes volver a casa. Que con un poco de formación estarás listo para llevar las riendas de los negocios familiares. Así que vamos a olvidar las viejas rencillas y a ser de nuevo una familia unida. Eso hará muy feliz a tu madre. Pero de esta pequeña reunión entre nosotros no tiene por qué enterarse. Volverás a casa, le pedirás perdón y ya está. Es tu madre, no debes tener miedo. Te perdonará como estoy dispuesto a hacer yo, porque eres nuestro hijo, porque somos familia. Luego, el lunes, a trabajar duro, eh, muchacho.

¿Quieres una copa, Nico? ¿No? ¿Sigues con esa chorrada de emborracharte solo? Haces bien. Hay que ser fiel a las convicciones de uno. Sin convicciones no somos nadie. Yo me serviré otra más, si no te importa. A mí me da igual hacer el ridículo. Por cierto, bonito corte de pelo. Ahora mismo cojo la maquinilla y me hago lo mismo. Es lo más cómodo.

Pues ya ves, eso es lo que quería mi padre. Que dejara de jugar con los negritos. Y después me da dos palmaditas, plas, plas. Allí la gente se muere porque no tiene agua, Nico. Figúrate que el otro día encontramos a un niño deshidratado que no quería beber agua transparente porque le daba miedo. No sabía lo que era el agua sin lodo. Te lo puedes creer. El hambre se lo traga todo, querido amigo, el hambre se traga hasta las sonrisas de los niños. ¿Tú sabes lo que es la fiebre amarilla y la negra, la filaria, el cólera, la malaria, la disentería? ¿Tú sabes lo que es la guerra? Ojalá la guerra solo fuera matarse unos a otros. Después queda la amargura, Nico. Eso es lo peor, la amargura en los ojos de aquellos que han perdido todo y están sentados sobre el polvo sin entender nada. ¿Se lo explicarás tú? El dolor es un instante inmenso, dijo Oscar Wilde. Sí, amigo, yo también leo de vez en cuando. ¿Tú sabes lo que es escuchar cómo el médico le dice a una madre que a su hijo de tres años hay que cortarle un pierna porque si no...? No, dejémoslo, no voy a llorar. Porque aquello también es hermoso. La belleza crece al lado del espanto. En medio de la barbarie puedes llegar a encontrar los actos de amor más insólitos que puedas imaginar.

La compasión es el camino, Nico, no hay otro.

Habiba puede contarte unas historias preciosas. Además, las cuenta mucho mejor que yo. Podrías escribir un buen guion con ellas. No, no pudo venir, quería que mi padre y yo habláramos solos. Es una chica estupenda, Nico, en ella se funden y se confunden lo mejor de la naturaleza humana. A todo el mundo le gusta inventar una infraestructura de razones nobles a cada uno de sus actos, pero Habiba encuentra primero las razones nobles y después actúa en consonancia a ellas. Cueste lo que cueste. No se merece a un miserable como yo.

Tenemos que celebrar mi boda. Y nuestro reencuentro. Eh, Nico. Eso es lo que toca ahora. Joder, vaya golpe que me he dado con la mesa. No, no, ya puedo yo solo. Venga, compañero, por los viejos tiempos. Busco algo de ropa limpia y nos vamos. Pero mientras, dime, cómo estás tú. Ponme al día y luego nos vamos a cenar y a bailar. ¿Cómo van tus guiones? Joder, casi se me olvida, anoche vi *Senderos de gloria* y me acordé de ti. ¿La has visto? A ti siempre te gustaron las películas con grandes finales, como *El golpe*, qué dos actorazos, eh, Nico. O esa otra de Charlton Heston y los monos. Pues, escucha, en la de ayer, te ponen a una brigada del ejército francés en una especie de teatrillo, borrachos y riéndose de una belleza alemana que han apresado. La jovencita alemana comienza a cantar y al rato todos los soldados llorando como niñas. La peli acaba cuando le dicen a Kirk Douglas, que hace de jefe del batallón, sargento o teniente o lo que sea, que les tiene que decir a sus hombres que se preparen para entrar en combate. Te lo puedes creer. Están llorando de emoción por una canción alemana y se tienen que levantar para matar a la gente que ha escrito esa misma canción. Toma sinsentido. Acércame la bandeja de hielos que me voy a servir la última y nos vamos.

Pero me he desviado del tema. Perdona, de qué hablábamos. Joder, qué torpe estoy, me he tirado todo el vaso por encima. Espera. Al final la gabardina tiene su uso como ves.

Pues eso, te estarás preguntando qué le contesté a mi padre. Lo más normal hubiera sido recordarle que me gradué con honores, que fui el primero de mi promoción en Cambridge, que ya tengo edad para tomar mis propias decisiones, que su vida no es la mía. Si piensas que le dije eso te equivocas. Los padres no escuchan tales mamarrachadas, Nico. ¿Lo de la Oxford-Cambridge, dices? Pero… ¿Cómo? ¿Es qué no lo sabes? Jaja. Pues escucha porque es muy bueno. Vas a alucinar. Aquello fue cosa de Gennaro. Como lo oyes. El muy imbécil pensaba que estaba en deuda con nosotros por lo del bar de Ely. Ese tío no entiende de normas ni de límites. No sé cómo lo hizo ni quiero saberlo, pero cuando se enteró que me quedaba fuera del primer equipo, tiró de contactos para que un barquito se chocara contra la embarcación con el fin de lesionar a Wayne Pommen. Así me lo dijo el muy cabrón. Tan orgulloso. Yo no daba crédito. Con Pommen hubiéramos ganado, no tengo dudas. Cómo no pude darme cuenta, Nico. A quién se le ocurre que en medio del Támesis un equipo de remeros experimentados vaya a chocarse con otro barco. Pues ahí lo tienes, en las hemerotecas, y a nadie le resultó extraño. Te juro que si llego a saberlo no participo. Lo sabes, verdad, Nico. Tú sabes que de haberlo sabido no hubiera remado aquella maldita mañana. Bah, tampoco sirvió de nada.

Como te decía, no traté de convencer a mi padre. De qué hubiera servido. Aquello solo me hubiera traído horas de discusiones. Al final, él se hubiera salido con la suya. Es más listo que yo. Nico, nunca discutas con alguien más listo que tú. Estoy algo cansado, quizá será mejor que nos quedemos aquí en la habitación. Voy a llamar a recepción para que suban otra botella y esta vez espero que bebas conmigo.

Bueno, mientras termino de contarte. Escucha, escucha. Lo que hice con mi padre fue enseñarle fotografías de mi boda con Habiba. Así, como si le tirara cromos, o naipes. Mi padre las mira durante unos segundos. No dice nada. Le sigo poniendo fotografías sobre la mesa. Las mira, las mira, y no dice nada. Al cabo se levanta de la silla, deja un billete sobre la mesa y se va con la vista fija en el suelo. Sin una furtiva ojeada de desafío. Nada. Fin de la historia. Jaja.

Pierre había perdido aquella mirada tan predispuesta a revestir sus palabras de razón. El orgullo perverso que tienen los que están en paz consigo mismos.

La habitación donde dormía era un estercolero de vidrios, ropa arrugada, vasos a medio beber. Hacía mucho calor. Todas las luces estaban encendidas y las ventanas cerradas. Pierre llevaba puesta una gabardina con el cuello levantado como si dentro del cuarto estuviera lloviendo. En realidad, pensé, la atmósfera en la habitación era similar a la que uno siente en los preámbulos de una tormenta.

Desde mi llegada, Pierre había permanecido apoyado contra el marco de la puerta del baño. Mientras saltaba de una cosa a otra en su discurso, pude fijarme más en él. Conservaba la tez morena y el vientre plano que nuestra generación iba perdiendo. Se había hecho más adulto, más completo, pero sin que el tiempo le hubiera atravesado. A cada rato movía los hombros en círculos como si calentara la espalda para otra competición de remo. Todo lo demás en él era denso y sombrío. Hablaba con la vista fija en el vaso al tiempo que hacía girar el líquido que contenía. De vez en cuando levantaba la cabeza y me miraba con los ojos conspiradores de las gaviotas.

Pierre, amigo, por qué no vamos a dar un paseo, te sentará bien. Claro, claro, Nico, solo déjame descansar un rato, me encuentro algo mareado. Se tumbó en la cama con un ruido de muelles y demolición. Emitió un profundo suspiro y adoptó la postura de un cadáver. Cuéntame tú, dijo como el niño que pide una fábula para dormir, todavía no me has dicho qué haces en París. ¿Alguna novia francesa?

Bien con la intención de ayudarlo a dormir, bien para curar mis heridas mediante el estúpido remedio de contar, le hablé de ti y de mí. Desde el momento en que soñé con tu bicicleta holandesa saliendo de un canal de Ámsterdam, hasta ese mismo día. Hablé de todo lo que tú ya sabes y de otras verdades que no le confesaría ni al espejo. Una amiga, Pierre, la estoy ayudando a buscar a su hija. En realidad, va más allá de la mera ayuda. No es fácil de explicar. Ya sabes lo que le ocurrió a mi hermano pequeño. Bien, el caso es que la hemos encontrado, a la niña, sí. Todo iba por buen camino, o al menos eso pensaba. Pero ahora es mi amiga la que ha desaparecido. Temo por ella, está enferma. El caso es que hace días que no sé nada de su paradero. Se enfadó conmigo y se fue. Todavía no sé qué es lo que hice mal.

Por qué la llamas amiga cuando está claro que es mucho más que eso, Nico. Estaba tan enfrascado en la historia que las palabras de mi amigo me sobresaltaron. Pierre permanecía en su postura de sarcófago, con dos hielos colocados en los ojos, sumergido en un sueño tenue de sudor. Otra cosa, murmuró, parece que la conoces muy bien, cómo es posible que nunca me hayas hablado de ella.

Yo dije: La conoces. Y él dijo: Vaya, ¿quién es? Y yo dije: Ella, ya sabes, Ella. Y él dijo: ¿Ella? No puede ser. Y yo dije: Sí, Ella. Y él dijo: ¿Tiene una hija? ¿Desde cuándo? Y yo dije: Pensé que lo sabías. Alena nació unos meses antes de que yo os conociera. Y él dijo: ¿Alena?

Y Pierre ya no dijo nada más.

Me levanté y le mostré una fotografía de Alena que había tomado con mi teléfono móvil.

Tumbado en la cama, listo para ser embalsamado, Pierre comenzó a rebuscar en los enigmas del corazón. En el idioma ancestral del silencio, que también tiene sus reglas, su gramática y su entonación. El silencio sin duda es una lengua difícil de aprender.

Al cabo de unos segundos se ovilló. Parecía que un dolor punzante le hubiera atravesado el estómago. Primero abrió mucho la boca sin emitir ningún sonido. A continuación un gemido. Una arcada. Un chorretón de baba empapó la almohada. Luego vinieron unos espasmos, más fuertes. Finalmente un grito. Profundo. Volcánico. Una negación. Trató de levantarse para vomitar en la papelera pero no le dio tiempo.

No lo ayudé, a Pierre. No lo ayudé. No podía. De pronto estaba paralizado por lo que veía. Los puños apretados. La garganta obstruida. Llevaba allí todo el rato. Pero solo entonces lo vi. En el suelo, junto a la papelera. A veces pasa. Las cosas más esenciales están delante de nuestras narices y no las vemos. Creo que algo similar les pasa a los cocodrilos. Al tener los ojos en los laterales de la cabeza, no son capaces de percibir lo que tienen justo enfrente. Le había pasado a Pierre. Me había pasado a mí. Les pasa a los cocodrilos y en algún momento termina por pasarle a todo el mundo. Allí estaba. Sobre la moqueta. De color marrón. Brillante. Igualito a los que tuvo tu abuela. Lo tengo aquí, en mi mano. Recuerdas. Yo lo recuerdo muy bien. Un día madrugué sin que tú te enteraras y compré dos pendientes de cristales marrones en una tiendecita en Trastévere. Solo para darte el capricho. Solo por verte sonreír. ¿Acaso sabes cuánto cuesta tu sonrisa?

Te lo dije desde un principio. No tengo mucho que contarte. Porque la verdadera historia siempre fue la vuestra. La tuya y la de Pierre. La historia de un amor adolescente, como cualquier otro. Tan bello y exaltado. Quizá igual al de aquella pareja que vi besarse desde tu ventana en Roma. Todas esas historias son muy parecidas, aunque los protagonistas crean interpretar una obra única y original.

¿Dónde os conocisteis? ¿Cuántas veces susurró tu nombre al amanecer? En las buhardillas, en los embarcaderos, en los parques sin luz, en la desnudez más pura. ¿Cuántas veces escaló hasta tu ventana del internado? ¿Cuántas noches te colaste por la cocina del *college* de Pierre con aquella llave que nadie sabía que tenía? ¿Desde cuándo cerrabais los ojos con fuerza para pedir que vuestro deseo se cumpliera en el otro?

Fuiste tú quien comenzó a hablarle de ayuda al desarrollo, de cooperación, de comercio justo. No, eso solo son conceptos. La realidad es otra cosa, la realidad no es un concepto. A Pierre le hablabas de escuelas sin libros, de pozos sin agua, de madres sin hijos, de vidas sin paz ni dientes, de muertos sin tumbas, de arena y polvo. Todo ocurría allá, en tu amada África. Algún día te irías a África a construir un mundo mejor.

Tú, quién si no, le abriste los ojos del alma. Le dijiste: la compasión es el camino, Pierre, no hay otro.

Pierre escuchó tu mensaje. Tu evangelio. Y así fue como Pierre Spielmann se convirtió en el mejor de los hombres. Gracias a ti. Me iré contigo, te prometió. Y a tal fin dedicó todos sus esfuerzos. Las promesas, ya sabes, hay que entregarlas.

Ahí tienes la verdadera historia. El más simple de los enigmas. Lo demás no tiene la menor importancia.

Pierre me lo contó todo. Os imagino el primer día de ensayo en el teatro, cuando supisteis que las palabras de Shakespeare eran vuestras palabras. Os imagino en aquel viaje por las Tierras Altas de Escocia, cuando el coche de alquiler se estropeó en una isla y tuvisteis que dormir en la playa, aunque no cerrarais los ojos en toda la noche. Os imagino recorriendo las librerías de segunda mano que tanto te gustaban, y garabateando proverbios en las servilletas y los posavasos de los cafés. Os imagino, y la imaginación es lo que más duele porque sé que se queda corta frente a la realidad.

El día en que te conocí, cuando Pierre y yo casi nos caemos de la góndola en el río Cam, nunca más será el día en que yo te conocí. En los anaqueles de la historia universal del mundo esa fecha quedará siempre registrada como el primer día que Pierre te veía desde que te fuiste a África con tu padre y una vida nueva en el vientre. No supo nada de tu embarazo. Ni de las razones de tu viaje. Ni de Alena. Ni de tus secretas cicatrices. Te fuiste sin avisar. Un día. Así, sin más. Cuando Pierre fue a buscarte a vuestro rincón secreto ya no estabas. Tampoco al día siguiente. Ni al otro. Y de pronto te ve desde la góndola. Muchos meses después. Allí, otra vez. Después de tanto silencio. Casi ya cuando se había rendido a la evidencia de que nunca podría olvidarse de ti. Casi. Eso es muy cruel: aceptar la pérdida, resignarse, y que luego te den esperanzas.

Estabas allí sentada. De repente. Sobre la hierba. En la explanada verde del King's College por la que tantas veces paseasteis de la mano hablando de vuestro futuro de cooperantes. Y, claro, Pierre Spielmann, el mejor de los hombres, el más íntegro, digno y servicial, se queda sin saber qué hacer. Porque también has vuelto sin avisar, y él, Pierre, ya había aceptado tu ausencia. Estaba seguro de no volver a verte. Había conocido a Claire. No puedes culparle. Era hermosa, listísima, buena, mayor de edad, y le quería como le queremos todos. No hace falta que entre en más detalles. Pierre siempre estuvo demasiado ocupado en ser él mismo como para perder el tiempo en ser otro. No puedes culparlo. Por mucho que él también hubiera crecido dentro de ti. Por mucho que Alena fuera vuestra y de nadie más.

La verdadera historia es la vuestra. Siempre lo has sabido. Incluso volvisteis a besaros, en una fiesta. Tratabais de embaucar al pasado con aquellos disfraces. Ahora lo sé. Pero al pasado no hay quien lo engañe. Se queda ahí agazapado y, en fin, ya sabes. Al olvido tampoco se le puede engañar, porque el olvido no existe. Te lo digo yo. Por mucho que nos empeñemos. Por muchas películas viejas que veas y muchos aviones que tomes.

Fue Pierre quien compró aquellos billetes de avión para visitarte en Roma. Me hizo creer que fueron un regalo de Gennaro aprovechando que estaba en el hospital. Necesitaba verte. Pierre. Tenía que preguntártelo a la cara. Era el único modo. ¿No lo sabías? Yo tampoco.

Yo solo fui la excusa para vuestro reencuentro en Roma. Donde todo iba a arreglarse. Donde al fin hablasteis a solas en aquel bar profundo para no volver a hacerlo nunca más. No, Pierre, no me iré contigo, le dijiste. Fuiste fiel a tus principios y aguantaste el secreto, la injuria y las sospechas. Eso es muy difícil de hacer, puedo imaginarlo. Ponerle una mordaza al corazón y callar mientras te dicen todo lo que no eres.

Porque tú eras la única de todos nosotros que siempre supo que lo único que será tuyo es el modo en que lo consigas. Lo demás, todas las conquistas, dejarán un hueco vacío en las manos algún día.

De nada serviría que te hubieras molestado en explicárnoslo. Deberías haber visto llorar a Pierre hace unos días sobre la moqueta, sobre su propia inmundicia. Porque Pierre también ha comprendido. Nunca le dijiste nada. ¿Para qué? Tu vida ya estaba desgarrada. Qué necesidad había pues de llevarse otra por delante. Pierre te lo hubiera dado todo. Lo sabías. Claro que lo sabías. No hubiera descansado hasta que fuerais una familia, con su casita en el campo, el jardín con columpios y las vacaciones de agosto. Lo primero es lo primero.

Pierre nunca habría sido capaz de encontrar un soplo de vida sin vuestra hija. Por eso no se lo dijiste. Por eso y nada más. Porque Pierre, el gran Pierre Spielmann, tenía que entrenar, tenía que ser el primero de su promoción, demostrar a su padre la profundidad de su espíritu e ir a África para salvar a toda la humanidad. Para salvarnos a todos. Ya lo había decidido. Era su destino. Su promesa. De lo otro ya te ocuparías tú. Solo tú. ¿Por qué? Porque le querías. ¿Puede haber otra razón? No podemos vivir sin poner nombre a las cosas que nos pasan.

Lo demás no importa. Solo vuestra historia. Y no seré yo quien hable de algo que no he vivido.

Habéis vuelto a encontraros en París. ¿Quién llamó a quién? ¿Desde cuándo manteníais el contacto? ¿No pudiste soportar que Pierre se hubiera casado? ¿Viste los correos que me había enviado? ¿Hablaste tú acaso con su padre para que le hiciera venir con la promesa de una reconciliación? No, no puedo saberlo. Prefiero no saberlo. En la mayoría de los casos las razones pierden toda lógica cuando se pretende aplicarlas a la vida.

Ahora te contaré mi verdad. Entre otras cosas para eso estoy aquí. Pensarás que todo lo que hice desde que salí de la habitación de Pierre fue llevado por el rencor. Por la mala sangre que me causaron tus mentiras. Porque me sentía traicionado por mi amigo. No es así. No lo es. Cuando sepas la verdad, creerás que solo buscaba causar daño como respuesta a tantas y tantas cosas. Te equivocas. Para eso estoy aquí. Para explicártelo.

Sé que aquel brote de ira con el que te fuiste del apartamento fue tú mejor actuación. Un gran aplauso para la mejor de las actrices de teatro. Me habrás engañado en muchas otras circunstancias. Todo el mundo miente. Pero en eso no me engañaste. También me querías. Sí, claro que me querías. Puedo imaginarte llorando nada más cerrar la puerta. Aguantar la respiración para que no te oyera. Lanzarme, tal vez, un último beso. No querías involucrarme en lo que ibas a hacer. Porque no querías que sufriera cuando tu enfermedad recobrara su fuerza. No querías que ni yo ni nadie viera tu cuerpo envejecido diez veces diez veces. Cuando estás enfermo la gente te mira de otro modo. Eso me lo dijiste tú. Dejas de ser uno de ellos para ser un objeto de lástima. Un ente al que hay que sonreír, al que hay que animar. Luego, uno a uno se dan la vuelta y cuentan las verdades que no se atreven a decirte a la cara. Cuando estás enfermo te tratan como si ya estuvieras muerto. Eso no es vida, Nico, me decías muchas veces, eso no es vivir. Qué cosas dices.

No querías tener que despedirte de nadie. Ver a tus padres y amigos llorar durante meses. Hacerte pequeña. Porque la muerte siempre tiene razón. Por mucho que nos empeñemos en llevarle la contraria. Si ibas a morir lo ibas a hacer tú sola. Para qué hacerme sufrir a mí también. Por todo eso te fuiste, ahora lo sé.

El caso es que yo también tengo que terminar mi narración. Demostrarte lo que de otro modo no entenderías.

Te contaré pues mi historia. Ha llegado el momento de ser sincero, de enfrentarme a las palabras o de sufrir mi cobardía para siempre.

Hay días en que la vida no es más que un trascurrir de segundos. Tic-tic-tic. Como los relojes que reparaba Gennaro. Todo puede encerrarse en la esfera de un reloj.

¿Dónde está? Le pregunté a Pierre cuando ya se había tranquilizado un poco. No lo sé, se fue con ese imbécil que dices que es hermano suyo. Con H. Ha venido a buscarla en un coche. ¿En un coche? Sí, uno de esos coches eléctricos que alquilan ahora en la ciudad. Los vi desde la ventana. ¿No te dijeron adónde iban? Fuera, al extranjero, dijo que no quería volver a verme. Se enfadó mucho y se fue. Algo parecido a lo que tú me has contado que hizo contigo. Ni siquiera sé decirte por qué discutimos. En realidad, ahora que lo pienso, solo habló ella. Habrán ido a la estación de trenes o al aeropuerto. A estas alturas pueden estar ya en cualquier lugar. ¿No te dijo nada más? No, nada.

Pierre caminaba de un lado a otro de la habitación. Yo permanecía sentado, sin ganas de moverme. Somos seres ridículos a la hora de compartir esquizofrenias. Nico, ¿crees que podríamos…? Ya sabes. ¿Crees que podríamos ir a verla? Miré el reloj. Alena pasaba las mañanas en una escuela infantil entre el boulevard Saint Michel y la rue Gay-Lussac. Era difícil que llegáramos antes de que sus padres fueran a recogerla pero había que intentarlo. Pierre, ¿por qué no me lo dijiste? ¿Qué dices, Nico? Yo no sabía que habíais vuelto a veros, continuó, ¿me crees, verdad? Mírame, Nico, dime que me crees. Dúchate, le dije, no querrás que tu hija te vea así.

Llovía. Agua fina y constante. Suficiente para que las aceras fueran un tumulto de prisas y paraguas y olor de caballerizas. Una neblina empapaba la vista y emborronaba la ciudad en un agua verdosa de pantano.

Aunque Pierre había hecho lo posible por parecer un ser humano, todavía olía a hongos y tenía el color en la piel de la sangre diluida. Miraba a todas partes, incapaz de controlar los globos oculares. La impaciencia le crecía dentro y le anulaba la voluntad. Bajamos del taxi y decidimos esperar bajo los balcones de la acera de enfrente. Unos minutos antes de la salida de la escuela vimos aparecer a Fabio y Francesca Babare. Esos son, le dije. Pierre se fijó en ellos tal y como nos fijamos en las ecuaciones de un astrofísico, con interés pero sin comprender la brujería que encierran sus letras y símbolos. Ella llevaba un chubasquero rojo de plástico transparente. Él le pasaba el brazo por encima para atraerla bajo la protección del paraguas. De vez en cuando Fabio Babare se acercaba a su mujer y le daba un beso en la mejilla. O le susurraba algo al oído. Al cabo de un rato le acarició la cara con ambas manos, le dijo algo señalando el reloj y se fue.

La puerta de la escuela era un hormiguero de padres con paraguas, bolsas de plástico y coches aparcados en doble fila. Prisas, gente de paso, vendedores ambulantes de impermeables. Desde mi posición, París era una acuarela fresca sobre la que alguien ha vertido un cubo de agua. Se escuchaban sirenas de ambulancias. Frenazos. Los coches cruzaban a toda velocidad salpicando las aceras. A través de la ventana de su casa una anciana contemplaba la vida con un misticismo decadente. El dueño de una cafetería miraba al cielo y negaba con la cabeza.

Pierre no podía estarse quieto. Se llevaba las manos a la cara y se la frotaba con mucha fuerza. Parecía que quería borrarse el rostro o hacer fuego con él. Luego escondía las manos en los bolsillos y caminaba en círculos. Hablaba solo, con el lenguaje ausente de los psicópatas. Será mejor que esperemos un poco a que el tumulto se disuelva, le dije tomándolo del brazo. Pierre asintió sin tan siquiera haber prestado atención a mi consejo.

Ese fue el primer momento en que vi a H. Salía de un vehículo. Llevaba una gorra francesa que le iba grande y unas gafas oscuras. Se había afeitado y arreglado el pelo. Llevaba un traje de americana y corbata que no disimulaba su porte de mendicidad y su perpetuo nerviosismo de toxicómano. Parecía una de esas personas a las que todo lo que se pongan les queda holgado, como les pasa a los payasos en los circos. Subía y bajaba la calle encendiendo un cigarrillo con el cabo del anterior. Entró en un café y se sentó cerca de la ventana. Miraba el reloj y luego miraba hacia un punto que yo no era capaz de concretar. Componía música sobre la mesa con las uñas.

¿Qué hacía allí aquel ser torturado? Me disponía a decírselo a Pierre cuando comprobé que ya no estaba a mi lado. Pierre Spielmann cruzaba la calle a toda velocidad. Apartaba a la gente. Esquivaba a los coches. Pedía perdón a los ancianos. Uno de esos coches arrancó y se colocó al final de la calle. Tú ibas al volante. Te reconocí, claro. Daba igual el disfraz que llevaras. Conocía aquellos labios. Mitad pecado, mitad amenaza. Conocía ese rostro caprichoso y los mechones silvestres que se te escapaban de uno de los pañuelos que compraste conmigo. Te lo habías puesto en la cabeza, a la manera de las mujeres musulmanas. También llevabas gafas oscuras. Muy grandes.

H subió la calle otra vez y se colocó dentro de un barullo de personas que esperaban a la puerta de un edificio blanco. Le hizo una señal a una tercera persona. Uno de estos tipos que van por la ciudad con un taco de publicidad ofertando menús de restaurantes y descuentos para perfumes. Están por todas partes. Hablaron. Muy serios. Se giraban con la cabeza agachada, como si buscaran algo que se les había caído al suelo. Se diría que hablaban con sus zapatos. El hombre asentía. Al rato, H le entregó algo, una especie de sobre, y desapareció. La vida trascurría a cámara lenta. A saltos. Tal que si estuviera enganchada con algo.

Los niños comenzaron a salir con un jolgorio de pájaros juguetones. Cuánta vida en unos cuerpos tan pequeños. Se lanzaban en brazos de sus padres igual que los suicidas al vacío. Francesca movía la cabeza para tratar de ver entre los sombreros y los paraguas de los demás padres. Sonreía con los ojos. Pierre estaba a su lado. Había un desconcierto de risas y chillidos y tráfico y lluvia y prisas. Una maestra, en la puerta, procuraba en vano que los niños salieran en fila. Cada padre iba tomando a sus hijos de la misma manera que recogemos las maletas en los aeropuertos. Alena salió con otra niña de su edad. Jugaban con una muñeca y un caballo de papel.

H apareció en una esquina. Miró a la izquierda, se caló la gorra francesa e hizo una especie de señal al vacío. Fue en ese momento cuando finalmente comprendí lo que allí ocurría.

De pronto, el hombre que repartía propaganda se tropezó con la madre de Alena. Se fueron al suelo. El hombre se deshizo en perdones y trató de ayudarla a levantarse. Un grupo de personas entre las que estaba Pierre se acercaron a socorrer a la mujer. Otros zarandeaban al hombre y le tocaban los bolsillos por si hubiera robado algo. El hombre que estaba en el suelo comenzó a insultarlos. Pronto la agitación y la confusión fueron en aumento. A este desconcierto se sumaban cada vez más curiosos que pasaban por allí.

Era el momento que estabais esperando.

H surgió de la nada, despacio, sin ansiedad. Agarró las manitas de juguete de una niña. La levantó del suelo y le tapó la boca con un caramelo y una carantoña. En pocos segundos cruzó la esquina y te entregó a Alena. Ahora tú ocupabas el asiento del copiloto. H arrancó y os disteis a la fuga. Todo el proceso fue tan fluido y natural que me hizo preguntarme cuántas veces lo habríais ensayado en los últimos días.

La madre de Alena no escuchaba a la gente que le preguntaba si se encontraba bien. Buscaba a su hija con la desesperación de quien ha perdido todo lo que daba por seguro. Apartaba a la gente y llamaba a Alena. No entendía nada. Estaba allí. Hace un momento. Su hija. Francesca extendía las manos para mendigar una explicación y los rostros negaban. Yo era el único que tenía sus respuestas. Se parecía tanto a mi madre aquella primera noche en que Marcos se evaporó y reapareció en el sofá. Tenía la misma mirada llorosa y atónita con que llegó del parque la segunda vez que desapareció; la misma debilidad de cuando se lo llevaron de la cama para siempre.

Me pregunto qué fue lo primero que pensaste cuando dos coches de policía te cortaron el paso. Eso ya nadie lo sabrá. Se deshojaron tus dudas, tus esperanzas más tiernas. Ahora que ya tenías a tu hija en brazos por primera vez. Ni siquiera cuando se la llevaron de tu vientre habías podido tocarla. De ninguna manera tu búsqueda podía terminar de aquel modo tan poco original. H trató de dar marcha atrás pero lo único que consiguió fue empotrar el maletero contra otro coche. Quedasteis atrapados. Las sirenas comenzaron a sonar. Las sirenas. Cabriolas de luces y bullicios. Las sirenas. Se te metieron dentro y allí se quedaron.

Quería ayudarte. Mis manos querían acordarse de tus manos. Dar la vuelta a todos los relojes, tal y como hacía Gennaro en el salón con la punta del dedo. Tan sencillo como eso. Pasear contigo sin temor a mojarnos. Volver a jugar en aquel embarcadero de Cambridge. Tomar un helado en Trastévere. Bailar en una playa holandesa y que tú comieras el mejor sándwich del mundo. Cuánta ternura puede cobijar un alma. Quería protegerte de cualquier mal. Encaramarme a tus ojos. Matar si era preciso a todos los policías que se acercaban a ti. Gritabas. Gritabas que no te tocaran, que te dejaran en paz. Tenías las manos en la cabeza, pero no porque te hubieras rendido sino porque te dolía tanto que pensabas que iba a explotarte. Necesitaba abrazarte. Susurrarte, solo una vez más, no tengas miedo. Oler tu pelo por las noches, acunarte, mientras afuera llueve y dos mendigos discuten por un trozo de cartón. Lo intenté, créeme, por primera vez en la vida me enfrenté a alguien. De un empujón los policías me tiraron al suelo.

Ya no recuerdas más. H dijo que cuando te daban esos dolores tan fuertes olvidabas todo lo que te había sucedido en los últimos minutos. Ni siquiera te acuerdas de cuando te quitaron a Alena de los brazos. Tuvieron que sedarte y poco después, de camino al hospital, perdiste el conocimiento.

Pero yo sí que vi algo más. Te lo voy a contar.

Vi a la madre de Alena corriendo a buscar a su hija. La vimos todos. Era mi madre que había encontrado a Marcos. Lo levantaba del suelo y lo apretaba tan fuerte contra su pecho que parecía que quisiera ahogarlo. Matarlo para que no fuera de nadie más que de ella. Todas las madres sueñan con matar así a sus hijos, pero no pueden confesarlo. Allí, de rodillas. Con las medias rotas y sin zapatos. Sobre un charco. Lloraba. Dentro de una de esas bolas de cristal llenas de nieve. Ellas dos solas. Pronto llegaría mi padre y todos volveríamos a ser una familia. Tú no lo viste. Yo sí. Vi a mi padre y a mi madre abrazando a Marcos en aquella calle de París anegada de tonalidades grises. Vi el pasto de sus lágrimas y el paraguas del color del cielo que se llevaba el viento como un ave salvaje puesta en libertad.

Siempre pensé que tú y yo compartíamos una pérdida. Cuando en realidad tú eras la culpable de la mía.

Entonces supe que había hecho bien. Supe que hablar con aquel policía minutos antes había sido la decisión correcta.

Sabrás que no se puede caminar siempre con el pasado delante.

Aquella misma tarde llamé a mi madre. Después de varias horas al teléfono volví a reconocerla. Casi diría que por un momento logró salir de las tinieblas. Ha sido la primera vez que he hablado con ella de Marcos. En realidad, habló ella. Yo solo hice la pregunta.

Es curioso, pero sin que yo desviara la conversación, mi madre ha empezado a hablarme de cuando era joven. El teléfono desarrolla una suerte de hipnosis a veces en que olvidas con quién hablas y pasas a hacerlo contigo mismo. Te habrá pasado. Lo más grato ha sido que su historia no tenía origen en esa juventud que inventamos para los demás, sino que era del todo real. ¿Estás en París, Nicolás? Cómo me gustaría volver. Hace ya casi veinticinco años. Y yo pude observar que la palabra veinticinco era un coágulo atravesado en una luz que llevaba mucho tiempo cegada. Me dio un vuelco el corazón, y sentí un poco de pena. Por fin la imaginación de mi madre salía de esa casa en la que habitaba con su dolor hacia un lugar en el que sus hijos todavía no existían.

Resulta que mis padres se conocieron en París. Yo no lo sabía. Bueno, en realidad se conocían desde el instituto. Al menos esa es la historia que a mí me habían contado. Mi padre por aquel entonces debía ser muy vergonzoso y mi madre una despistada feliz. Tras el instituto no volvieron a verse.

Ocho años después, mi madre tenía un novio al que le dieron una beca de estudios en París. En verano ella vino a verlo. Pero su novio ya se había enamorado de otra. Esas cosas pasan. Qué puedo decirte. La distancia, el tiempo, la juventud. Cuántos eufemismos inventamos para la cobardía, no te parece. Bueno, a grandes rasgos puedes imaginarte lo que ocurrió. Tampoco mi madre va a darme más detalles. Tarde aprendo que el corazón de una mujer es un lugar peligroso y lleno de cajitas pequeñas.

El caso es que ella se pone a caminar en dirección a la estación de tren para cambiar su billete y regresar a España. Entonces queda atrapada por la lentitud sedante de sus pasos. Con cierta inapetencia, casi con desgana. Le han roto el corazón pero no quiere irse de París. Le gusta estar en París con el corazón roto. Piensa en la gran farsa de las expectativas: dentro de un año, dentro de diez, uno será feliz. Uno será más de quien es ahora. En el futuro, siempre en el futuro, uno vivirá colmado de todo aquello que alguna vez soñó. Pero ese día no termina de llegar, en fin, ya sabes. Toca saltar de decepción en decepción y volver a engañarse. Supongo que es algo evolutivo. Selección natural dirán los científicos. Si no sería imposible que estuviéramos aquí. La especie humana se habría extinguido al primer contratiempo como quizá debió hacer.

Sigo. Así que mi madre pasa horas despidiéndose de París. Camina y camina sin saber qué hacer o dónde ir. No sabe dónde está su futuro. Al poco empieza a llover de un modo torrencial. Aquí llega lo bonito de la historia. Pensarás que se encontraron por la calle, que se chocaron, o algo así. Cuánto tiempo. Deja que te preste el paraguas. La chaqueta que hace frío. Se piden perdón por cosas que no han hecho. Una mirada. Y ya está. Sabes por dónde voy. Pues no. Nada de eso. La historia es otra.

Como está lloviendo mi madre entra un cine donde reponen *El tercer hombre*. Mi madre siempre estuvo enamorada de la sonrisa de Orson Welles. Habrá visto el principio de *La dama de Shangai* como un millón de veces. Antes se parecía mucho a Rita Hayworth en esa película. Mi madre. Se peinaba y se vestía como ella y esas cosas. Ahora, bueno, ahora ya menos. Continúo. Después visita el Louvre y cuando comienza a anochecer da un paseo por el Sena en uno de esos barcos turísticos. Llega la hora de irse y mi madre llama a un taxi para que la lleve a la estación. Sigue lloviendo. El taxista arranca y de pronto un hombre se les echa encima y lo atropellan. Es muy peligroso cruzar la calle por la noche cuando llueve. Todo se llena de pitidos de coches y curiosos. Mi madre grita. El hombre está en el suelo. Parece que no le ha ocurrido nada. Ha salido ileso del golpe. Cojea un poco y tiene la gabardina desgarrada, nada más. Es entonces cuando mi madre y mi padre se reconocen y lo demás quedará siempre para ellos dos.

La historia es mucho más larga. Pero no hay tiempo. Solo un detalle más. Mi madre se obstina en acompañar a mi padre a casa. Mi madre quiere ayudarlo y asegurarse de que llega bien. Vive en una buhardilla de la rue Mouffetard. No hay ascensor. Mi madre ha perdido el tren. Mi padre insiste en que se quede a dormir y al día siguiente él mismo la llevará a la estación. Cenan, beben vino, escuchan música, recuerdan lo tontos que eran de niños y ríen de la casualidad de ser atropellado por un taxi en París en el que justo iba mi madre. Ya sabes, para todo hay un número y una probabilidad.

A la mañana siguiente mi madre coge la gabardina de mi padre que ha quedado inutilizada e intenta coserla mientras este aún duerme en el sofá. ¿Y qué se cae de los bolsillos? Unas llaves, tarjetas. Lo normal. Pero hay algo más. Entre documentos y papeles mojados están los resguardos de los mismos transportes públicos que ella había tomado. Con la misma hora impresa. Y una entrada rota de *El tercer hombre*. Mi padre. El muchacho tímido que se reía en la última fila de clase. Al que le temblaba la voz y se ponía rojo cuando le hablaban las chicas. También estaba un *ticket* cortado del Louvre. Y el boleto picado de la compañía de barcos Bateaux-Mouches para el crucero que salía al atardecer. Y las marcas de un neumático de taxi. Allí estaba todo.

Dime, ¿tú qué crees? ¿Crees que se arrojó al taxi para ser atropellado? ¿Crees que se jugó el tipo para agarrar la última estúpida ocurrencia que había tenido la vida? Cada momento es un territorio desconocido en el que no sabemos cómo vamos a reaccionar. Supongo que mi padre no quería esperar otros ocho años. Eso es lo que yo creo.

Lo más increíble de todo es que mi madre guardó los papeles en el bolsillo de la gabardina. Y allí quedaron. Nunca se lo confesó. Mientras, mi padre sigue con su orgullo de asesino tras un crimen perfecto. No sé si me explico. Ella ha ocultado el secreto durante media vida para que mi padre siga viviendo su ilusión cada mañana. Qué clase de criatura diabólica os crece dentro a las mujeres para jugar con el mundo de un modo tan sutil.

Pero fíjate qué hora es ya. Tengo que irme a buscar a mi madre al aeropuerto. Mi padre llegará tres horas después en tren. No saben nada. A veces a la casualidad hay que darle un empujón.

Siempre nos dicen que en la vida hay que tomar decisiones aunque nos den miedo. A veces da miedo la opción elegida. A veces, la mayoría, da miedo la opción no elegida y lo que podría ser de ella. Yo creo que lo que debería dar más miedo es no poder elegir, pero eso casi nunca ocurre. Ya sabes, la maldita manía de conformarse, de claudicar. Aborrezco a esas personas que se conforman consigo mismas y no paran de protestar porque a su alrededor el mundo no mejora.

Para eso estoy aquí, supongo. Para dar empujoncitos a la vida y decirte que no quiero rendirme. He hablado con ellos. Con Fabio y Francesca Babare. Les he contado tu historia. Lo que has oído. Todo lo que sé de ti. Lo bueno y lo malo. No fue fácil, tengo que confesártelo. Tú me dijiste en una ocasión que dudar una vez es dudar siempre. Al final me escucharon. No sé por qué. No soy padre y no puedo entender sus motivaciones. Pero me han escuchado.

Han retirado todos los cargos. Podéis estar tranquilos. Está claro que al padre de Alena aún le deben unos cuantos favores. Tu hermano H ya está en libertad. No creo que sea culpa suya lo que ha sucedido. Sospecho que vive más preocupado en acariciar ideas que en ponerlas en marcha. Debo reconocer que tu hermano es tan desmedidamente alocado que induce a la admiración. Está ahí fuera. H. Está ahí fuera en el pasillo. En realidad están todos. También están los Babare. Francesca y Fabio. Son un matrimonio adorable. Me atrevería incluso a decir que son buenas personas. Deberías ver lo mucho que cuidan de Alena. Querer a un hijo redime de cualquier falta, ¿no crees? Al menos, eso es lo que dicen ellos. Pensé que te gustaría saberlo.

Sí, también está ella, tu hija, Alena. Pierre ya la ha conocido. Viviré siempre en tus ojos, dijo nada más coger a Alena en brazos. Pierre Spielmann, qué gran tipo. Desconozco cuál será su camino ahora que sabe que vive en dos realidades y que no es el protagonista de ninguna de ellas. Merece otra cosa. Tendrá que regresar a África y hablar con su esposa, supongo. También querrá hablar contigo. No tengas miedo, no guarda más que amor y admiración por ti. Pero ni él mismo sabe qué hacer. Él, que siempre tuvo un instinto tan lógico como certero, resulta que no sabe qué hacer. Qué sinrazón. Salvar el mundo o salvarse él.

Para ti también hay consecuencias. Siempre hay consecuencias para nuestros actos aunque desconozcamos todo el mal que invocamos con la mejor de nuestras voluntades.

La decisión está tomada y no van a entrar. Los Babare. Francesca y Fabio. Se irán en un rato. Mientras estás aquí. Débil. Consumida por el mal que se extiende por tu cabeza. Tomarán un taxi y un avión. Muy lejos. No volverás a ver nunca más a tu hija. Ni siquiera sabrás dónde vive o bajo qué nombre. Ella nunca sabrá que existes y nadie le hablará jamás de ti. No serás ni un recuerdo. Puedo imaginar lo duro que es eso: no ser ni un recuerdo. Pero así será. Créeme. Yo tampoco haré nada por evitarlo.

Es lo más justo para Alena. Piénsalo. No puedes pretender que le digan, mira pequeña, esta es tu madre. La que te llevó dentro durante nueve meses. Desde Cambridge hasta el sur del mundo. Nunca tuvo miedo de nada. De nada salvo de la vida. Sí, Alena, tu madre tiene miedo a la vida, es un mal muy común que llevarás siempre en tus genes. Así que hola y adiós. Despídete de ella porque va a morir. ¿Es esa la lección que quieres dejar a tu hija? ¿Ese quieres que sea el recuerdo?

La familia Babare solo entrará aquí con una condición. Me han pedido que sea yo quien te exponga los términos del contrato. Alena todavía no sabe quién eres. Por desgracia es muy fácil mentir a un niño. No, no temas, no te reconocerá. Se la llevaron antes de que te quitaran el pañuelo y las gafas. Para ella todo ha sido un susto que sus padres se han encargado de maquillar con una buena historia. Lo olvidará pronto. Los niños, qué gran don poseen, todavía no han aprendido a no olvidar.

Ese es tu drama. No sabe que existes.

Hay una solución si no quieres que eso ocurra. Escúchame bien. Esto es lo que proponen:

Ellos aceptarán que Alena entre aquí. Que te de un beso. Que sepa toda la verdad que tú quieras contarle. Aceptarán que vuelvas a ser madre. Te devolverán la vida que has creado. Todo. Apoyarán que paséis juntas las vacaciones y todo el tiempo que queráis. Harán lo posible porque viváis cerca. Pueden hacerlo. Pueden hacer todo lo que tú quieras. Todo lo que siempre has querido. A cambio tienes que hacer solo una cosa: ponerte en manos de los médicos, firmar cuantos papeles te pongan delante y aceptar la operación. Por las facturas no debes preocuparte. Así es. Si ese es el camino que eliges no debes preocuparte por nada.

Mi intención nunca será engañarte. No a estas alturas. Los médicos dicen que la intervención te alargará la vida casi con toda seguridad. Aún no es tarde. No prometen nada más. Todos estarán aquí cuando despiertes. H, Pierre, Francesca, Fabio y Alena. Sí, yo también. Yo no voy a dejarte. Que yo te quiera se me antoja ahora como algo repentinamente inverosímil. Eso le dice George Sanders a Anne Baxter al final de *Eva al desnudo*. Y remata: Pero quizá sea eso precisamente, eres una persona inverosímil, eso tenemos en común.

¿Después? Después puede ocurrir cualquier cosa. Pero seguiremos aquí. Sí, lo sé, las secuelas. Sí, el encierro. Sí, la medicación que es como una tortura de palos y látigos. Sí, el más atroz de los sufrimientos que una persona pueda imaginar. Será largo. Doloroso. Mucho. Pero el tiempo también pasa. No, en eso tienes razón, milagros no habrá. Los milagros no existen. Dios no existe. Ni los cielos. Ni las santísimas trinidades. Ni los seres mitológicos o los demonios cornudos con cola terminada en punta de flecha. Nada. Eso lo saben los niños y los animales. Nadie llega al mundo creyendo en Dios. Nos lo cuentan después. Desconozco la razón por la que nos enseñan a rezar a una fuerza venerable que cuidará de nosotros. Me resulta siniestro.

Esa fuerza no está aquí. Aquí solo hay azulejos, máquinas, techos y seres humanos. Lo que hay es lo que ves. La vida. Tu vida. Ese lapso entre dos eternidades. Esta cama, esta habitación de hospital y tu hija que está ahí fuera. Es lo único que encontrarás al despertar. La única religión que te queda es la fe en ti misma.

¿Vernos sufrir por ti, dices? ¿Recuerdas aquella historia que me contaste una vez en aquel pueblecito holandés lleno de molinos? Ibas en el coche. Con tu padre, tu madre y tu hermano. Tendrías ocho o nueve años. Tu madre se detuvo a ayudar a un vagabundo que caminaba solo por la carretera. Perdido. Tu padre se puso furioso y le dijo que ni se le ocurriera montar a un desconocido en el coche. A saber qué podría haceros. Tu madre salió del coche, tomó de la mano al hombre y lo sentó junto a vosotros. La satisfacción por ayudar compensa cualquier riesgo, le dijo a tu padre sin mirarlo a la cara.

Allí, con ese gesto, nació tu insolencia contra la autoridad y tu deseo de ayudar a quienes más lo necesitan. Ahora llega el momento de que tú nos concedas la satisfacción de ayudarte.

No, por supuesto que no es justo tampoco para ti. Pero la decisión es tuya. Cambiar de opinión es de las pocas trampas que nos están permitidas. Mi padre decidió arrojarse sobre un coche en marcha. Mi abuelo Martín querer sin ser correspondido. Nadie puede decidir en tus convicciones ni en tu vida. Solo tenemos una. Nada más. Cuando alguien toma decisiones por nosotros saltan los resortes de los destinos y las vidas dejan de funcionar. No hay forma de arreglarlas. Eso me lo enseñaste tú.

Ahora tengo que irme. Volveré más tarde.

Ah, una última cosa. Tanto hablar de películas y todavía no te he dicho cuál es mi favorita. Es una película en blanco y negro que veíamos en mi casa cada Navidad. También la vimos un día en tu habitación de Roma. *Qué bello es vivir*. Está basada en una fábula de título mucho más apropiado: *El mayor de los regalos*. ¿La recuerdas? ¿Recuerdas cuando James Stewart decide morir para cobrar el seguro y que sus seres queridos no pasen penurias? Hay un momento en que el ángel que tiene que evitarlo le muestra cosas que él desconocía, le muestra, en definitiva, cómo sería el mundo sin él.

Extraño, ¿verdad? La vida de una persona toca muchas vidas, y cuando esa persona no está deja un terrible agujero, ¿no es cierto? Ya ves, Ella, tienes una vida maravillosa. ¿No ves el error que sería deshacerte de ella?

Y bueno, pues esto, a fin de cuentas, es todo lo que quería contarte.